Sandra Edwards

Der Heiratsdeal

amazon crossing

Das Buch

Camille Chandler ist Journalistin bei einer Boulevardzeitung und befindet sich mit ihrer Karriere auf der richtigen Spur – bis ihre Chefin eine seltsame Anzeige in der L.A. Trades entdeckt.

»Gesucht: Alleinstehende Schauspielerin für einen längeren Auftritt im Ausland.«

Der megareiche französische Playboy Julian de Laurent hat etwas vor, und Camilles Chefin erwartet von ihr, dass sie herausfindet, was es ist. Wer hätte gedacht, dass der exzentrische Multimillionär eine Ehefrau auf Zeit sucht?

Als Camille Julians Angebot ausschlägt und nicht heimlich eine pikante Enthüllungsgeschichte über die de Laurent-Familie schreibt, wird sie gefeuert und steht mittellos da, gezwungen, Julians Angebot nun ernsthaft in Erwägung zu ziehen.

Doch was wird am Ende der Vertragslaufzeit geschehen, nachdem Camille sechs Monate als die Frau eines Mannes verbracht hat, der ihr Herz gewinnen könnte?

Die Autorin

Die »New-York-Times«- und »USA TODAY«-Bestseller-Autorin Sandra Edwards schreibt preisgekrönte Liebesromane in einer Vielzahl von Subgenres, zum Beispiel paranormale, zeitgenössische und spannungsgeladene Geschichten. Sie lebt mit ihrem Ehemann, zwei Kindern, vier Hunden und einer sehr temperamentvollen Katze in den USA (Westküste). Sandras Bücher gehen oft an die Grenze von herkömmlichen Liebesromanen und überschreiten diese auch.

SANDRA
EDWARDS

DER HEIRATS DEAL

Übersetzt von Alexandra Oks

amazon crossing

Die Originalausgabe erschien 2012 unter dem Titel
«The Marriage Bargain».

Deutsche Erstveröffentlichung bei AmazonCrossing,
Luxemburg, Juli 2014

Umschlaggestaltung: bürosüd° München, www.buerosued.de
Lektorat: Daphne Großmann
Satz: Monika Daimer

Printed in Germany
by Amazon Distribution GmbH, Leipzig

ISBN 978-1-477-82372-9

www.amazon.com/crossing

KAPITEL EINS

JULIAN DE LAURENT hatte den Glauben an seinen Plan verloren. Er dachte, dass die Anzeige, die er in der L.A. Trades geschaltet hatte und in der er nach einer *Schauspielerin majestätischen Typs für einen längeren Auftritt im Ausland* suchte, das Beste zum Vorschein bringen würde, was Amerika zu bieten hatte. Bis jetzt war dies nicht eingetreten, zumindest nicht in Los Angeles.

Die junge Dame, die seinen Tisch in der hinteren Ecke von Donato's, einem Bistro der Oberklasse an der Küste südlich von Malibu, soeben verlassen hatte, war ein Beispiel dafür. Der Duft ihres billigen Parfüms hing noch lange in der Luft, nachdem sie gegangen war, und übertönte das angenehmere Aroma der frischgegrillten Panini, die Julian zu Mittag gegessen hatte. Neben ihrem Parfüm und ihrem Erscheinungsbild war Vanessa Indigo kläglich daran gescheitert, Julians Erwartungen zu erfüllen.

Nicht, dass etwas mit ihrem Haar mit den blauen Spitzen und ihren übermäßigen Tattoos nicht stimmte, aber Julian suchte nach einer Frau mit Klasse. Seine Wahl musste so aussehen und sich so benehmen, als wäre sie allein für den Zweck geboren worden, in die de Laurent-Familie einzuheiraten.

Zusätzlich zu ihrem Savoir-faire wäre es nützlich, wenn sie schlanke Hüften und lange Beine hätte. Die Größe ihrer Brüste interessierte ihn nicht besonders. Sie konnten klein, mittel oder groß sein. Ihr Mund war viel wichtiger. Ein Kussmund oder kein Kussmund würde über alles entscheiden. Ihre Haarfarbe war hingegen kein entscheidender Faktor. Ihre Augen auch nicht. Er musste nur hineinblicken und Liebe darin sehen.

Das Mädchen, das er aussuchte, würde eine verdammt gute Schauspielerin sein müssen, wenn er hoffte, Papa zu überzeugen.

Julian wollte schon die Vorstellungsgespräche beenden, als eine junge Blondine hereinkam. Jedes körperliche Merkmal, das er für wichtig hielt, war bei ihr von einer stilvollen Schicht umhüllt.

Sie ist perfekt.

Sie hielt bei der Bedienung an, und Julian wagte es, in Erwägung zu ziehen, dass sie eventuell seinetwegen hier war. Er atmete auf, als die Bedienung auf Soren zeigte, Julians Diener, der an der Bar saß und geduldig darauf wartete, die Bewerberinnen zu begrüßen.

Sie war seinetwegen hier. Gott sei Dank.

Soren warf einen kurzen Blick in seine Richtung, und Julian nickte. Er hatte Soren gesagt, dass sie für heute fertig seien, doch das war, bevor sie hereingetanzt kam. Sie war die Lösung für seine Probleme.

Ms Perfect folgte Soren zum Tisch, und Julian erhob sich, als sie vor ihm anhielt.

»Mademoiselle.« Er zog für sie einen Stuhl heran. Sie *sah* zumindest ideal aus. Hoffentlich würde sie auch so kultiviert sein, wie sie aussah.

»Mein Name ist Camille Chandler«, sagte sie, während sie sich auf dem Stuhl niederließ, ihre Handtasche in den Schoß legte und die Aktentasche neben dem Stuhl abstellte.

»Julian de Laurent.« Er warf einen kurzen Blick auf ihre Hände, insbesondere auf die linke. Kein Ring. Gut.

Sie blätterte durch eine Mappe und hielt ihm ein einzelnes Blatt Papier hin. »Das ist ein Auszug aus meiner Schauspielerfahrung.« Ein Schatten von Unsicherheit trübte ihre türkisblauen Augen für einen so kurzen Augenblick, dass er sich fragte, ob er es tatsächlich gesehen hatte. Sie ließ ihren Blick auf ihm ruhen, und sein Herz tanzte vor Aufregung.

Julian war ihre Schauspielerfahrung egal. Er interessierte sich vielmehr dafür, ob sie überzeugend rüberkommen würde oder nicht. Es war eine Sache, sich wie seine Frau zu benehmen, und eine komplett andere, auch so auszusehen.

Er nahm ihren Lebenslauf, warf einen kurzen Blick darauf und ließ ihn auf den Tisch neben seinen Teller fallen. »Haben Sie Hunger, Miss Chandler? Kann ich Ihnen etwas bestellen?«

»Nein, vielen Dank. Kein Essen. Aber ich hätte nichts gegen einen Eistee.« Ihre Stimme brachte ihn in eine entspannte Stimmung.

Julian winkte dem Kellner zu. »Könnten Sie der Dame einen Eistee bringen?«, sagte er und blickte auf Camille. »Mit oder ohne Zucker?«

»Kein Zucker«, sagte sie, während sie nach dem Zuckerersatz griff.

Hm. Machten sich so junge und gutgebaute Frauen wie sie Sorgen um ihre Figur? Gegen ihren Körperbau hatte er nichts einzuwenden. Sie gehörte in einen Ferrari.

Eine andere Kellnerin ging mit einem Stück Apfelkuchen vorbei.

»Oh, ist der Apfelkuchen fettfrei?«, fragte sie.

»Nein. Aber wir haben einen leckeren fettarmen Vanillepudding.«

»Ich nehme ein Stück Apfelkuchen. Und kann ich eine Kugel Vanilleeis daneben haben?«

Sie fummelte an ein paar Splenda-Päckchen herum, während sie auf ihren Eistee wartete. Julian versuchte herauszufinden, was es mit ihrem komischen Verhalten in Bezug auf den Zuckerersatz in ihrem Getränk auf sich hatte.

Der Kellner kam wieder und setzte ihr ein Glas vor. »Ihr Kuchen kommt gleich.« Er hielt einen Augenblick lang inne und entfernte sich dann vom Tisch.

Camille riss die Splenda-Päckchen auf und schüttete den Inhalt in ihren Tee. Faszinierend.

»Können Sie von Ihrem Beruf als Schauspielerin gut leben?« Er fing an, nach Informationen zu fischen, um einen Eindruck von ihrem schauspielerischen Potenzial zu bekommen.

Sie zuckte spontan mit den Schultern. »Nicht so gut, wie ich es gern hätte, aber es ist in Ordnung.« Sie hielt inne, als der Kellner mit ihrem Eis und dem Kuchen kam. Als er wieder gegangen war, fuhr sie fort. »Ich bekomme genug Werbespots und kleine Nebenrollen, um meine Miete zu zahlen«, sagte sie mit einem angedeuteten Lachen und lud dann ihr Eis mit dem Kuchen auf die Gabel.

Ein äußerst zufriedener Ausdruck erschien auf ihrem Gesicht, als die süßen Köstlichkeiten sich in ihrem Mund vermischten. Es war kein schuldbehafteter Ausdruck, sondern er sagte: *Mir schmeckt das wirklich, und ich mache mir keine Sorgen, dass ich mich zu sehr gehen lasse.* Sie griff zu ihrem Eistee und spülte die Reste mit ihrem künstlich gesüßten Getränk herunter.

Das ganze Konzept verwirrte Julian. Er holte Luft. Ein feiner süßer Duft, der ihn an Lavendel erinnerte, drang in seine Sinne. Es war kein überwältigendes oder teures Parfüm, doch es erfüllte wirksam seinen Zweck.

Er sammelte seinen Mut, um ihre seltsamen Essgewohnheiten anzusprechen. »Mich würde interessieren, warum Sie Ihren Tee mit Splenda süßen?«

»Künstliche Süßstoffe lösen sich in Eistee besser auf«, sagte sie. »Es gibt nichts Schlimmeres als bitteren, zu wenig gesüßten Tee.« Ihre Gesichtszüge verzerrten sich in einem Ausdruck von Abneigung.

Die größte Sorge dieses Mädchens war ungesüßter Eistee? Das deutete auf eine gelassene Einstellung hin. Ihm gefiel das.

Ihm gefiel auch ihr gutes gesundes Aussehen. Sie war schlicht, aber dennoch flott gekleidet und trug ein einfarbiges hellblaues Kostüm. Ein Designerlabel würde man darauf vergeblich suchen, und es war nicht so elegant wie ein bequemes maßgeschneidertes Kostüm, doch es entsprach ihrer gesellschaftlichen Stellung. Und es schmeichelte ihren blauen Augen, die dadurch lebendiger wirkten.

»Also, worum geht es bei Ihrem Geschäft?«, fragte sie.

»Bei meinem Geschäft?«

»Ja.« Ihre Finger, spitz zulaufend und zart, streichelten das Glas. »Was ist das genau für ein Schauspielauftritt?« Sie schaute ihn prüfend an. »Ich nehme an, dass Sie kein Filmproduzent sind.«

»Nein, ich bin kein Produzent«, sagte er. »Mit dieser Rolle gewinnen Sie keinen Oscar, aber die Bezahlung ist gut.«

Ihr Gesicht nahm einen sehr ernsten Ausdruck an, und sie schaute ihn scharf an. »Tja, wenn ich keine Chance auf einen Oscar bekomme ... sollte es auch verdammt gut bezahlt sein.« Sie nahm noch einen Bissen von ihrem Dessert.

»Die Rolle verlangt auch, dass die Schauspielerin alleinstehend ist.«

Sie warf den Kopf zurück und gab ihm einen tödlichen Blick. »Nicht dass ich verstehen würde, was das eine mit dem anderen zu tun hat, aber ich bin nicht verheiratet.«

»Der Ort ist in Europa.«

Ihr Blick wanderte zur Seite. »Ich habe einen Pass.«

»Lassen Sie uns heute Abend essen gehen«, sagte er. »Wir können die Rolle dann genauer besprechen.« Er wollte diese Gelegenheit dazu nutzen, um ihr die Vorteile des Schauspieljobs näherzubringen. Nur einen Vorgeschmack darauf, was es bedeuten würde, wenn sie sein Angebot annehmen würde, bevor er die Besonderheiten offenbarte. Wenn sie erst einmal den Luxus sah, in dem sie leben würde, könnte es vielleicht zu einer positiven Reaktion führen.

»In Ordnung, klar. Warum nicht?«, sagte sie nach sekundenlangem Überlegen.

»Ich sorge dafür, dass ein Fahrer Sie um sechs abholt?«, schlug er vor.

»Wie wäre es, wenn ich Sie abhole?«

»In Ordnung«, stimmte er zu, beeindruckt davon, dass sie so ausweichend war. Diese Eigenschaft würde vonnöten sein, wenn sie sein Angebot annähme. »Kommen Sie zum Montage in Beverly Hills.«

Sie zog eine Augenbraue in die Höhe und schaute ihn entsprechend an, doch nicht wegen seiner Verstiegenheit, sondern weil sie wachsam war.

»Wir treffen uns in der Lobby.« Er hoffte, dass sein ruhiges Verhalten ausreichend war, um ihre Sorgen zu beschwichtigen.

Ihre Gesichtszüge entspannten sich und verwandelten sich in ein Lächeln. »In Ordnung.«

Julian griff in die Innentasche seines Blazers und holte eine Visitenkarte und einen Füller heraus. Er notierte den Hotelnamen und seine Zimmernummer auf der Rückseite. »Hier sind meine Hoteldaten. Meine Handynummer steht vorne.« Er hielt ihr die Karte hin.

Sie nahm die Karte, warf einen Blick darauf und schob sie in ihren Geldbeutel. »Ich habe keine Karte«, sagte sie, als wäre es das Natürlichste von der Welt.

Eine Schauspielerin ohne Visitenkarte. Komisch. Sie war wohl eine Schauspielerin, die um ihre Karriere kämpfte. Vielleicht musste sie sich zwischen Essen und Visitenkarten entscheiden. Ihm war klar, warum sie Ersteres gewählt hatte.

»Eine Handynummer vielleicht?«, fragte er. »Falls ich Sie anrufen muss.«

Sie rasselte eine zehnstellige Nummer herunter, und er tippte sie in sein Mobiltelefon.

Dann schob sie den leeren Teller von sich weg, seufzte und lächelte. »Ich muss gehen. Ich habe noch einen anderen Termin.« Sie griff nach ihrer Hand- und der Aktentasche, während sie sich erhob.

Julian stand auf, mehr aus Gewohnheit als aus anderen Gründen. »Also, Camille, es war mir ein Vergnügen, Sie kennenzulernen.« Er griff nach ihrer Hand und küsste sie. »Nehmen Sie bitte keine anderen Schauspielangebote an, ohne mir eine Gelegenheit zu geben, Ihnen ein Gegenangebot zu unterbreiten.«

Wenn sie eine andere Rolle bei ihrem Nachmittagstermin bekam, wäre das katastrophal.

Die Abendsonne warf ihren goldenen Schatten auf die Santa Monica Mountains und hüllte die Stadt in einen honigfarbenen Schleier. Zum Glück hatte das Taxi, in das sie gestiegen war, getönte Scheiben und schirmte sie von dem grellen Licht ab, das vom Pazifischen Ozean reflektiert wurde.

Camille betrachtete ihr Gesicht im beleuchteten Schminkspiegel. Sie trug den roten Lippenstift mit gekonnter Präzision auf, so gut es ging. Kein Makeup der Welt würde sie so attraktiv aussehen lassen, wie ihre Freundin Tasha behauptete, dass sie sein müsste.

»*Wenn du herausfinden willst, was er hier vorhat, musst du es aus ihm herauslocken*«, hatte Tasha insistiert, als Camille sich gegen das hautenge schwarze Kleid gewehrt hatte.

Falls es Tasha noch nicht aufgefallen war, war Camille nicht gerade der verlockende Typ. Ihre Brüste waren zu klein. Ihr Hintern war zu groß. Und ihre Beine waren zu dünn.

Sie zupfte unsicher am Kleid, als das Auto vor dem Montage anhielt. Auch wenn Tasha ihr geraten hatte, es nicht zu tun, warf sie ein Tuch um die Schultern und presste es fest an die Brust, in der Hoffnung, wenigstens einen ihrer Makel kaschieren zu können.

Ein Portier erschien sofort und half ihr aus dem Taxi. Sie bedanke sich bei ihm und ging hinein.

Soren war in wenigen Schritten bei ihr. Mist. Dieser Typ war effizient.

»Ms Chandler, ich freue mich, Sie wiederzusehen.« Er ging neben ihr, seine Hände locker hinter dem Rücken verschränkt. »Mr de Laurent wartet in einem Auto am Hintereingang.«

Nichts an Soren ließ bei ihr die Alarmglocken schrillen, dennoch wurde sie das unangenehme Gefühl nicht los, das sie beschlich. Doch das hatte vermutlich eher etwas mit ihrer Unsicherheit zu tun, als mit Soren oder Julians potenzieller Bedrohung.

Sie folgte Soren durch die großzügige Lobby und in einen Hinterkorridor, der, auch wenn er gedämpft war, dennoch vor Extravaganz strotzte. Die beiden schwiegen. Als sie fast beim Ausgang angelangt waren, ging Soren vor und hielt die Tür auf.

Julian wartete draußen an die weiße Limousine gelehnt. Camilles Herz pochte schneller und verteilte Pheromone in ihrem Körper. Dieser Typ war ein wahrer Augenschmaus mit seinen pechschwarzen Ringellöckchen, die fast schulterlang waren. Sein Haar war für ihren Geschmack etwas zu lang, doch ihm stand es und ergänzte seine breiten Schultern und sein männliches Erscheinungsbild, als wäre es, so wie jeder Teil seines Körpers, von den Göttern handverlesen. Und diese Aquamarinaugen, sie stachen vor dem Hintergrund seiner bronzefarbenen Haut hervor wie Atlantikjuwelen.

Er drückte sich vom Auto weg und ging auf sie zu.

Da sie nicht wusste, was sie sagen sollte, lächelte sie. Julian griff nach ihrer Hand und hauchte einen Kuss darauf.

»Chérie, es ist mir eine Ehre und eine Freude, Ihre Gesellschaft heute Abend beim Essen genießen zu dürfen.«

Meinte dieser Kerl das ernst? Ein unfreiwilliges Prusten grollte in ihrer Kehle, und sie versuchte, es zu unterdrücken, indem sie den Atem anhielt. Vergeblich. »Ja. Gleichfalls, ich bin mir sicher«, sagte sie und bewegte sich auf das Auto zu.

Julian lachte leise und scheuchte den Fahrer weg, bevor er die Autotür selbst öffnete. Mit einer kunstvollen Handbewegung bedeutete er Camille, sich in das Fahrzeug zu setzen. »Chérie, ich kann Ihnen versichern, dass meine Absichten aufrichtigster Natur sind.«

Es waren sicherlich auswendig gelernte Worte. Doch Camille hatte den Eindruck, dass er sie nicht einfach so sagte, auch wenn sie von Hintergedanken motiviert waren. Julian de Laurent wollte etwas, und zwar dringend. Sonst wäre er wohl nicht in L.A. auf der heimlichen Suche nach einer Schauspielerin. Ihre Chefin, Margo Fontaine, hatte klargemacht, dass es Camilles Aufgabe war, herauszufinden, was es war.

Je länger er sie hinhielt, desto besorgter wurde sie. Was hatte er vor? Sie holte Luft mit dem allergrößten Wunsch, den Luxus des Abends zu genießen. Abende wie diese wurden Camille nicht allzu oft beschert. Doch solange Julian nicht bereit war, seine Motive zu offenbaren, war keine Entspannung in Sicht.

Julian kletterte in die Limo und musterte sie verführerisch, bevor er neben ihr Platz nahm. Der Duft seines Aftershaves, kühl und leicht erotisch, und ihre unmittelbare Nähe brachten ihre Unsicherheit zum Schmelzen und veranlassten sie, andere, ansprechendere Tätigkeiten in Betracht zu ziehen. Tätigkeiten, die zu tun hatten mit Küssen und Berührungen und ...

Ein herrliches Schaudern wärmte ihren Körper, wofür Camille sich schämte. Sie war zu erschlagen, um Julian anzuschauen, als das Auto losfuhr. Um ihrer selbst willen musste sie ihre Gefühle schnell in den Griff bekommen. Sie war sich nicht sicher, wonach er suchte, doch sie konnte sich vorstellen, dass es nicht Liebe war.

»Wissen Sie, Sie scheinen ein richtig netter Kerl zu sein, Julian.« Camille konzentrierte sich auf die rote paillettenbesetzte Handtasche, die sie sich von Tasha ausgeliehen hatte, und versuchte, die Berührung von Julians Seidenanzug zu ignorieren, als der Stoff verlockend ihr entblößtes Bein streifte. »Wenn Sie nicht im Filmgeschäft sind, was wollen Sie dann mit einer Schauspielerin anstellen?«

Camille wünschte sich, dass sie genauso viel Mut besitzen würde, ihre Chefin Margo auszufragen. Allerdings, wenn sie die Absichten dieser Frau hinterfragen würde, wäre sie schon tot, noch bevor sich der Klang der Worte gelegt hätte. Doch mit Julian war es anders. Ihm schien ihr Misstrauen nichts auszumachen. Immer der Gentleman, immer äußerst höflich.

Er hielt inne, während seine Gesichtszüge weicher wurden, und mit geschlossenen Augen verharrte er so für einen kurzen Augenblick. »Chérie.« Er schaute sie wieder an. »Darf ich Ihnen von meiner Familie erzählen?«

»Klar.«

Er benahm sich wie ein junger, cooler und frischer Mensch, doch er sprach altmodisch, auf eine charmante Art wie aus längst vergangenen Zeiten, zumindest war das der Charme, den sie aus Filmen kannte. Wenn das tatsächlich alles nur Show war, so verstand er sich hervorragend darauf.

»Meine Familie stammt aus Frankreich. Ich werde ehrlich zu Ihnen sein, denn wenn Sie mein Angebot annehmen, finden Sie es sowieso heraus.« Zum ersten Mal wurde er unruhig und wusste nicht, wie er die Erzählung weiterführen sollte. »Die de Laurents sind, wie sagt man das taktvoll ... eine sehr wohlhabende Familie.«

Er zuckte mit den Achseln, als würde es nichts bedeuten. »Das Geld ist alt, und die Prinzipien stammen noch aus der Vergangenheit.«

»Wie meinen Sie das?«

»Seit Hunderten von Jahren bis vor einigen Jahrzehnten wurden Ehen in adeligen und elitären Kreisen arrangiert und bis heute ist das immer noch weit verbreitet. Damals hat es gut funktioniert, und einige Europäer sind nicht bereit, ihre altmodische Lebensweise aufzugeben.«

»Wie in diesem alten Sprichwort … Repariere nichts, was nicht kaputt ist?«

»Genau.«

»Wollen Sie mir sagen, dass Sie eine arrangierte Ehe am Hals haben?«

Julians Augen leuchteten auf. »Irgendwie schon.« Er atmete aus, und sein Jammer schien in diesem starken Atemzug verflogen zu sein. »Es ist eher wie eine arrangierte Verlobung, die noch nicht bekannt gegeben wurde.«

War es möglich, dass er auf der Suche danach war, wonach es schien? Suchte Julian eine Ehefrau?

Camille verscheuchte den Gedanken, wie verlockend er auch war. Es ergab keinen Sinn. »Gut, aber ich verstehe nicht ganz, wie eine engagierte Schauspielerin Ihnen helfen kann?«

»Mein Vater denkt, dass es sein gottgegebenes Recht ist, eine Ehefrau für mich auszusuchen.« Seine Augenbrauen zogen sich vor Ärger zusammen. »Ich stimme dem nicht zu.« Seine Haltung deutete auf eine Niederlage hin. »Aber nur ein Mann wie mein Vater kann einen trotzdem dazu bringen.«

»Und Sie sind zu reich, um arm zu sein?«

»Exakt.«

Versuchte Julian, seinen Vater hereinzulegen? Camille erlaubte ihren Gedanken nicht, in diese Richtung zu gehen. Sie hörten nicht auf sie. »Ein Mann, der bereits verheiratet ist, kann nicht heiraten.« Sie drückte sich allgemein aus, für den Fall, dass sie nicht Recht hatte.

»Ganz so teuflisch ist es nicht.« Er lachte leise. »Verstehen Sie, mein Vater hat das Gefühl, dass er einen Teil der Verantwortung für mein Glück trägt, wie auch dafür, dass es einen zukünftigen Erben gibt.«

Holla! Um einen Erben ging es also auch noch.

»Er will eine Schwiegertochter haben.« Jeder Muskel in seinem Gesicht zog sich zusammen. Es war für ihn schwer, die Worte auszusprechen, geschweige denn, sie in die Tat umzusetzen. »Doch ich bin nicht bereit für eine Ehefrau.« Er hielt mit einem naiven Unschuldsausdruck inne, von dem Camille vermutete, dass es eine Vernebelungstaktik war. »Zumindest nicht für eine echte.«

Sie zuckte mit den Achseln, um die leichte Enttäuschung hinter ihrer ansteigenden Verwirrung zu verbergen. »Sie denken also, dass wenn Sie eine Schauspielerin engagieren, die sich als Ihre Verlobte ausgibt, dies Ihren Vater lange genug von seiner fixen Idee abhalten wird, Sie verheiraten zu wollen?«

»Nein.« Julian schüttelte den Kopf in stiller Entschlossenheit. »Meinen Vater kann man nicht so leicht besänftigen.«

Sie schnappte leise nach Luft. »Sie wollen, dass Sie tatsächlich jemand heiratet?«

Er blieb still, und sein Mund verzog sich zu einem unwillkürlichen Lächeln. Endlich stieß sie auf Julians wahre Absicht.

»Okay, es entgeht mir hier etwas.« Ihr blieb der Atem im Hals stecken, und sie bemühte sich, bei klarem Verstand zu bleiben. »Sie wollen nicht heiraten, und deswegen denken Sie, dass es eine gute Idee wäre, eine Schauspielerin zu engagieren, die Sie heiraten soll?« Sie hielt inne, während sie sich zwang, die Haltung nicht zu verlieren. »Wie soll das denn Ihr Problem lösen?«

»Es ist nur vorübergehend, Chérie«, sagte er mit einer leichten Selbstzufriedenheit. »Sechs Monate, lange genug für meinen Vater, um auf meinen jüngeren Bruder umzuschalten. Dann kann ich mich im Einvernehmen von meiner Frau scheiden lassen, und bin die Fesseln einer *echten* Ehe los.«

»Wieso sollte jemand dazu bereit sein?«

Julian legte seinen Arm auf die Rückenlehne, und seine Hand spielte mit ihren Haaren. »Vielleicht wären fünf Millionen Dollar ein gutes Argument?«

Fünf Millionen Piepen? Ja, verdammt nochmal. Camille kannte eine Menge Möchtegernschauspielerinnen, die für die Hälfte davon schon fast töten würden.

★★★

Camille nahm an, dass ihre Chefin Margo Fontaine gern auf ihrem Thron saß, hoch oben im 18. Stockwerk. Wer könnte es ihr verübeln? Ein Eckbüro mit zwei Fensterwänden, die beinahe selbstgefällig einen beeindruckenden Ausblick auf das Stadtzentrum von Los Angeles boten.

An diesem Tag interessierte sich Margo nicht für den Ausblick. Stattdessen wies ihr Gesicht einen Ausdruck von übertriebener Melancholie auf, während sie Camille anstarrte. »Wie soll ich das verstehen, dass du zu ihm *nein* gesagt hast?« Margos Stimme schrillte über den Tisch und machte Camilles Selbstbewusstsein zunichte.

Ein Gefühl von Ungläubigkeit wand und drehte sich in Camilles Bauch. Wie konnte Margo von ihr erwarten, dass sie bei dieser Farce mitmachte?

»Margo.« Camilles nervöses Lachen umhüllte sie wie ein dichter, erstickender Dunst. »Du kannst doch wirklich nicht von mir verlangen, dass ich irgendeinen Fremden heirate, nur um eine Geschichte zu bekommen?«

Margo wurde steif und legte eine aufbrausende Ungeduld an den Tag. »Natürlich erwarte ich nicht, dass du tatsächlich das mit der Heirat durchziehst.« Sie nahm eine gehörige Portion Sarkasmus in Margos Stimme wahr. »Du kannst es dir ja einen Tag vor der Trauung nochmal anders überlegen«, fügte sie hinzu, als wäre das absolut in Ordnung.

Ein dichtes Gewirr von Gedanken wimmelte in Camilles Kopf, ihre Muskeln spannten sich vor Furcht an. Meinte Margo es ernst?

Sie machte bestimmt Witze. Doch Margo Fontaine machte selten Witze über irgendetwas.

Am allerwenigsten über die Arbeit.

»Margo –«, Camille schindete Zeit, lange genug, um eine glaubwürdige Stimme wiederzuerlangen. »– das kann ich nicht tun. Nicht einmal mit einem Fremden.«

Julian de Laurent hatte etwas exzentrisch gewirkt, und höchstwahrscheinlich war er sehr anstrengend, weil er vermutlich daran gewöhnt war, dass alles nach ihm ging, doch mit ihm zu spielen, schien einfach nicht richtig.

»Klar kannst du.« Margo verschränkte abwehrend die Arme. »Und das wirst du auch.«

Ein Gefühl von eiskalter Überraschung kroch Camilles Rücken herauf. Sie schüttelte resignierend den Kopf. »Nein.« Camilles Stimme brach mit ihrem sinkenden Mut. Sie musterte Margos sprödes Gesicht, während sie sich immer unwohler fühlte, als ihr das Ausmaß der Entschlossenheit ihrer Chefin deutlich wurde. »Es tut mir leid, aber das kann ich nicht.«

Margo wartete und ließ die Stille zwischen ihnen beiden wirken. Eine Taktik, um die Angst vor dem Ungewissen in ihrem Feind anwachsen zu lassen. »Camille.« Sie sprach in einem ruhigen Ton. Etwas zu ruhig. Das versprach nichts Gutes. »Wie lange machst du bereits ein Praktikum bei Disclosure? Ein Jahr schon?« Sie nahm einen Füllfederhalter in die Hand und rieb mit dem Daumen die Kante entlang. »Unsere Praktika dauern normalerweise ein Jahr. Dann entscheide ich, ob ich den Kandidaten eine Vollzeitstelle anbiete oder womöglich Empfehlungen für andere Stellen ausstelle, wenn ich Lust dazu habe.«

»Margo, ich fände eine feste Arbeitsstelle bei der Zeitschrift toll.« Camille lehnte sich vor und legte den Arm auf den Tisch ihrer Chefin. »Aber ich freue mich auch über eine Empfehlung, wenn es deine Entscheidung sein sollte.«

»Camille, wie würde es dir gefallen, Mitglied des Teams zu werden und eine eigene Kolumne zu bekommen?«

»Das wäre ein Traum.«

»Du beschaffst mir diese Geschichte, und die Kolumne gehört dir.«

Auch wenn es verlockend klang, war Camille nicht darauf vorbereitet, das Spiel nach diesen Regeln zu spielen. Sie unterdrückte ihren Zynismus und zog sich wieder auf ihren Stuhl zurück. »Es tut mir leid. Ich kann nicht.« Sie wagte es, den Blick zu heben und Margo anzuschauen. »Gibt es sonst noch etwas? Andere freie Stellen?«

Margo starrte sie energisch und herausfordernd an. »Camille, deine weitere Beschäftigung bei Disclosure hängt davon ab, ob du diese Aufgabe annimmst und mir diese Geschichte beschaffst.« Ihr Ton verhärtete sich, um den zynischen Worten Rechnung zu tragen. »Typen wie de Laurent machen mich krank. Sie denken, dass sie einfach hierherkommen und Menschen nach Belieben kaufen können.«

Versuchte Margo nicht, das Gleiche mit Camille zu tun?

»Nun ja, ich nehme an, dass ich in diesem Fall eine Stelle bei der Zeitschrift ausschlagen muss.« Camille wollte noch einmal an den Anfang zurück, bevor die Anzeige in der L.A. Trades erschienen war. Dies war der Anfang vom Ende ihrer Grundüberzeugung gewesen, dass ihre Arbeitgeberin sich an die Regeln von menschlichem Anstand hielt.

Julian de Laurents Handeln war, soweit Camille erkennen konnte, nicht schlimmer als dasjenige des durchschnittlichen superreichen Kerls, der eine Verpflichtung eingegangen war und nun verzweifelt, wenn auch törichterweise, versuchte, sich aus der unangenehmen Situation zu befreien. Das hieß nicht, dass er und seine Familie es verdienten, von einer Reporterin, maskiert als Schauspielerin, ausspioniert zu werden, die dann eine pikante Enthüllungsgeschichte schreiben würde.

Nicht, dass es Camille etwas ausmachte, Julian aus der Klemme zu helfen. Es würde okay sein, einige Monate lang ein luxuriöses Leben zu führen, außer dass sie sich vermutlich zu sehr daran gewöhnen würde. Das wäre dann ihr Pech. Und sie müsste aufpassen, dass sie nicht anfing, an Julians Charme zu hängen.

Margo räusperte sich. In ihrem Antlitz fand sich keine Gnade. »Das ist wirklich schade«, sagte sie mit leichter Verbitterung. »Dann habe ich mich wohl in dir getäuscht.«

»Getäuscht?«

»Ich dachte, dass die Karriere deine höchste Priorität wäre.« Ihre Äußerung war keine Frage. »Im Gegensatz zum Schutz der Privatsphäre einer Person, die du noch nicht einmal kennst.«

Vielleicht hatte Margo nicht ganz Unrecht. Warum interessierte sich Camille für die Konsequenzen, die eine Enthüllungsgeschichte für Julian und seine Familie hätte?

Warum? Weil sie nicht so erzogen wurde. Oma Mae hatte dafür gesorgt. Camille hatte bei ihrer Großmutter gelebt, solange sie sich erinnern konnte, nachdem sie von beiden Elternteilen verlassen worden war, und Oma Mae hatte ihr einige altmodische Werte vermitteln können. Werte, die es nicht zuließen, guten Gewissens etwas so Hinterhältiges zu tun.

»Es tut mir leid, Mar – Ms Fontaine. Ich nehme an, dass es eine Grenze gibt, die ich nicht überschreiten möchte.«

»Das ist zu dumm.«

»Könnte ich vielleicht ein Empfehlungsschreiben erhalten?« Verzweiflung veranlasste sie, diese zuversichtliche Frage zu stellen. Camille würde einen neuen Job finden müssen, und zwar schnell. Die Rechnungen für den Studentenkredit, den sie erhalten hatte, während sie das College besuchte, würden sie bald überschwemmen. Sie wollte nicht auf einem Arbeitsmarkt kämpfen, der mit aufstrebenden Schauspielern und Schauspielerinnen überfüllt war. Nicht, dass am Kellnern etwas falsch wäre, doch das sollte nur eine vorübergehende Beschäftigung für Collegestudenten und Leute wie Tasha sein, die auf den großen Durchbruch warteten. Es sollte keine Option für Menschen mit einem Collegeabschluss in Journalismus sein.

»Eine Empfehlung?« Margos verhöhnendes Lachen zerstörte das letzte Bisschen an Wertschätzung, was sie übrig gehabt hatte. »Camille, es geht um alles oder nichts.«

»Alles oder nichts?« Camilles leichter Ton wurde dem Moment nicht gerecht.

Margo beugte sich über ihren Tisch und stützte sich auf den gekreuzten Armen ab. »Wie steht es mit deinen Servierkünsten?«

»Servierkünste?« Wovon zum Teufel redete sie?

»Nun, Schauspielerinnen, die nicht spielen können, kellnern. Reporter, die keine Reportagen schreiben können, tja, die kellnern auch.«

Was? »Kellnern?« Sicherlich verstand sie Margos Intention falsch. Camille hatte ihr Studium an der Stanford University mit Auszeichnung abgeschlossen. Es sollte nicht so schwer sein, in Südkalifornien einen Job bei irgendeiner Zeitung zu finden. »Ich denke, ich werde etwas Besseres finden können.«

»Nicht nachdem ich mit dir fertig bin.« Margo drückte sich hoch und ging um ihren Tisch herum. Sie lehnte sich dagegen, während sie Arme und Beine verschränkte und auf Camille mit einer Maske künstlichen Mitleids herabstarrte. »Falls du dich in der Überzeugung wähntest, dass ich netter bin, als die Leute behauptet hatten, die dich vor mir im letzten Jahr warnen wollten, wirst du dich glücklich schätzen, wenn du einen Job bei einem Schnellrestaurant findest.«

KAPITEL ZWEI

KLOPF. KLOPF. KLOPF.

Camille Chandler klopfte so stark an die Hotelzimmertür, dass ihre Fingerknöchel schmerzten. Verdammt nochmal, Julian de Laurent schuldete es ihr. Aber hallo. *Er* hatte sie ihren Job gekostet. Na ja, irgendwie so ähnlich. Er war jedenfalls der Grund, weshalb sie nicht nach einem Praktikum eine feste Stelle bei Disclosure Magazine bekam.

Sicherlich war das nicht seine Absicht gewesen, als er diese Anzeige in der L.A. Trades geschaltet hatte. Sie sollte nur herausfinden, was der superwohlhabende Franzose vorhatte, und meine Güte, das hatte sie doch. Nicht in ihren wildesten Träumen hätte Camille sich ausmalen können, dass ihre abgebrühte Chefin solche Anforderungen stellen würde. Wer hätte geahnt, dass das Nichtannehmen eines Antrages auf eine arrangierte Heirat mit ihren Aufgaben als Journalistin nicht vereinbar war? Niemand hatte ihr das gesagt.

Ein kleiner Teil von Camille – der Teil, der Julian de Laurent genauso faszinierend wie auch gutaussehend fand – hatte sie an seine Tür getrieben. Doch mehr noch war es ihre Angst, obdachlos, pleite und verschuldet zu sein, die ihr Hauptantrieb war, nachzugeben und sein Geschäftsangebot anzunehmen.

Sie blickte auf ihren roten körperbetonten Rock und die taillierte Jacke herunter, die sie beim Räumungsverkauf bei JC Penney ergattert hatte, das Beste, was ein Praktikant bei Disclosure Magazine sich leisten konnte. Hätte sie etwas anziehen sollen, das sexyer war?

Sexyer? Wem machte sie etwas vor? Im Gegensatz zu ihrer Freundin Tasha tat Camille sich schwer mit Sex Appeal. Das schmeichelhafteste Kompliment, das Camille je bekommen hatte, war, dass sie schöne Augen habe. Nicht sehr befriedigend, wenn derselbe Typ zu Tasha sagt: »*Gott, bist du hinreißend.*«

Julian de Laurent musste etwas an ihr gefallen haben, denn er hatte gesagt, dass sie für die Rolle perfekt sei. Wenn er es sich inzwischen anders überlegt hatte, wäre sie gelinkt.

Einfach atmen. Sie hatte Bauchschmerzen vor Bedenken wegen ihres gutgemeinten, aber schlecht durchdachten Plans. Vielleicht war das ein Fehler. Sie dachte daran, sich umzudrehen und wegzurennen, bevor jemand die Tür öffnete.

Zu spät.

Soren, de Laurents Schatten, erschien hinter der Tür. Immer war dieser Typ in Julians Nähe. Das brachte sie ins Grübeln.

»Ms Chandler, welch angenehme Überraschung.« Sorens stoischer Ausdruck schüchterte Camille ein.

»Ich würde gern mit Mr de Laurent sprechen.« Die Worte kamen mit Verzweiflung vermischt zitternd aus ihrer Kehle.

»Kommen Sie bitte herein.« Soren trat einen Schritt zurück, um Platz zu machen. »Ich sage Mr de Laurent, dass Sie hier sind. Machen Sie es sich bitte bequem.« Während er auf eine geschlossene Tür auf der anderen Seite des Raumes zuging, deutete er auf den Wohnbereich der Suite, der mit Plüschsofas und Sesseln und anderen feudalen Einrichtungsgegenständen ausgestattet war, die vermutlich mehr kosteten als ihr Auto.

Ich habe mich wohl gefühlt, bis er in mein Leben geplatzt ist. Sie stürmte auf die nächststehende Couch zu und ließ sich darauf fallen. Das Sofa um sie herum verformte sich wie eine Wolke. Verdammt. Natürlich lebte er in Saus und Braus. Gott kümmert sich um Kinder und Dummköpfe. Jeder, der eine Anzeige in der L.A. Trades schaltete, um nach einer Schauspielerin zu suchen, die sich für sechs Monate bereiterklärte, seine Frau zu spielen, musste doch crazy sein.

Mr Crazy – alias der äußerst heiße Julian de Laurent, wie Tasha ihn nennen würde – trat aus einem Innenraum hervor. Der Anzug, den er trug, maßgeschneidert und bestimmt aus Seide, schmiegte sich an seinen Körper und passte sich seinen Bewegungen an, während er auf sie mit gelassener Eleganz zuschritt.

Auch wenn er ein wenig arrogant war, so bemühte er sich nach Kräften, dass sich alle um ihn herum möglichst wohl fühlten. Julians Aufmerksamkeit war verdammt sexy. Seine Annahme, er wüsste, was für jeden das Beste sei, konnte einen genauso zur Verzweiflung bringen.

Camille schoss von der Couch hoch, während sie versuchte, gelassen zu wirken, und wartete darauf, dass er das Wort ergriff.

»Ms Chandler. Womit habe ich das Vergnügen verdient?«, fragte er mit leiser Stimme, die sehr so klang wie Schokolade schmeckte. Göttlich. »Haben Sie es sich vielleicht anders überlegt?« Seine Äußerung war nicht so sehr als Frage formuliert, sondern vielmehr als Vermutung.

War es so offensichtlich? Standen die Worte *Ich bin verzweifelt* in blinkender pinkfarbener und neongrüner Schrift auf ihrer Stirn geschrieben?

Camille verdrehte die Schultern und zog sie zurück. Sie holte Luft, die sowohl das Vertrauen, als auch die Fähigkeit enthalten sollte, die sie benötigte, um diesen verrückten Plan durchzustehen. »Ich habe nachgedacht, über Ihr ... Angebot.«

»Wirklich?«, sagte er mit höflicher, aber dennoch herablassender Stimme. Sie hatte keine Zeit, um über seine Arroganz nachzusinnen, als er ihr mit einer bittenden, überzeugenden Geste bedeutete, sie solle sich wieder auf die Couch setzen. »Ich dachte, dass Ihre Ablehnung meines Projektangebotes gestern Ihr letztes Wort war.«

Projektangebot? Gott, er sprach davon wie von einem verdammten Geschäftsunterfangen. Etwas, wozu sie sich durchringen musste, wenn sie nicht scheitern wollte. Scheitern war keine Option. Dummheit auch nicht.

»Sagen wir einfach, dass ich nach etwas Zeit in der Lage war, einige der verborgenen Vorteile Ihres Angebotes zu erkennen.« Camille hielt inne, als ein Hauch von Zitrusfrüchten und leichten Gewürzen durch den Raum wehte und mit ihren Sinnen spielte. Der männliche Duft, ein wirksam beruhigendes Mittel, ließ sie von kühlen, erfrischenden Brisen an lauen Sommerabenden träumen. »Ich bin zu Verhandlungen bereit.« Sie räumte ihre Furcht und die Versuchung beiseite. »Außer, Sie haben schon mit jemand anderem eine Vereinbarung geschlossen.«

Julian breitete seinen Arm auf der Rückenlehne der Couch hinter Camille aus. Er berührte sie nicht, doch sie reagierte physisch auf seine Nähe. Sie erzitterte wie vor arktischer Kälte, als er ihr sein umwerfendes Lächeln schenkte.

»Nein. Die Stelle gehört Ihnen, wenn Sie sie wollen.«

Sie holte vor Erleichterung Luft und gab sich betont sachlich. »Wir müssen ein paar Grundregeln aufstellen.«

»Zum Beispiel?«

Zum Beispiel, dass Sie es sich nicht anders überlegen können, wenn Sie Tasha sehen. Es wäre vermutlich ein Fehler, ihm ihre bombenmäßige Freundin vorzustellen. Idee erstickt.

Camille räumte ihre Unsicherheit, und dass sie sich von Julian angezogen fühlte, beiseite und legte stattdessen ein stereotypisch kaltes und herzloses Geschäftsauftreten an den Tag. Julian de Laurent durfte nichts über die jüngste Änderung ihres Beschäftigungsstatus' erfahren, oder darüber, dass sie es ein bisschen auf ihn »abgesehen« hatte – wogegen sie hart ankämpfen wollte. Sie hatte nicht die Absicht, sich in ihn zu verlieben. Ihre Mutter hatte sich in ihren Vater verliebt, und man konnte ja sehen, wozu das geführt hatte. Der Mann hatte sie verlassen, lange bevor Camille geboren wurde.

»Ich habe einige Kredite, die abbezahlt werden müssen, bevor ich die USA verlasse.« Sie hoffte, dass ihre monotone Stimme sie wie eine kluge Unterhändlerin erscheinen ließ, und nicht wie eine verzweifelte Betrügerin. »Ich möchte nicht, dass meine Glaubwürdigkeit angekratzt wird«, fügte sie hinzu in der Hoffnung, die Bedeutung der Kredite herunterzuspielen.

»Abgemacht«, sagte er, ohne zu fragen, wie viel.

Das weckte wieder Camilles Besorgnis. Wer würde sich damit einverstanden erklären, ohne die Details zu kennen?

»Unsere Ehe muss echt erscheinen.« Die Ernsthaftigkeit in seiner Stimme lenkte ihre Aufmerksamkeit wieder auf ihn, gerade als seine Lippen sich zu einem anspornenden Grinsen formten. Camille wusste nicht, ob sie ihm dafür eine scheuern oder ihn küssen sollte. »Sie und ich werden uns ein Schlafzimmer teilen müssen, wo immer wir sind.«

Sie hatte an seinem ködernden Kommentar zu knabbern, während sie versuchte, es nicht zu nah an sich heranzulassen. »Wo immer wir sind?«

»Meine Familie ist sehr bekannt in Europa. Die Journalisten lauern hinter jeder Ecke. Sie werden sich jeder Ihrer Bewegungen bewusst sein müssen, auch gegenüber meiner Familie.« Seine Distanz saugte das Selbstvertrauen aus ihr heraus und hinterließ sie machtlos, irgendetwas anderes zu tun, als zu nicken. Julian fuhr fort, als würde er eine Gewinn- und Verlustrechnung vortragen. »Vor allem muss meine Familie glauben, dass die Ehe echt ist.«

Gehörte Sex zum Geschäft? Nicht, dass Camille den Gedanken, mit ihm zu schlafen, indiskutabel fand, aber sie war auch nicht bereit, mit ihrer Gunst gegen Geld zu handeln.

»Sie können mich nicht kaufen.« Trotz rumpelte in ihr wie ein Zug in voller Fahrt. »Nicht auf diese Weise.«

»Chérie, wenn wir Liebe machen, wird es auf Ihren Vorschlag hin geschehen.« Mit einem Zwinkern rückte er näher, und sein teuflisches Grinsen entzündete den Reiz der Versuchung.

»Das werden wir nicht. Und ich werde den Vorschlag nicht machen.« Sie hoffte, dass er ihr ihren Widerstand abkaufte.

»Was immer Sie sagen, Chérie.« Sein schelmisches Lächeln wich einem gaunerhaften Lachen. Er machte sie an. Das machte ihr nicht so viel aus, als nicht in der Lage zu sein, das Verlangen in sich zu kontrollieren.

Dass er sie mit falschem Namen ansprach, verletzte ihr Ego und brachte ihm einen rachsüchtigen Ton ein. »Mein Name ist Camille.«

»Das weiß ich«, sagte er nicht eingeschüchtert. »Chérie ist, wie sagen Sie hier in Amerika ... ein Kosename. Ich habe Sie *Liebling* genannt.«

»Entschuldigung.« Der bittere Beigeschmack in ihrer Entschuldigung war verletzend, doch sie ließ ihm keine Zeit, ihren Schnitzer auszunutzen. »Also, sobald wir verheiratet sind und solange ich Sie nicht verlasse oder irgendjemandem sage, dass die Ehe nur ein Geschäftsdeal ist, scheiden sich nach sechs Monaten unsere Wege und ich bekomme fünf Millionen Dollar für meine Mühe?«

»Das ist die Abmachung«, sagte er mit einem halben Lächeln und geschlossenen Zähnen.

Mist. Dieser Typ muss wirklich Kohle haben.

»Wozu wollen Sie überhaupt so tun, als seien Sie verheiratet?«, fragte sie. Der Grund, den er anführte, schien etwas extrem zu sein. »Warum können Sie Ihrem Vater nicht einfach sagen, er solle Sie in Ruhe lassen?«

Julian erhob sich. »Chérie, das werden Sie besser verstehen, nachdem Sie ihn kennengelernt haben.« Er schob die Hände in die Hosentaschen und türmte sich über ihr auf wie ein hungriger Geier, der seine in die Ecke getriebene Beute beäugte.

»Verstehe.« Die Worte fielen ihr aus dem Mund. Doch ehrlich gesagt verstand sie gar nichts. Es ergab keinen Sinn.

»Also, haben wir einen Deal?«, fragte er sorglos und sanft. Er nahm die Hand aus der Tasche und präsentierte sie ihr als ein Zeichen des guten Willens.

»Da ist nur noch eine Sache.« Sie wich seiner ausgestreckten Hand aus. »Wir müssen heiraten, bevor wir die Staaten verlassen.« Wenn man bedenkt, dass sie von Geburt an Menschen misstraute, war es verständlich, dass sie auf einer offiziellen Garantie bestand, bevor ihre Füße amerikanischen Boden verließen.

»Wenn Sie sich dadurch besser fühlen. Klar.« Er zuckte die Achseln, viel zu ruhig oder töricht. »Aber wir müssen die amerikanische Hochzeit geheim halten.«

»Warum?«

»Es wird eine weitere ausgefeilte Hochzeit geben, wenn wir in Frankreich sind. Die sechs Monate beginnen von da an –«

»Mo… Moment mal.« Camille ging hoch wie ein Feuerwerkskörper und geriet ins Wanken. »Wann findet die französische Hochzeit statt?«, fragte sie, erstaunt von seinen Anstrengungen, die List in die Tat umzusetzen.

»Zwei Wochen. Ein Monat.« Seine Augenbraue krümmte sich amüsiert. Offenbar sah er eher Missbilligung in ihrer Reaktion und keine Begeisterung.

Vor Missfallen blieb ihr die Luft weg und ließ ihren Kopf nach hinten kippen.

»Sicherlich machen ein paar zusätzliche Wochen bei fünf Millionen Dollar keinen großen Unterschied aus, Chérie?«, sagte Julian, sie vollkommen falsch interpretierend.

Eigentlich sollte sie einfach mitspielen, dachte Camille. Anscheinend erwartete er das, doch stattdessen bemerkte sie: »Sie sagten sechs Monate. Nicht sechs Monate und zwei Wochen oder sieben Monate.« Ihre Stimme klang erregt, entnervt und alarmiert zugleich. Das machte sogar ihr Angst. Trotzdem wiederholte sie noch einmal: »Sechs. Monate.«

Die Tirade führte eher dazu, die ganze verrückte Idee zu hinterfragen, als ihren Entschluss, mitzumachen, zu festigen. *Welcher Idiot erklärt sich schon bereit, für sechs Monate die Frau von irgendeinem Fremden zu werden? Eine, die dank ihm ihren Job verloren hat. Eine, die eine Menge Studentenkredite hat und überhaupt keine Mittel, sie abzubezahlen. Eine, die Angst davor hat, ohne einen Cent dazustehen und auf der Straße leben zu müssen. So eine.*

Margos Drohung, den Bezirk von L.A. gegen sie aufzubringen, milderte ihre Angst natürlich nicht, sondern vervielfachte sie noch. Ob ihre ehemalige Chefin solch einen Schaden anrichten konnte oder nicht, wurde allein schon von der Möglichkeit überschattet. Und wenn das alles hinzukam zu Julians verletzlichem Ausdruck, als er davon redete, dass er nicht in einer lieblosen Ehe festhängen wollte, fand Camille es unmöglich, »nein« zu sagen.

Damit war die Sache klar. Sie war ein verzweifelter Idiot und wollte sich gerade bereit erklären, einen hoffnungslosen Narren zu heiraten.

Julian wollte seinen Vater von seinen Plänen abbringen, ihn zu verheiraten, und Camille Chandler war die perfekte Fassade wie auch eine äußerst angenehme Ablenkung.

»Chérie, ich kann Ihnen versprechen, dass es nicht so schlimm sein wird, wie Sie sich das vorstellen.« Er sollte aufhören, sie Chérie zu nennen, aber es gefiel ihm, wie sie sich darüber ärgerte und wie ihre Augen dadurch lebendiger wurden.

Angriffslust war eine Eigenschaft, die sie benötigen würde, und zwar je feuriger, desto besser, um eine zufriedenstellende Abwehr gegen seinen Vater und Madeleine, Papas Wahl für Julian, zu errichten. Er würde Camille warnen müssen. Er konnte nicht riskieren, dass sie sie unvorbereitet trafen. Doch erst, wenn sie in Frankreich wären.

Sich seines Egoismus' sehr wohl bewusst, entschied sich Julian, zu warten, da er sich nicht erneut auf die Suche nach einem passenden Ersatz machen wollte. Es war nicht so, dass er Camille damit einen schlechten Dienst erwies. Sie konnte sich ihm gegenüber behaupten, und sie würde sich auch seiner Nemesis gegenüber behaupten.

Er machte es sich wieder auf der Couch gemütlich und zeigte auf den freien Platz am anderen Ende. Sie blickte auf die freie Sitzfläche zwischen ihnen, auf ihn und dann wieder auf das Sofa. Nervös glättete sie ihren Rock, bevor sie widerwillig Platz nahm und die Hände in den Schoß legte.

»Ich verspreche, dass es nicht so schlimm sein wird«, sagte er noch einmal, nicht sicher, ob er versuchte, sie oder sich selbst zu beruhigen.

»Klar, das sagen Sie so.« Ihr Ton verriet ihm alles, was er wissen musste. Sie traute ihm nicht.

»In Ordnung. Wollen Sie darauf wetten?« Der Vorschlag war nicht mehr als ein Mittel, um die Spannung zu lösen. Außerdem könnte eine Seitenwette Spaß machen. Und wer weiß, wenn sie

Wetten leicht annahm, würde sie vielleicht genauso mühelos in seinem Bett landen.

Sie blickte ihn scharf an. »Was für eine Wette?«

»Selbstverständlich müssten Sie sich zu absoluter Ehrlichkeit verpflichten.« Er lüftete das Geheimnis noch nicht, einfach, weil es sie neugierig machte.

»Wie werden Sie wissen, dass ich absolut ehrlich bin?«

»Ich vertraue Ihnen, Chérie.« Er hielt das Kichern zurück und gab die Information nur bruchstückhaft preis.

Sie prustete los und rollte mit den Augen. »Klar, ich werde genauso ehrlich sein wie Sie aufrichtig.«

»Ist das nicht das Gleiche?«

Sie verzog das Gesicht zu einer schiefen Grimasse. »Können wir zurück zum Thema kommen?«

Ah, gut. Sie würde es seinem Vater oder Madeleine nicht erlauben, Informationen aus sich herauszukitzeln. »Der Punkt ist, dass Pacifique de Lumière überall in Europa wohlbekannt ist. Sie werden seinem Charme und seiner Schönheit nicht widerstehen können.«

»Pacifique de Lumière«, wiederholte sie, nicht annähernd so fließend oder zuversichtlich.

»Das ist mein Zuhause in der Nähe von Marseille.«

»Also, Sie ... wohnen in einem Schloss oder so?« Sie kicherte, als wären ihre Worte lustig. »Wissen Sie, ich habe gehört, dass es dort ziemlich kalt und feucht ist.«

»Nein, Chérie. Kein Schloss.« Eine schöne Erinnerung aus seiner Kindheit, wie seine Mutter mit ihm und André im Hain Fangen spielte, erfüllte seine Gedanken. Ein sanftes, angenehm leises Lachen entfuhr seiner Kehle. »Nur ein Château, das meiner Familie seit etwa vier Jahrhunderten gehört.«

Sie seufzte und runzelte wieder die Stirn.

»Oh, es wurde komplett renoviert und mit den neuesten Komforteinrichtungen unserer Zeit ausgestattet.«

Das beeindruckte sie auch nicht. Ihr stoischer Ausdruck legte nahe, dass sie auf das Haus seiner Familie pfiff.

»Ja, wie auch immer.« Sie rollte mit den Augen, ihre Stimme wurde schwächer und verlor ihren eisernen Klang. »Worauf wollen Sie hinaus?«

»Wenn Sie nicht vollkommen fasziniert von dem Ausblick sind, wenn schon nicht von dem Château selbst, verdoppele ich Ihre Gage.«

Endlich klappte ihr die Kinnlade herunter. »Ist das Ihr Ernst?«

»Absolut.«

»Nur, damit es klar ist.« Sie hielt inne, während sie auf ihrem Sitz unruhig wurde. »Was genau bekommen Sie, wenn ich auf irgendeine Weise fasziniert sein sollte?« Sie bedeckte ihren Mund und hustete etwas heraus, das sehr nach »*Wahnsinn.*« klang.

»Nichts so Düsteres und Grässliches.« Er stützte sich mit dem Ellbogen von der Couch ab und lachte leise, bevor er einen ernsteren Ton anschlug. »Unsere sechsmonatige Ehe wird an dem Tag beginnen, an dem wir in Frankreich getraut werden.«

Sie streckte die Hand nach seiner Stirn aus, wie es seine Mutter getan hatte, als er ein Kind war, doch Camilles Berührung war anders. Sie glühte vor Hunger, warm und weich und unbekannt, und drang bis zu seinem Innersten vor. Er griff nach ihrem Handgelenk, ein schwacher Versuch, sich von seinen intensiven Emotionen abzulenken.

»Ich kenne dich noch nicht sehr lange«, sagte sie mit einem Halbkichern, das den Raum erfüllte, »aber ich denke, dass mit dir vielleicht etwas nicht stimmt.«

Er lachte und flocht ihre Finger ineinander. »Camille, du wirst meinen Vater verrückt machen.«

Ihr Gesicht entspannte sich und nahm einen wissenden Ausdruck an. »Das dachte ich mir.« Sie machte keine Anstalten, ihre Hand wegzuziehen.

»Du weißt vielleicht nicht so viel, wie du denkst.«

»Und dir steht vielleicht eine Überraschung bevor.«

»Hm … das wäre die erste.« Er meinte das nicht lapidar. Frauen überraschten ihn selten. Sie waren wie ein offenes Buch, eines, das innerhalb von fünf Sekunden von der ersten bis zur letzten Seite gelesen werden konnte, die Zeit aber meist nicht wert war. Bis jetzt. Jedes Wort, jede Handlung, jeder Hinweis und jede Vermutung, die Camille Chandler betraf, hielt ihn gefangen. Er hoffte, dass er am Ende nicht enttäuscht sein würde.

»Tja, das ist eine ziemlich zynische Perspektive für einen Mann, dem die Welt zu Füßen liegt.« Das Feuer in ihrer Stimme war wieder voll entflammt.

»Die Welt liegt mir zu Füßen?«, fragte er eher zur Belustigung denn aus Neugier.

»Na ja, jedem, der fünf Millionen Dollar in eine Wette steckt, die man leicht manipulieren kann, muss die Welt zu Füßen liegen.«

Sie hatte nicht ganz Unrecht. Sie könnte lügen. Er wäre überrascht, wenn sie es nicht täte. Geld besaß die Macht, die Menschen zu seltsamen Dingen anzustiften. Sein Antrieb war Freiheit. Glücklicherweise besaß er nahezu unbegrenzte Geldreserven, um seinen Launen frönen zu können.

Doch mehr noch als das hatte er den Eindruck, als könnte sie eine Entlastung gebrauchen.

»Ich zu sein ist nicht immer so, wie es zu sein scheint.«

»Und woran liegt das?«

»Genug über mich.« Er lehnte sich zu Camille und inspizierte sie verführerisch. Wie gern würde er seine Hand in diese champagnerfarbene Mähne vergraben und sie zu sich heranziehen. »Bist du bereit, die USA zu verlassen?«

»Sobald wir verheiratet sind.«

Ach das. »In Ordnung. Ich überlasse dir die Organisation. Es ist vermutlich am besten so.« Julian hatte keine Lust, über die mühsamen Vorbereitungen zu wachen. Das Einzige, wofür er sich interessierte, war der Ehevertrag.

»Vegas.«

»Vegas?« *Was?* Sie wollte spielen? Vielleicht hatte sein Instinkt ihn getäuscht, und er hatte eine falsche Entscheidung getroffen.

»Vegas. Es ist die schnellste, einfachste und bequemste Art, unter die Haube zu kommen.«

Unter die Haube? Ach ja, eine Redewendung. Erleichterung überkam Julian, und ein Gewicht fiel von seinen Schultern ab.

Gott sei Dank. Nicht dass er noch seine Fähigkeit einbüßte, instinktiv die richtigen Entscheidungen zu treffen.

»Vegas. Dann sollten wir dorthin fahren.« Ihre Augen leuchteten auf, als würde sie es genießen. Ihm gefiel das.

»Wann? Heute? Morgen? Ich bin mir nicht sicher, wie schnell wir einen Flug bekommen können.«

»Oh, wir können jederzeit aufbrechen, wenn du bereit bist –«

»Lass mich raten.« Sie schnitt ihm das Wort ab. »Du hast ein eigenes Flugzeug?«

»Das habe ich, Chérie.«

»Schau.« Ihre Schultern sanken nach unten, und sie stieß ein verärgertes Seufzen hervor. »Du musst damit aufhören, mich so zu nennen.«

»Warum?«

»Ich weiß nicht. Es scheint einfach nicht richtig.«

»Warum?«

»Ich bin nicht wirklich dein *Liebling*. Es ist nicht so, als wären wir ein echtes Paar oder so.«

»In den nächsten sechs Monaten, Chérie, werden wir es genauso aussehen lassen.«

Und falls sie in dieser Zeit seinem Charme erliegen würde, umso besser.

Sie fing an, ein wenig rot zu werden, und wirkte auf einmal unruhig, was Julian mit Sorge erfüllte. Er wollte nicht, dass sie nervös wurde und es sich anders überlegte.

»Willst du noch ein paar Sachen mitnehmen oder eine neue Garderobe kaufen?«

»Ist das wirklich nötig?« Sie hielt inne, als würde die Vorstellung davon, dass ihre Kleidung unangemessen war, zu ihr durchdringen. »Nun ja, ich vermute, dass mein JC Penney-Stil den Erwartungen der de Laurent-Familie nicht ganz entspricht, oder?« Sie öffnete sich und gab sich einem möglichen Spott preis. Eine Eigenschaft, die nur Mutigen vorbehalten blieb. Sie nahm sich selbst nicht zu ernst. Ein weiterer Charakterzug, der Julian gefiel.

»Camille.« Er benutzte ihren Namen diesmal mit Absicht. »Ich denke, dass du großartig aussiehst, egal, was du anhast … doch als die Ehefrau von Julian de Laurent muss man bestimmte Verpflichtungen und Erwartungen erfüllen.«

Ihr Gesichtsausdruck verriet ihm, dass sie es verstand. Er sagte auch aus, dass sie den Job nicht gern auf ewig machen würde.

»Und wenn man deine Frau ist, muss man sich auch entsprechend kleiden.«

Sie war schnell von Begriff. Ein weiterer Pluspunkt. »Du wirst die neueste Mode der besten Designer tragen. Du wirst mit Juwelen behängt sein, die die meisten Menschen sich gar nicht ausmalen können. Und diejenigen, die es können, werden dich beneiden. Genieße es, Chérie.« Er sprach sie wieder mit dem französischen Kosenamen an. Sie musste sich daran gewöhnen, denn die Leute würden nicht weniger von einem Mitglied der de Laurent-Familie erwarten.

»Wirst du dir auch eine fantastische, aber dennoch absolut falsche Herkunftsgeschichte über mich ausdenken?«

Ihr spröder Ton schien durch, und sie erstarrte angesichts seiner unvoreingenommenen lässigen Unbekümmertheit. Sie fühlte sich eindeutig herabgesetzt, und das gefiel ihr gar nicht. Das war nicht seine Absicht gewesen.

»Du bist, wer du bist. Du erzählst die Geschichte.«

Julian musste sicherstellen, dass Camille sich so wohl wie möglich fühlte, denn sehr bald würde sie von den beiden Bulldoggen erfahren müssen, die sie in der näheren Zukunft erwarteten. Nur nicht jetzt.

Klar, ich werde die Geschichte vielleicht erzählen müssen … aber wird er sie mir am Ende diktieren?

Auch wenn Camille ihre Bedenken hatte, wollte sie seine Farce durchziehen. Welche andere Wahl hatte sie? Das Leben auf den Straßen von L.A. war nicht angenehm, und sie wollte es nicht am eigenen Leib erfahren.

Die Heirat mit Julian war keine Gefängnisstrafe oder so etwas. Sie wollte sehr gern herausfinden, wie es sich anfühlte, in ein

Einzelstück von Christian Dior zu schlüpfen, auch wenn es nur von kurzer Dauer sein würde. Und in die Arme von Julian zu sinken, war auch keine schlechte Idee.

Sie schielte auf ihn und versuchte, einen Grund zu finden, sich doch noch aus der Affäre zu ziehen, während sie gleichzeitig die Vorteile der Aktion durchging: Geld. Ein heißer Ehemann – wen interessierte, ob es ein echter war. Keine Sorgen in den kommenden sechs Monaten. Womöglich ein bisschen großartiger Sex. Luxus in Hülle und Fülle, soweit ihr Auge reichte.

»Nun ja, es könnte spaßig sein, für eine kleine Weile reich zu *spielen*«, sagte sie, während sie sich von der Vorstellung begeistern ließ.

»Im Gegenteil, Chérie, du wirst reich sein, wenn auch nicht übermäßig. Denk daran, dass ich dir fünf Millionen Dollar zahle.«

Julian hatte nicht ganz Unrecht. Doch Camille hatte das Gefühl, dass das Ausmaß an Wohlstand, das sie erleben würde, jenseits ihrer wildesten Träume lag.

Eine spaßige Perspektive, während sie eigentlich voller Sorge war, obdachlos zu werden und keinen Job in dem Beruf zu finden, für den sie Zehntausende von Dollar an Ausbildungsgebühren ausgegeben hatte.

Sie wollte nur damit klarkommen und ihre Zukunft sichern. Deshalb schien gerade jetzt die Heirat mit Julian de Laurent für insgesamt sechs Monate aus mehr als einem Grund attraktiv zu sein. Natürlich würde sich die Option in Luft auflösen, wenn er wüsste, warum sie es sich anders überlegt hatte.

Auf gar keinen Fall durfte sie ihm verraten, dass sie ihren Job bei Disclosure Magazine verloren hatte, nachdem sie sich geweigert hatte, sein Angebot anzunehmen und die Erfahrung in einer Geschichte zu verarbeiten. Jetzt würde er es nämlich wirklich glauben.

Die Frage war, ob sie es zu einer Traukapelle in Vegas schaffen würden, bevor er herausfand, dass sie und ihre Arbeitgeberin sich getrennt hatten – oder sogar schlimmer noch, bevor er ihrer bombenmäßigen Freundin Tasha begegnete?

KAPITEL DREI

CAMILLE EILTE DICHT hinter Julian her, als sie die Treppe zum Flugzeug hochstiegen. Er wartete lange genug, um nach ihrer Hand zu greifen, bevor sie einen Privatjet betraten, der von der Größe mit den meisten Verkehrsflugzeugen mithalten konnte.

Sie hatte Bauchschmerzen angesichts der Ungewissheit, ob sie denn auch das Richtige tat. Auch wenn es dafür eigentlich zu spät war. Ihre Karriere war bereits ruiniert. Und Julian war zumindest teilweise schuld daran. Wenn er doch nur nicht nach Amerika gekommen wäre, um hier eine Ehefrau auf Zeit zu suchen.

Meine Güte, gab es in Europa keine Goldgräberinnen? Musste er um die halbe Welt fliegen, um sich eine Ehefrau auf Zeit zu kaufen?

Julians wertvollste Eigenschaft, neben seiner Anziehungskraft, war, dass er so ein netter Kerl zu sein schien. *Ja, und man sagt, dass Ted Bundy auch charismatisch gewesen sei. Ihm zu vertrauen hatte eine ziemliche Menge Frauen das Leben gekostet.*

Du meine Güte. Camille verscheuchte die Unsicherheit aus ihren Gedanken. Julian war kein Mörder. Außer wenn man Freundlichkeit und sein umwerfend gutes Aussehen als eine Waffe zählte.

Er hielt in der Kabine an und drehte sich mit einem hinreißenden Lächeln auf den Lippen zu ihr um. »Mach es dir bequem.« Er winkte mit der Hand. »Ich muss mit dem Kapitän sprechen, aber ich komme in wenigen Minuten zurück.«

Julian verschwand hinter einer Tür neben dem Eingang zum Flugzeug und ließ sie allein zurück mit ihrer paranoiden Unsicherheit.

Einfach atmen. Camille musterte die Kabine. Sie sollte Platz nehmen, doch sie hinterfragte ihre Daseinsberechtigung. Verdiente sie fünf Millionen Dollar als Belohnung für das Begehen eines Betrugs?

Vermutlich nicht. Doch sie verdiente es auch nicht, auf die Straße geworfen zu werden. Sie hatte keine Aussichten, hier in L.A. einen Job zu finden – dank Julian –, und stattdessen Tausende an überfälligen Studentenkrediten, die er als Teil ihrer Vereinbarung zahlen würde.

Sie wettete, dass die Plüschsofas, sogar die Sessel, überaus bequem waren und sie zu einem kurzen Nickerchen verleiten würden. Die Aussicht auf eine ungewisse Zukunft in L.A. zog sie auf einen beigefarbenen Ledersessel. Als sie sich darauf sinken ließ, fühlte sie sich wie auf einer Wolke. Sie hatte noch nie solch einen Luxus oder Komfort erlebt und hoffte, dass sich davon ihre Nerven beruhigten.

Camille öffnete die Augen und studierte die Tür, hinter der Julian verschwunden war. Sie griff nach ihrer Handtasche und kramte daraus ihr Handy hervor. Nicht dass es viele Menschen gab, die nach ihr suchen würden, falls sie verschollen wäre, jetzt, da sie ihren Job verloren hatte, doch es gab Tasha. Sie würde eine große Sache daraus machen. Camille wollte das nicht. Sie sollte sie lieber anrufen, aber nicht auf ihrem Handy. Also holte sie Tashas Festnetznummer hervor und wählte.

Nach einigen Klingeltönen begrüßte Tashas verführerische Stimme den Anrufenden. »Hey, hier ist Tash. Wenn ihr meine Handynummer nicht habt, hinterlasst eine Nachricht, und ich rufe zurück.« Ihre kokette Ansprache wurde von den klaren Worten überschattet, aus denen hervorging, dass einige Anrufer nur einen beschränkten Zugang hatten.

»Hey, Tash, ich habe es auf deinem Handy versucht, dich aber nicht erreicht.« Die Lüge ging ihr leicht über die Lippen, da sie einem größeren Zweck diente. »Hör zu, Margo hat mich befördert. Jetzt habe ich diese wichtige Stelle, auf die ich so lange gewartet habe. Der Haken ist, dass ich jetzt wegen einer Geschichte die Stadt verlassen muss. Ich weiß nicht, wie lange ich wegbleiben werde, aber es wird vermutlich eine längere Tätigkeit.« Sie hörte auf zu reden, weil Soren die Kabine betrat und sich ihr näherte.

»Ms Chandler, darf ich Ihnen auf unserem kurzen Flug nach Las Vegas etwas zu trinken anbieten?« Er hielt inne, während er die Hände hinter dem Rücken hielt. »Mr de Laurent fragt, ob das Bellagio für Sie angemessen wäre, solange wir noch in den USA weilen?«

»Ich rufe dich später an, okay?«, sagte sie in den Hörer. »Mach dir keine Sorgen. Alles cool.« Zögernd legte sie auf. Nach einem Moment voller Stille drehte sie sich zu Julians Diener. »Soren. Ist das Ihr Vorname?«, fragte sie, während sie das Telefon in die Tasche legte.

»Ja, Madam.« Er stand da und wartete auf ihre Anweisung.

»Kann ich vielleicht einfach nur Wasser oder so etwas haben?« Alkohol auf leeren Magen vertrug sich nicht.

»Selbstverständlich.« Er bewegte sich auf eine kleine Bar in einer entfernten Ecke der Kabine zu. »Und ich nehme an, dass das Bellagio Ihren Ansprüchen genügen wird?« Hinter der Theke bereitete Soren das von ihr gewünschte Getränk vor.

Da sie es nicht gewohnt war, von jemandem bedient zu werden, ging Camille zu Soren. Höflich nahm sie ihm die Wasserflasche und das mit Eis gefüllte Glas aus der Hand und füllte es selbst.

»Klar.« Sie versuchte, ihre Überraschung und Vorfreude auf den Aufenthalt in dem noblen Hotel zu verbergen. »Das Bellagio ist für mich in Ordnung.«

Das Glas verbreitete Kühle, sodass ihre Finger frostig wurden. Sie eilte zurück zu ihrem Sitz und nippte am Wasser, bevor sie das Glas auf einem nahe gelegenen Tisch abstellte, der an einen Couchtisch erinnerte.

»Kann ich Ihnen sonst noch etwas bringen?«

Sie schüttelte den Kopf. »Wird Julian während des Flugs hier sein? Ich mag es nicht wirklich, allein zu sitzen.«

Sorens mitfühlendes Lächeln sagte ihr, dass er Mitleid mit ihr hatte. »Ich richte es Mr de Laurent aus.« Er neigte den Kopf und zog sich aus der Kabine zurück.

Die letzten Tage waren lang und stressig gewesen. Camilles Lider wurden schwer, und sie begutachtete ihren Sitz und das nahe gelegene Sofa. Sie setzte sich darauf mit dem Vorhaben, nur ein paar Augenblicke dort zu verweilen. Die Couch umhüllte sie und lud sie zum Schlummern ein.

Julian kam aus dem Cockpit und machte sich auf den Weg in die Kabine, sich seines hochmütigen Grinsens voll bewusst.

Camille Chandler, eine zukünftige de Laurent, war eine Wucht, mit der man rechnen musste. Zweifellos würde sie mit Leichtigkeit alles bewältigen, was Papa oder Madeleine ihr an den Kopf werfen würden, doch vielmehr noch besaß sie das Zeug, eine Wildkatze im Bett zu werden.

Bevor die Ehe vorbei war, würde er sie haben, und es würde nicht aus einem Gefühl des Zwangs heraus passieren.

Während er beobachtete, wie sie auf der Couch schlief, bewertete er sie mit einem mehr als mäßigen Interesse. Ihr anziehender Körper erfüllte ihn mit einer inneren Begeisterung. Ihre blonden Haarsträhnen, die sich in ihrem zart geschnittenen Gesicht verteilten, zogen ihn an ihre Seite.

»Chérie.« Mit zarten Fingern schob er ihre Haare zurück.

Sie trat aus dem Nebel des Schlafes, und als ihr Blick auf Julian traf, färbte ein Hauch von Rosa ihre Wangen.

»Wir starten gerade. Es wäre gut, sich anzuschnallen.«

Sie richtete sich auf und rückte zu seiner Bestürzung von ihm weg.

»Tut mir leid, ich hatte keine Ahnung, dass ich so müde bin.« Camille fingerte an dem Gurt herum.

Er legte ihr eine Hand auf die Schulter in der Hoffnung, sie zu beruhigen. »Keine Sorge, Chérie. Sobald wir in der Luft sind, kannst du dich in einem separaten Raum ausruhen.«

Die Farbe auf ihren Wangen wurde intensiver, und ein verwirrtes Lächeln erschien auf ihrem Gesicht. »Hast du etwas zu essen da? Ich habe irgendwie Hunger.«

»Essen? Natürlich. Was hättest du gern?«

»Was hast du denn da?«

»Soren«, Julian hob seine Stimme leicht an.

Sein Assistent erschien. »Sir.«

»Miss Chandler hat Hunger. Ich nehme an, dass wir etwas haben, das ihre Zustimmung finden wird, sobald wir in der Luft sind?«

»Die Zubereitung der meisten Mahlzeiten, die wir haben, dauert länger, als wir in der Luft sein werden«, sagte Soren. »Wir haben aber Sandwiches. Pute oder Schinken, glaube ich.«

Julian schaute Camille an.

»Pute.« Sie nickte.

»Ausgezeichnet.« Julians Lächeln schaltete auf Sparflamme, als er sich auf dem Sofa zurücklehnte.

Camille griff nach ihrem Wasserglas und blickte zu Julian.

Er breitete den Arm auf der Rückenlehne der Couch aus. »Findet unsere amerikanische Hochzeit heute Abend oder morgen statt?«

Sie zuckte gleichgültig die Achseln und sagte: »Wie wäre es mit heute Abend?« Sie sagte nichts, bis sein Blick auf ihren traf. »Meinst du, wir könnten jemanden aus einer der Kapellen zu uns in die Suite kommen lassen, damit wir nicht selbst hinzugehen brauchen? Ich weiß, dass du es geheim halten möchtest.«

»Wenn es das ist, was du willst. Ich sorge dafür.« Er berührte ihre Wange mit einer wehmütigen Geste. »Wir wollen natürlich noch warten, bis mein Rechtsberater vorbeikommt.«

Es gab keine Möglichkeit für sie, irgendwelche Bünde zu schließen, bevor sie nicht einen Ehevertrag und einen Geschäftsvertrag unterschrieben hatten. Julian war vieles, doch er war nicht dumm.

»Es hat auch noch bis morgen Zeit.«

Soren kam herein, und der milde Duft von Pute erfüllte die Kabine. Julians Magen schmerzte. Vielleicht hätte er auch etwas bestellen sollen.

Camille richtete sich auf und legte die Hände in den Schoß. Soren setzte ihnen ein Tablett mit allem, was das Herz begehrte, vor. Sie öffnete ihr Sandwich und legte den Salat und die Tomate zur Seite, bestrich das Brot mit einer dünnen Schicht Mayonnaise, salzte es und klappte es wieder zu. Dann halbierte sie das Sandwich und nahm sich eine Portion.

»Willst du die andere Hälfte?«, fragte sie, während sie das Sandwich zum Mund führte.

»Iss ruhig.« Nicht, dass Julian es nicht gern gegessen hätte, aber er wollte aus ihrer Hand kein Essen empfangen. Er könnte Soren bitten, ihm auch etwas zu bringen, doch sein Gefühl sagte ihm, dass sie bald landen würden. »Ich esse etwas, sobald wir im Hotel sind.«

Ihre Miene verfinsterte sich vor Widerstand. Sie legte ihre Hälfte auf den Teller und nahm die zweite in die Hand. »Willst du Mayo oder Senf darauf?«

Julian schüttelte den Kopf.

»Schau, wir können beide etwas im Hotel essen«, sagte sie. »Aber jetzt nehmen wir das als Zwischenmahlzeit.«

Ein leises Lachen entfuhr Julians Kehle. Es war zwecklos, sich ihr zu widersetzen. Er nahm das Sandwich wie es war, und biss davon ab. Das Brot war frei von Feuchtigkeit und schmeckte auch nicht besonders gut. »Ziemlich trocken«, sagte er mit einem Zwinkern.

Sie lachten.

»Ich denke, der Zimmerservice sollte als Erstes auf unserer Liste stehen, gleich, nachdem wir im Hotel eingecheckt sind.« Ihr ansteckendes Grinsen verhieß eine spaßige Zeit.

Das Telefon auf dem Tisch neben Julian klingelte. Schnell griff er danach, bevor es ein zweites Mal klingeln konnte. »Ja.«

Er hörte zu, und nach einer kurzen Pause legte er auf und drehte sich zu Camille. »Wir landen gleich«, sagte er. »Bist du angeschnallt?«

Sie nickte leicht vergnügt, als würde sie seine Aufmerksamkeit sowohl erfrischend als auch verwirrend finden.

Julian schnallte sich an. Die Puzzleteile seiner Zukunft fügten sich nun zusammen. Alles würde gut werden, solange Camille nicht abhaute, nachdem sie Papa und Madeleine kennengelernt hatte.

Camille und Julian checkten in der Lounge der Vorstandsetage des Bellagio ein und nicht in der Eingangslobby. Sie hatte keine Ahnung, dass hochkarätige Gäste auf diese privilegierte Weise untergebracht wurden. Sie musste noch viel über Julians Welt lernen.

Nachdem die Gruppe samt Soren und Julians Pilot eingecheckt war, fuhren sie mit dem Privataufzug in den 34. Stock zu einer der Hotelresidenzen.

Die Einrichtung der Fünf-Zimmer-Suite mit ihren leuchtend roten Plüschsofas und -sesseln, erlesenen Möbelstücken in Hellbraun und Gold und mit schwarzen Marmorplatten fesselte Camille. Auf der anderen Seite befand sich eine Fensterfront, umrahmt von roten und goldfarbenen Vorhängen, die ihre Aufmerksamkeit auf sich zog, die dann zu dem Kamin direkt in der Mitte wanderte. Wow. Draußen auf der Terrasse befanden sich ein tadellos gepflegter Garten und ein Privatpool. Ein doppeltes Wow.

Julian nahm sie an die Hand, und sie schwebte durch den Raum, während er sie zu einem der Zimmer führte. »Das wird dein Schlafzimmer sein«, sagte er und öffnete die Tür.

Er kannte sich aus. Er war hier schon einmal gewesen. Sie konnte sich nicht vorstellen, auch nur für eine Nacht hier zu bezahlen, geschweige denn für mehrere.

Camille ging in einen Raum, der das Motiv des Außenbereiches der Suite aufgriff. Rote Ledersessel und ein passendes Bettgestell standen fröhlich zwischen dem Glanz der altertümlichen europäischen Eleganz. Das extragroße Bett mit einem rosafarbenen und roten Blumenmuster sah einladend aus.

»Du siehst müde aus, Chérie.« Julian strich Camilles Pony aus ihrem Gesicht. »Warum ruhst du dich nicht etwas aus?« Er lehnte sich gegen den Türrahmen, und das Lächeln in seinen Augen glühte mit einer sinnlichen Flamme. »Wenn Davis kommt, sag ich dir Bescheid.«

Sie stieß einen langen Seufzer voller Bewunderung aus. Julian respektierte ihre Privatsphäre und stellte keine Forderungen oder Annahmen. Seine Rücksichtnahme brachte ihm Punkte ein.

»Alles klar.« Sie blickte nach unten und wich zurück. Er drehte sich um und schloss beim Gehen die Tür.

Ein Seufzer der Erleichterung entfuhr ihren Lippen. Gott sei Dank war er weg, bevor sie sich ihm an den Hals werfen konnte.

Julian kehrte in das Wohnzimmer der Suite zurück, und Soren überreichte ihm einen Scotch, pur. Er brauchte ihn. Er war dicht dran, doch jede Minute konnte sich alles in Wohlgefallen auflösen. Julian glaubte fest an Murphys Gesetz. Wenn etwas schiefgehen konnte, dann passierte es ihm.

Er leerte das Glas, setzte es auf der Marmorplatte des Bartresens ab und ging auf die Fensterfront zu, die von der man den Garten und den Pool überblickte. Der Himmel von Nevada befand sich gerade in einer Wüstendämmerung, und die Terrassenlichter flackerten in einem warmen, zarten Farbton.

Soren war sofort zur Stelle und gab ihm das nachgefüllte Glas. Julian nahm es und nickte seinem Diener kurz zu. »Ich denke, dass es funktionieren wird.«

»Sie haben an jede Kleinigkeit gedacht.«

»Ja, aber manchmal hilft das nicht weiter.« Er schüttelte den Kopf und blickte aus dem Fenster auf den dunkler werdenden Himmel und die angehenden Lichter am Pool. »Die Dinge können manchmal leicht auseinanderfallen.«

»Aber Sie sind ziemlich geschickt, wenn es darum geht, das zu verhindern«, erinnerte Soren ihn. »Sie denken alles sorgfältig durch. Sie sehen jeden Aspekt bis ins kleinste Detail.« Soren hielt inne, während er Luft holte. »Ich bin mir sicher, dass es diesmal keine Ausnahme sein wird.«

»Tja, Soren«, sagte Julian, »hoffen wir mal, dass du Recht behältst.« Es klingelte an der Tür, was die Aufmerksamkeit der beiden Männer auf sich zog. »Ich mache auf«, sagte Julian, während er um Soren herumging und sich auf die Tür zubewegte. Hoffentlich war das Davis.

Julian eilte durch das Zimmer und öffnete die Tür. Davis begrüßte Julian mit einem Händedruck und einem Lächeln, das man nur an der juristischen Fakultät lernen konnte.

Julian machte einen Schritt nach hinten und bedeutete ihm, hineinzukommen.

»Ich habe die Papiere, die Sie angefragt hatten. Sie sind zur Unterzeichnung bereit.«

»Können Sie sie heute einreichen?«, fragte Julian, während er ihn an den Bartresen führte.

»Ja, ich kann sie heute Abend einreichen.«

»Gut.« Julian zeigte auf die Theke. »Sie können die Papiere vorbereiten, während ich Ms Chandler hole.« Er bewegte sich auf den Flur hinter dem Essbereich zu.

Julian klopfte sanft an Camilles Schlafzimmertür und wartete auf ihre verbale Reaktion. Nach einem zweiten Klopfen hörte er ihre Stimme durch die Tür. »Ja.«

»Chérie, darf ich hereinkommen?«

Die Tür öffnete sich. Camille hatte einen Bademantel an, ihr Haar war nass und klebte an ihrem Gesicht. Gott, sah sie sexy aus. Julian wollte gern wissen, was unter dem Bademantel war. Nichts, vermutete er. Er hätte ihn am liebsten abgestreift, auf den Boden gleiten lassen und wäre mit den Fingern durch ihre feuchte Mähne gefahren, bevor er jeden Zentimeter ihres unverhüllten Körpers erkundet hätte.

Sie lächelte, trocknete sich die Haare mit einem Handtuch ab und bedeutete ihm, hereinzukommen. »Ich habe mich entschieden, zu duschen.«

»Der Ehevertrag ist hier und wartet auf unsere Unterschriften. Wenn wir ihn heute unterschreiben, kann er direkt eingereicht werden, und wir können heute heiraten, bevor wir morgen fliegen. Falls das immer noch dein Wunsch ist.«

Er wusste nicht, was ihr Wunsch war, aber seiner war es, sie sich gefügig zu machen. Doch das würde diese Nacht nicht passieren. Er würde etwas Finesse brauchen, um sie in sein Bett zu locken.

»Das ist unsere Abmachung«, sagte sie. »Ich ziehe mir nur schnell etwas an und komme gleich.«

Er riss sich von seiner lächerlichen Fixierung auf ihren atemberaubenden Körper los. Sein Herz machte ein paar Sprünge und kehrte dann wieder zu seinem Normaltempo zurück. »Natürlich.« Er verließ den Raum und schloss die Tür.

Du Idiot. Sich wie ein Jugendlicher aufzuführen, der noch nie ein halbnacktes Mädchen gesehen hatte, war nicht besonders förderlich.

Julian zwang sich, wieder in den gemeinsamen Raum zu gehen, in dem Soren und der Anwalt warteten. Er lächelte und sammelte sein Selbstvertrauen. »Sie kommt gleich. Sie zieht sich um. Sie wissen ja, wie Frauen sind.«

Sowohl Soren als auch Davis lachten. Der Anwalt bot Julian einen Füllfederhalter an. »Sie können jetzt unterschreiben, und ihre Unterschrift bekommen wir, wenn sie hier ist.«

Julian machte einen Schritt nach vorn und nahm den Füller, während er die Papiere auf der Bar musterte. Drei Ausfertigungen. Eine für ihn. Eine für sie. Und eine für die amerikanischen Gerichte. Er nahm eine Kopie und überflog sie schnell, aber mit Fachwissen. Nachdem er sich versichert hatte, dass alles so beschrieben war, wie er es bestimmt hatte, unterschrieb er die Kopien der Reihe nach.

Als er fertig war, kam Camille herein. Sie trug eine blaue Jeans und ein hautenges rotes T-Shirt. Mit gesenkten Schultern durchquerte sie den Raum, vermutlich verunsichert wegen ihrer Körbchengröße. Doch da Julian eine Schwäche für Beine hatte, beschäftigten ihn ihre langen, wohlgeformten Beine mehr. Sie kompensierten ihre kleinen Brüste mehr als genug.

Sie ging zu der Bar, nahm sich ein Exemplar und fing an, es zu lesen. Sie ließ sich Zeit und schaute jede Seite sorgfältig durch, und als sie schließlich am Ende der letzten Seite angelangt war, sah sie zu Davis. »Also im Grunde steht hier, dass, wenn wir mindestens sechs Monate verheiratet bleiben, ich fünf Millionen Dollar bekomme?«

»Kurz gesagt, ja.« Davis rieb sich die Nase.

»Gut.« Sie nahm einen Füller und setzte ihre Unterschrift auf die Kopie, die sie gelesen hatte. Dann verglich sie sie mit den anderen beiden Exemplaren, bevor sie diese unterschrieb. Offensichtlich traute sie Menschen nicht, und Julian fragte sich, was sie so misstrauisch gemacht hatte. Vielleicht hatte es etwas mit der Tatsache zu tun, dass sie immer enttäuscht wurde.

Menschen waren in der Regel unzuverlässig. Julian wusste, dass das stimmte. Er hatte es selbst erlebt. Seine Mutter hatte es erlebt – seine leibliche Mutter. Sie war gestorben, hatte Selbstmord begangen, als er fünf war. Sein Vater hatte kurz danach wieder geheiratet, und es war so, als hätte seine leibliche Mutter niemals existiert. Claudette, seine Stiefmutter, hatte ihren Platz eingenommen, und auch wenn sie Julian und André genauso sehr liebte wie ihr eigenes Kind Lecie, hatte Julian seine *wahre Mutter* niemals vergessen.

KAPITEL VIER

DAS HELLE UND GLEISSENDE SONNENLICHT warf die ersten Farben des Tages an den Himmel und weckte Camille aus ihrem gemütlichen Schlummer. Die großzügige Schlafzimmersuite im Bellagio erinnerte sie daran, wo sie sich befand und was gestern passiert war. Angesichts dessen, dass sie ihre Hochzeitsnacht allein verbracht hatte, war ihr Schlaf überraschend erholsam gewesen. Sie zwang sich, aufzustehen und wankte in ihr privates Badezimmer. Eine kurze Dusche würde die Dinge in die richtige Perspektive rücken.

Zu schade, dass es nicht funktionierte.

Eine halbe Stunde unter der Dusche brachte nichts, außer dass ihre Unsicherheit wachgerüttelt und gefestigt wurde. Sie starrte ihr Spiegelbild an und kämmte sich das feuchte Haar.

Wann würde Julian aufwachen und sie lange und intensiv betrachten? Nichts an Camille war majestätisch. Oder raffiniert. Sie war sich ziemlich sicher, dass Julian sich die Hand einer jeden Frau sichern konnte. Warum sie?

Weil es nicht echt ist. Sie musste sich immer wieder die Bedingungen in Erinnerung rufen, die zu dieser Vereinigung geführt hatten. Um ihrer selbst willen konnte sie sich nicht dem Märchenfaktor hingeben, der Julian umgab. Ihre Mutter hatte sich vermutlich davon verzaubern lassen, wenn auch in geringerem Ausmaß, und zwar bei ihrem lieben alten Vater. Camille war sich schmerzlich bewusst, wie es ausgegangen war, da sie ihren Vater niemals kennengelernt hatte. Ihre Mutter kam einige Male, als Camille klein war, aber sie blieb nie lange. Sie war ständig unterwegs auf irgendwelchen anderen Abenteuern, immer zu beschäftigt, um sich der Erziehung ihres eigenen Kindes zu widmen.

Camille schlüpfte in eine Jeans und eine locker fließende Bluse. Sie holte Luft und sammelte ihren ganzen Mut, um ihren ersten Tag als Mrs Julian de Laurent zu beginnen.

Im Esszimmer der Suite saß ihr frisch gebackener Ehemann in einem seiner maßgeschneiderten Anzüge am Tisch.

Er blickte hoch, lächelte, als ihre Augen sich trafen, und erhob sich, während er einen Stuhl für sie bereitstellte. »Guten Morgen, Chérie.« Seine tiefe Stimme klang vergnügt. »Ich hoffe, du hast gut geschlafen?«

Während sie den leichten Zitrusduft seines Aftershaves wahrnahm, ließ sie sich auf den Stuhl neben ihm nieder. Sie stützte sich mit einem Fuß ab und griff nach der Kaffeetasse. Mit Enttäuschung musste sie feststellen, dass diese leer war. Soren war sofort zur Stelle und füllte ihre Tasse. »Guten Morgen, Mrs de Laurent.«

Sie warf Julian, der äußerst amüsiert schien, einen flüchtigen Blick zu und wanderte dann mit dem Blick zu Soren. Ein Schatten huschte über das Gesicht des Dieners, und Camille wurde klar, dass sie ihn mit einem Stirnrunzeln ansah. Sie versuchte, ihn entschuldigend anzulächeln, aber sie war sich nicht sicher, ob es auch richtig ankam. Dann sah sie, dass er grinste.

»Vielen Dank.« Sie griff nach dem Zuckerbehälter.

»Ich habe extra nach etwas von deinem Splenda gefragt«, sagte Julian.

»Na ja, es ist nicht *mein* Splenda, aber danke.« Sie stapelte ein paar Packungen aufeinander und riss dann ihre Enden ab. Während sie den Inhalt in ihre Tasse schüttete, blickte sie zu Julian. »Also, was steht heute auf dem Programm? Wann müssen wir hier los?«

»Vielleicht heute Abend.« Julian spielte mit seinem Essen und tanzte mit der Gabel auf dem Teller. »Das Hotel hat einige Boutiquen. Ich dachte, dass du vielleicht shoppen gehen möchtest.« Sein bedingungsloser Ton erinnerte sie an den Unterschied zwischen ihren Lebensstilen. Sie trug, was sie sich leisten konnte, und er trug, was auch immer er wollte.

»Ach ja, die Kleidergeschichte.« Sie rutschte unbehaglich auf dem Stuhl herum und griff nervös nach einem Teller. Nicht dass sie glaubte, dass sein Geld ihn zu einem besseren Menschen machte, als sie es war, doch es war schwer, Julians Megaerfolg zu ignorieren. Es lenkte die Aufmerksamkeit auf ihren unspektakulären Start ins Leben. Camilles Finger verkrampften sich, als sie mit der Gabel ein Stück Schinken vom Serviertablett auflas.

Er sah aus, als würde er die Optionen abwägen, doch er schien sich in keinster Weise ihrer Unsicherheit bewusst zu sein. »Besorg dir unbedingt eine komplette Garderobe.«

Camilles Blick erstarrte, und ihre Gabel hing in der Luft. »Woraus besteht eine komplette Garderobe?« Was für eine seltsame Wortwahl. Es klang so altmodisch.

Julian zögerte, während er vermutlich seine Wahl überdachte. Zu spät. Sie hatten bereits die Papiere unterzeichnet. Es war beschlossene Sache. Die Hochzeit hatte stattgefunden. Abgesehen davon schuldete er ihr was.

»Möchtest du, dass Soren dich bei deinem Shoppingtrip begleitet?«

Soren? Okay, gut. Vielleicht. »Vermutlich. Klar.« Doch warum kam Julian nicht mit ihr mit? *Weil er nicht wirklich dein Ehemann ist, darum?* »Was ist mit dir?« Sie hielt inne, während sie dachte, dass sie sich vermutlich in Dinge einmischte, die sie nichts angingen. »Muss er sich nicht um dich kümmern?«

Julian lachte leise. »Doch, das muss er. Und dadurch, dass er dir heute hilft, hilft er mir.«

»Dem kann ich wohl nicht widersprechen.«

Soren nahm sich einen Teller und ging um den Tisch herum, während er ihn füllte, und dann begab er sich zu dem nahe gelegenen Küchentresen. Camille verstand nicht, warum er dort drüben essen musste. Sie mochte diese Trennung nicht.

Julian erhob sich und wischte sich die Hände mit der Serviette ab, die er auf den Tisch fallen ließ. »Ich habe noch etwas Geschäftliches zu erledigen, bevor wir das Land verlassen. Möchtest du mit mir unten im Café Bellagio zu Mittag essen?«

Sie zuckte mit einer Achsel. »Klar.«

Julian küsste sie auf den Scheitel und bewegte sich auf die Tür zu.

Geld? Wie sollte sie die Kleidung bezahlen? »Julian ...« Sie legte ihr Handgelenk an der Tischkante ab und schwenkte die Hand in der Luft. »Ich, ähm ...«

Als hätte er ihr Dilemma gespürt, sagte er: »Soren hat alle nötigen Scheckkarten.« Julian hielt inne, während sein Blick zu Soren wanderte. »Lass sie einfach alles kaufen, was sie möchte.«

»Selbstverständlich, Sir«, antwortete Soren, ohne von seinem Teller aufzublicken.

Julian verschwand, und Camille richtete ihre Aufmerksamkeit auf Soren. »Hey, warum sitzen Sie dort drüben?«

»Es gehört sich nicht, dass ich am selben Tisch esse wie mein Arbeitgeber.«

»Ich bin nicht Ihr Arbeitgeber. Wollen Sie sich nicht zu mir setzen?«

»Sie sind die Frau meines Arbeitgebers.« Er blickte sie übertrieben vorwurfsvoll an. »Das ist das Gleiche.«

»Okay, also wenn ich quasi Ihr Arbeitgeber bin ... dann sage ich Ihnen, dass Sie sich zu mir setzen sollen.«

Soren lachte, als wäre er wirklich amüsiert. »Netter Versuch.«

Camille stand auf, griff sich ihren Teller und ging zum Tresen. »Wenn Sie nicht zu mir kommen ... komme ich zu Ihnen.«

»Zusammen mit der angeheuerten Aushilfe essen.« Er ließ ein ironisches Lachen vernehmen. »Sie werden wunderbar zu Pacifique de Lumière passen.«

»Greifen Sie den Dingen nicht vor. Ich bin auch eine angeheuerte Aushilfe.«

Soren erstarrte zu Stein. »Das dürfen Sie nie wieder sagen.«

»Das war nur ein Witz.«

»Noch nicht einmal als Witz.« Er hielt inne, kein Hauch von Mitgefühl erschien auf seinem Gesicht. »Niemand darf jemals vermuten, dass diese Ehe nicht echt ist.«

»Meine Güte, Soren ... Sie sind vielleicht eine treue Seele.« Sie beneidete Julian darum, doch verspürte Kummer um Sorens willen. Seine Ergebenheit schien nicht geschätzt zu werden, denn Julian und er waren keine Freunde. Sie standen in einem Arbeitsverhältnis, sonst nichts. Soren fühlte, dass er unter Julian stand, was aus seinem eigenen Urteil ersichtlich wurde, dass er es nicht verdiente, am selben Tisch zu essen.

Camille verstand die Sitten der Wohlhabenden nicht.

»Das gehört alles zu meinem Job.« Soren nickte und räusperte sich. Er fühlte sich sichtlich unwohl bei dem Vergleich zwischen sich selbst und Julian.

»Machen Sie sich jemals Sorgen, dass Ihre Bemühungen vergeblich sein könnten?«, fragte sie, während sie an ihr eigenes enttäuschtes Vertrauen in Margo Fontaine dachte.

»Nein.« Soren schüttelte trotzig den Kopf. »Julian de Laurent ist ein ehrenwerter Mann. Und ich bin mir sicher, dass er mich niemals in eine Lage bringen würde, in der ich meine Werte aufgeben müsste.«

»Wirklich?« Das überraschte sie. »Für Sie ist unsere kleine Farce also in Ordnung?«

Er hielt für einen Moment inne, als würde er es überdenken. »Es ist nicht so, als würde jemand von Ihnen jemand anderem Schaden zufügen. Er nutzt Sie nicht aus, und Sie nutzen ihn nicht aus. Sie sind einfach nur ein Geschäft eingegangen, bei dem Sie sich beide mit den Details vollkommen einverstanden erklärt haben.«

»Das stimmt.«

»Und ich bin davon überzeugt, dass es langfristig das Beste für Mr de Laurent ist. Er wäre niemals glücklich ...« Sorens Worte brachen ab, und sein Gesichtsausdruck verriet, dass er vermutlich zu viel gesagt hatte.

»Er wäre niemals glücklich ...?« Camille wiederholte Sorens Worte als eine Frage.

Er zögerte, als würde er ein Geheimnis hüten. Als er endlich das Wort ergriff, war seine Antwort ausweichend. »Mr de Laurents Freiheit ist das, was ihn glücklich machen wird.«

»Wie können Sie sich da so sicher sein?«

»Weil er es mir gesagt hat.«

Camille lachte leise. »Mann, ich brauche auch so einen Freund wie Sie, Soren.« Wenn doch nur Tasha so aufmerksam zuhören würde.

»Hat Mrs de Laurent ein Händchen dafür, sich Schönwetterfreunde auszusuchen?«

Camille prustete los. »So könnte man das auch sagen.«

»Vielleicht sucht Mrs de Laurent an falschen Orten nach Freunden?«

»Klingt wie in einem Country-Song.«

Soren lachte leise. »Ich verstehe, warum Mr de Laurent so fasziniert von Ihnen ist.«

»Er ist fasziniert von mir?« Ihre Stimme überschlug sich, wie bei diesen Cheerleaderinnen in der Highschool, wenn sie gerade herausgefunden hatten, dass der Kapitän des Footballteams auf sie stand.

Soren blickte sie geistesabwesend an. »Ja, ich bin mir ziemlich sicher, dass das seine Worte waren: ›Sie ist einfach faszinierend‹.«

Camille konnte nicht begreifen, warum ihr das gefiel, aber es gefiel ihr. »Soren ...« Sie zögerte und lehnte sich dann vor, während sie ihn am Arm berührte. »Würde es Ihnen denn gefallen, mit mir shoppen zu gehen?«

»Och, ich lasse mir niemals eine Möglichkeit entgehen, de Laurent-Geld auszugeben.« Er verzog etwa zehn Sekunden lang keine Miene und brach dann in Gelächter aus. »Ganz im Ernst, ich lasse mir auch niemals eine Chance entgehen, ein hübsches Mädchen in schöner Kleidung zu sehen.« Sein Vergnügen spiegelte sich in seinem Gesicht wider. »Es wäre mir eine Freude.«

Hübsches Mädchen, ja? Er hörte definitiv seinem Arbeitgeber zu und notierte alles.

»Hat Julian eine Lieblingsfarbe?« Camilles Frage berührte sie tief im Inneren. Für einen kurzen Augenblick wollte sie Julian gefallen, und sie fragte sich, warum ihr das so wichtig war.

»Rot, glaube ich.« Ein Lächeln zeichnete sich auf seinen Lippen ab. »Eine Farbe, die Ihnen zweifellos vorzüglich stehen wird.«

Eine Röte wärmte ihre Wangen, auch wenn Rot ganz und gar nicht zu ihren Lieblingsfarben gehörte. Sie zog ein elektrisches Blau oder ein Frühlingsgrün vor, beides Farben, die ihre Augen zur Geltung brachten. Doch sie wollte sich Mühe geben und wie eine entgegenkommende Ehefrau aussehen, weil das von ihr erwartet wurde. Sie versuchte lediglich, sich mit ihrer Rolle zu identifizieren, und sonst nichts.

Camille hatte ihre Loyalität zu vielen Menschen geschenkt, die sie nicht verdienten. Zum Beispiel ihren Eltern. Ihr Vater hatte sich von ihrer Mutter getrennt, als er erfuhr, dass sie schwanger war. Und ihre Mutter hatte es nicht mehr als drei Monate nach Camilles Geburt ausgehalten. Mit siebzehn bedeutete ein Baby zu viel Ärger. Camille hatte danach für immer eine Hassliebe für ihre Eltern verspürt. Einerseits nahm sie es ihnen übel, dass sie sich nicht darum scherten, sich um sie zu kümmern, während sie andererseits dankbar war, dass sie sie in der Obhut ihrer Großmutter mütterlicherseits gelassen hatten. Und trotzdem trug sie sie in ihrem Herzen und wartete darauf, beweisen zu können, dass sie nicht Abfall war.

Diese Zeiten der unangebrachten Loyalität waren vorbei.

Julian trat in die Eingangshalle des Bellagio und ging zu der Rezeption, während er mit dem Schmuckkästchen in seiner Tasche spielte. Er hoffte, dass es ihr gefallen würde. Er hätte vermutlich vorher ihre Meinung zu den Ringen einholen müssen, doch sie hatten keine Zeit, und er war altmodisch, wenn es um so etwas ging. Es war sein Geschenk an sie, nicht ihr Geschenk an sich selbst durch ihn. Doch die meisten Frauen, die er kennengelernt hatte, waren nicht zu wählerisch gewesen, solange der Klunker nur groß genug war.

»Ist ein Paket für mich gekommen?«, fragte er die Empfangsdame.

Das höfliche Lächeln der Frau schien die Frage zu bejahen, noch bevor sie antwortete. »Ja, Sir, ein Bote hat es vor einigen Minuten hier abgegeben.« Sie machte einen Schritt nach hinten und ging zu dem Schrank hinter sich.

Am anderen Ende des Tresens war eine hinreißende – künstlich hinreißende – junge Frau in eine Auseinandersetzung mit dem Angestellten vertieft. Ihr blondes Haar war perfekt gestylt. Ihr Kleid war schön, aber es schien teurer zu sein, als es wirklich war. Ihr wohlgeformter Körper war zu perfekt. Sie hatte sehr viel Geld dafür ausgegeben, um so auszusehen. Definitiv nicht Julians Geschmack.

Ein Mädchen wie sie würde zu viel kosten. Nicht, dass er es sich nicht leisten könnte, doch er wollte keine Frau, die so sehr auf Eitelkeit fixiert war, dass sie sich für nichts anderes interessierte. Nein, dieses Mädchen war eher Andrés Typ. Sein kleiner Bruder liebte es, eine Trophäe in seinen Armen mit nach Hause zu bringen.

»Schauen Sie, ich weiß, dass sie hier ist«, sagte die Barbiepuppe. »Sie sagte, dass sie extra in dieses Hotel kommen würde.«

»Es tut mir leid, Miss ...« Der Angestellte wartete auf ihren Namen.

»Ms Gordon. Ich bin Ms Gordon.« Ein verärgerter Ton entfuhr ihrer Stimme. »Und ich weiß, dass meine Freundin Camille Chandler hier ist, in diesem Hotel. Irgendwo.«

Was? Sie suchte Camille. *Doch wieso?*

Die Empfangsdame überreichte Julian einen großen Umschlag aus Manilapapier. Er nahm ihn und rückte zu dem Mädchen vor. »Entschuldigen Sie, Miss ...«

Sie blickte ihn kurz an, grinste und hob abwehrend eine Hand. »Sind Sie vom Sicherheitsdienst? Ich gehe nirgendwohin. Ich weiß, dass meine Freundin irgendwo in diesem Hotel ist.«

»Ich kann Ihnen versichern, dass ich nicht zum Sicherheitsdienst gehöre.« Julian lachte innerlich. Natürlich war sie eine Freundin von Camille. Keine von den beiden ließ sich für dumm verkaufen. »Aber ich weiß, wo Camille Chandler ist.«

»Das tun Sie?«, sagte sie, fast dankbar.

»Ich rufe sie gleich an«, sagte er, während er sein Handy hervorholte.

»Ich habe schon versucht, sie anzurufen.« Sie neigte niedergeschlagen den Kopf. »Sie geht nicht an ihr Telefon.«

Julian drückte auf die Schnellwahltaste. »Eine Sekunde.« Er wartete darauf, dass Soren den Hörer abnahm.

»Soren«. Der Diener antwortete sofort.

Julian wollte zuerst nach *Mrs de Laurent* fragen, doch besann sich dann eines Besseren. Es wäre vermutlich am besten, wenn Camille dem Mädchen, wer auch immer es war, selbst von ihrer Abmachung erzählte. »Ist Camille in der Nähe? Ich muss mit ihr reden.«

Nach einigen Sekunden sagte Camille mit einer sanften Weichheit: »Was gibt's?«

Hatte Camille eine Ahnung, wie sinnlich ihre Stimme klang?

Julian verwarf seine umherschweifenden Gedanken und konzentrierte sich auf das Mädchen vor ihm. »Hier ist jemand, der dich gern sprechen möchte.«

»Wer?« Ihre Stimme klang nervös.

Julians Blick wanderte umher und traf auf den temperamentvollen Blick des Mädchens. »Ihr Name?«

»Mein Name?« Ihre Augen weiteten sich vor Ungeduld. »Geben Sie mir das verdammte Telefon.« Sie riss Julian das Handy aus der Hand. »Camille?«

Oh Mist. »Tasha. Was machst du bei Julian?«, sagte Camille hastig mit klopfendem Herzen, während sie mit Soren aus einem der Lobbygeschäfte im Bellagio trat.

»Was ich bei Julian mache?«, fragte Tasha in einem zarten, spöttischen Ton. »Die Frage sollte doch vielmehr lauten ... was *du* bei Julian machst?«

»Wir reden später darüber.« Camille benutzte einen Ton, von dem sie wusste, dass Tasha ihn als eine diskrete Warnung verstehen würde, ihren Mund zu halten. »Wo bist du?« Sie und Soren betraten die Lobby, wo sie Julian und Tasha gegenüber an der Rezeption sah. »Schon gut. Ich sehe dich.« Sie legte auf und gab Soren das Handy zurück.

Camille trug ein paar Taschen, und Soren schleppte den Rest. Er hatte dagegen angekämpft, dass sie auch nur eine davon tragen sollte, doch sie bestand darauf. Soren war nicht besonders gut damit klargekommen, doch sie ließ ihm keine Wahl. Jetzt, da sie unmittelbar vor Julian standen, schien Sorens Haltung zusammen mit seiner Fassung zu bröckeln.

Camille blieb zuerst vor Julian stehen. »Schau.« Sie flüsterte ihm ins Ohr. »Beschwer dich nicht bei ihm, dass ich die Taschen trage, okay? Ich habe darauf bestanden.«

»Chérie, du solltest ihn wirklich seinen Job machen lassen.« Julians Antwort war freundlich, aber bestimmt.

»Er hat seinen Job gemacht.« Camilles Blick hielt dem von Julian stand, bis sie ihn zur Kapitulation zwang. »Er hat mir geholfen, ein paar tolle Kleidungsstücke auszusuchen.« Sie deutete auf die Taschen in ihrer Hand, bevor sie sich von ihm abwandte und zu Tasha ging. »Was machst du hier?«

»Was geht hier vor, Camille? Ich habe dich bei der Arbeit angerufen, und Margo sagte –«

Camille brachte Tasha zum Schweigen, indem sie ihr das Wort abschnitt. Sie warf ihrer Freundin einen Blick zu, von dem sie hoffte, dass er repressiv war, bevor sie sich zu Julian umdrehte. »Das ist Tasha, meine beste Freundin. Sie und ich müssen reden.«

»Darf ich dir die Taschen abnehmen?« Er hielt seine Hand ausgestreckt. »Warum geht Ihr nicht ins Café etwas trinken? Ich komme in etwa einer halben Stunde nach, und dann können wir alle zu Mittag essen.«

Camille gab Julian erleichtert ihre Einkaufstaschen, froh, dass sie ihn los war, damit sie Tashas Neugier befriedigen konnte, ohne sich selbst zu verraten.

Julian musterte sie von Kopf bis Fuß. Seine Lippen formten sich zu einem milden Lächeln, als sein Blick auf ihren traf. »Nettes Outfit. Die Farbe steht dir«, sagte er über die schwarz-rote Designerkleidung.

Sie betete, dass Tasha nichts sagen würde. Julian näherte sich ihr mit der klaren Absicht, Camille auf die Wange zu küssen. Camille erstarrte. Seine warmen Lippen berührten ihr Gesicht und brachten ihren Körper zum Beben.

Julian drehte sich zu Tasha um. »Ich freue mich, Camilles Freundin beim Mittagessen kennenzulernen.« Er schenkte ihr ein freundliches Lächeln und verneigte sich.

Soren senkte das Kinn nach unten und folgte Julian.

Camilles Blick blieb für einen Augenblick auf Julian geheftet. Mit etwas Entfernung wurde die Last auf ihren Schultern leichter. Sie holte Luft und drehte sich zu ihrer Freundin um. Ein paar falsche Worte von Tasha, und Camilles Plan wäre ruiniert.

KAPITEL FÜNF

TASHA LEGTE IHREN ARM um Camille, und sie gingen zum Café Bellagio. »Was zum Teufel geht hier vor?«, flüsterte sie. »Und wo um Himmels willen hast du dieses Outfit her?«

Camille holte Luft und hielt sie an. »Ich habe dir gesagt, dass ich an einer Geschichte arbeite. Verdeckt.«

»Und Margo sagte mir, dass du nicht mehr bei Disclosure arbeitest.«

»Hat sie das, ja?« Camille zitterte innerlich. »Hat sie dir auch gesagt, dass sie eine unvernünftige Megäre ist?«

Tashas Augenbrauen schossen in die Höhe.

Camille räusperte sich, als sie sich dem Oberkellner näherten, während sie Tasha bedeutete, still zu sein.

»Ah, Mrs de Laurent. Möchten Sie und Ihre Begleitung bei uns zu Mittag speisen?«

»Ja. Könnten wir einen privaten Tisch haben? Irgendwo abseits?«

»Aber selbstverständlich.« Er führte sie hinaus in den Gartenbereich.

»Mrs de Laurent?«, flüsterte Tasha.

Camille zischte Tasha zu und wandte sich an den Oberkellner mit den Worten: »Mr de Laurent kommt in Kürze nach.«

»Vielen Dank«, sagten die Mädchen im Chor.

Er stellte zwei Stühle an einem Tisch bereit, der von Pflanzen und Blättern umgeben war und sich im exquisiten botanischen

Garten des Cafés befand. Hinter ihrem Tisch standen Narzissen und Schneeglöckchen in voller Blüte, doch Camille nahm auch einen Duft von Jasmin wahr, der in der Luft hing.

»Ungesüßten Eistee?« Der Kellner bestätigte ihre Wahl.

Camille nickte.

Er wandte sich Tasha zu: »Und was hätten Sie gern? Einen Granatapfel-Martini vielleicht?«

Sie zögerte gedankenverloren. »Ja«, nickte sie, »ich denke, den nehme ich.« Sie sah, wie er wegging, und drehte sich zu Camille um. »Ich glaube, dass ich den brauchen werde.«

»Warum bist du hier?«, fragte Camille wieder. »Ich habe dir doch gesagt, dass ich beschäftigt bin. Du hättest mich mit Leichtigkeit auffliegen lassen können.«

»Du bist nicht beschäftigt. Du wurdest gefeuert.«

»Ich wurde nicht gefeuert. Ich habe gekündigt.«

»Das kann man so sehen oder so. Wir werden uns nicht einig«, sagte sie. »Hast du diesen Typ geheiratet?«

Sie wollte zuerst lügen, doch das war keine gute Idee. Camille steckte auch so schon bis zum Hals in Lügen. »Ja.«

»Was?« Die langen Wimpern, die einen Schatten auf ihr Gesicht warfen, flogen hoch. »Wo habt ihr euch kennengelernt? Ich wusste nicht, dass du jemanden hattest, geschweige denn, dass du ans Heiraten dachtest.« Tasha musterte sie misstrauisch. »Hast du deswegen gekündigt?«, sagte sie mit einem Anflug von Neugier. »Wo kommt er überhaupt her? Ich wette, irgendwo aus Europa.« Ein Licht ging ihr auf, und auf ihren vollen roten Lippen zeigte sich ein Lächeln. »Ach … deswegen ist Margo so wütend, weil du einfach so gekündigt hast.«

Vielleicht wäre es das Beste für alle, wenn Tasha dachte, dass die Ehe echt war. »Pass auf, sag bitte nicht, dass ich vorher bei Disclosure gearbeitet habe oder was passiert ist. Ich will nicht, dass er denkt, dass er mich meiner Karriere beraubt hat.«

»Ja, das ist kein guter Start für eine Ehe, nicht wahr?« Sie hielt inne, während sie nach einem Wasserglas griff. »Vielleicht solltest du ihm einfach sagen, dass du eine aufstrebende Schauspielerin bist. So ist es leichter, eine plausible Erklärung dafür zu finden, dass du keine *echte* Arbeit hast.« Tasha wiederholte die Einwände ihrer Eltern gegen ihre Schauspielkarriere oder deren Nichtvorhandensein, denn Tasha war der Inbegriff einer aufstrebenden Schauspielerin, die noch auf ihr großes Glück wartete.

»Ich werde darüber nachdenken.«

»Eine Sache interessiert mich aber doch noch!«, sagte sie leicht fragend. »Als du angerufen hast, warum hast du gesagt, dass du an einer Geschichte arbeitest?«

»Ich dachte, dass du versuchen würdest, mir die Heirat mit Julian auszureden.«

»Wieso sollte ich das tun?«, fragte sie. »Er ist offensichtlich verrückt nach dir.«

Camille war vor Überraschung wie weggefegt. Tasha durfte nicht mitbekommen, wie sie die Fassung verlor. Sie hielt den Atem an und behielt das Erstaunen für sich.

»Wann wolltest du mir das sagen?« Tasha warf Camille einen vorwurfsvollen Blick zu.

»Wenn ich dich angerufen hätte, um dich zu unserer Hochzeit in Frankreich einzuladen.« Na ja, wenigstens klang das gut.

»Frankreich?« Ihre Stimmung änderte sich und wurde überschwänglich. »Verarschst du mich?«

Camille schüttelte den Kopf. »Seine Familie lebt in Marseille. Die meiste Zeit über.«

Sie blickte wieder auf Camilles Kleidung und zog scharf den Atem ein, als hätte sie dort Kronjuwelen entdeckt. »Dieser Typ ist superreich, oder?« Die Worte waren als Frage formuliert, doch ihr Ton war nicht fragend.

Camille wollte lügen. Schon wieder. Doch sie verabschiedete sich von dem Gedanken. »Ja.«

»Oh, Mann, kein Wunder, dass du mir nichts von ihm erzählt hattest.« Ihr teuflisches Lachen bestätigte Camilles Bedenken.

»Genau.«

»Ich hätte ihn aber nicht angebaggert. Nicht, wenn es so offensichtlich ist, dass du auf ihn stehst.«

Camille prustete los. »Seit wann ist das für dich ein Hindernis?«

»Ja, okay, es gab dieses eine Mal«, sagte sie, als wäre es nicht so wichtig, wie Camille es fand. »Aber der Typ hatte mich provoziert.«

»Halte dich einfach von Julian fern, okay?«

»Ach, mach dir da keine Sorgen.« Sie lächelte mit zusammengepressten Lippen. »Er steht nicht auf mich. Er hat nur dich im Sinn.«

Gut. Sie war froh, dass Tasha es so sah – ganz gleich, wie verzerrt ihre Wahrnehmung war. Es bewahrte Camille langfristig vor einer Menge Kummer.

»Okay, also denk daran: Kein Wort von Disclosure oder sonst noch irgendetwas in der Richtung.« Camille hoffte, dass ihre strenge Stimme Wirkung zeigen würde.

»Ich schweige wie ein Grab.« Ihre Freundin nickte gerissen. »Also, wann ist die französische Hochzeit?«

Camille hatte keine Ahnung. Doch sie wusste, dass die europäische Hochzeit aufgrund der Bestimmungen im Ehevertrag bald stattfinden musste. Und je schneller, desto besser. »Vermutlich in ein paar Wochen.«

»Ich wette, dass es in Frankreich viele heiße Typen gibt. Wann soll ich kommen?«

»Schauen wir mal, was Julian sagt. Ich weiß noch nicht einmal, wo wir wohnen werden.« Sie lachte, während ihr Selbstvertrauen ins Wanken geriet. »Er sagte etwas von einem Familienwohnsitz in Marseille.«

»Oh Gott, du wirst aber nicht bei seinen Eltern wohnen müssen, oder?«

»Mensch, ich hoffe nicht.«

Camille hatte sich nicht wirklich darüber Gedanken gemacht, doch das hätte sie tun sollen, als er ihr von dem Haus seiner Familie erzählt hatte. Vielleicht könnte sie ihn dazu überreden, etwas in Marseille zu mieten. Wenn nicht, hoffte sie, dass das Haus wirklich riesig war. Das Letzte, was sie wollte, war, sich ständig von jemandem mit Argusaugen beobachten zu lassen.

Sie sah Julian den Gartenweg entlanggehen und richtete sich in ihrem Stuhl auf. »Oh, da kommt Julian.«

Camilles Blick folgte dem von Tasha zu Julian, der einen Kellner auf seinem Weg anhielt. Nach einigem Wortwechsel ging der Kellner weg, und Julian näherte sich ihnen, während er Camille anlächelte. Als er sich hinsetzte, schob er seinen Stuhl nah an ihren.

»Nun, sind wir startklar?«, fragte er.

»Jupp«, sagte Tasha. »Alle sind auf dem aktuellsten Stand.« Sie griff nach ihrem Glas. »Ich bin zur Hochzeit eingeladen, oder?« Sie fragte insbesondere Julian.

»Selbstverständlich bist du zu der Hochzeit eingeladen.« Er legte seinen Arm um Camilles Stuhl. »Ich bin mir sicher, dass Camille dich an ihrer Seite wissen will.«

»Da die Hochzeit erst in einigen Wochen stattfindet, könnte Tasha dann vielleicht schon in etwa einer Woche zu uns nach Frankreich kommen?« Camilles Unsicherheit schien durch, als sie mit Julian sprach.

»Klingt perfekt. Was auch immer du dir wünschst.« Julian blickte zu Tasha. »Ich kann einen Jet herüberschicken, wenn du kommen möchtest.«

»Einen Privatjet?« Tashas Augen füllten sich mit Aufregung, doch sie verdeckte es hinter einer weichen Gelassenheit. »Cool.«

Ein Unbehagen machte sich in Camille breit und mündete in einem nervösen Lachen.

»Sag mal, Julian ...?«, fragte Tasha. »Hast du Brüder?«

»Ich habe einen Bruder.«

»Älter oder jünger?«

»Zwei Jahre jünger.«

»Ist er verheiratet?«

»Nein.« Julian lächelte.

Camille trat Tasha unter dem Tisch gegen das Schienbein.

»Aua!«, schrie Tasha und starrte Camille an. Sie beugte sich vor und rieb ihr Bein.

Julian versteckte sein Lachen hinter einem Husten.

Der Kellner, den Julian vorhin angehalten hatte, erschien mit einem Tablett mit Essen, darunter einem Teller mit einem Hamburger und Pommes für Julian – er hatte Camille erzählt, dass er die amerikanische Delikatesse liebe – und einem Stück Apfelkuchen mit einer Kugel Vanilleeis am Rande für Camille.

Nachdem er sie bedient hatte, hielt der Kellner Tasha zögernd einen Teller mit Käsekuchen hin. »Mr de Laurent hat mich gebeten, etwas von der Dessertkarte für die Dame auszuwählen.« Er setzte die Speise vor ihr ab. »Ich bin mir sicher, dass Sie daran Gefallen finden werden. Oder zieht die Dame etwas anderes vor …?«

»Nein, das hier ist gut.« Tasha lächelte höflich und griff zu ihrer Gabel in der Vorfreude, die Süßspeise des Cafés zu genießen.

Während das Trio aß, reduzierten sie die Unterhaltung auf einen minimalen Smalltalk, bis sie ihre Desserts fast aufgegessen hatten.

»Nun, Tasha, fährst du heute Abend zurück nach L.A.?«, fragte Julian, während er seinen Teller zur Seite schob. »Wenn du noch ein paar Tage in Vegas bleiben möchtest, kann ich dir unsere Residenz oben überlassen.« Julian hielt inne, während er Atem holte. »Ich hasse es wirklich, wie ein schlechter Gastgeber zu erscheinen, doch wir werden bald am Flughafen erwartet. Wir fliegen heute Nachmittag nach London.«

»Nun ja, Vegas ist natürlich nicht London«, sagte sie mit unbeschwertem Witz. »Aber gut, ich nehme das Angebot an.«

Die Drei erhoben sich und gingen zurück in die Hotellobby, wo Julian sicherstellte, dass die Mitarbeiter erfuhren, dass Tasha bis zum Ende der Woche bleiben würde – weitere vier Tage. Sie wurden angewiesen, sich um jeden ihrer Wünsche und ihre Bedürfnisse zu kümmern.

Camille stellte zu ihrer Überraschung fest, dass, während sie gegessen hatten, ihre Sachen in der Suite in brandneue Designerkoffer gepackt wurden. Eine Vorstellung, die Tasha ohnmächtig werden ließ.

Die Mädchen verabschiedeten sich voneinander. Tasha ging hoch, und Camille stieg mit Julian, Soren und Heinz, Julians Pilot, in eine Limo. Auf der Fahrt zum Flughafen war Camille von Unruhe erfüllt, die in ein Gefühl der Sorge mündete. Das Land mit drei Männern zu verlassen, die sie noch nicht einmal eine Woche kannte, konnte man nicht gerade als vorsichtig bezeichnen.

Sie wusste, dass es verrückt war, so ein ungutes Gefühl zu haben. Julian und Soren waren ehrenwerte Männer, auch wenn sie aus zwei unterschiedlichen Gesellschaftsschichten stammten, waren ihre Moralvorstellungen und Prinzipien die gleichen. Vielleicht erklärte es, weshalb jeder von ihnen dem jeweils anderen so sehr glauben und vertrauen konnte. Sie gaben so viel, wie sie bekamen.

Am Flughafen zeigte Julian Camille das Privatabteil im Flugzeug. »Sobald wir in der Luft sind«, sagte er, »kannst du dich hier ausruhen, wenn du magst.«

Er rätselte über Camilles Freundin. Sie war laut und auffällig. Das genaue Gegenteil von Camille. Wie waren sie Freundinnen geworden? Wie auch immer – wenn Camille wollte, dass sie nach Frankreich kam, würde er sie dorthin bringen lassen. Besser noch, er würde André schicken, sie abzuholen. Das war genau das Richtige für ihn.

»Also fliegen wir zuerst nach London und dann nach Marseille?«, fragte sie, als würde sie nur versuchen, die Stille zu überbrücken.

»Wir werden ein oder zwei Tage in London verbringen, wo du noch mehr shoppen kannst.« Er verspürte eine starke Anziehungskraft, die von ihr ausging, und es gefiel ihm. »Dann machen wir uns nach Paris auf, wo du einen oder zwei Designer treffen wirst.«

»Designer? Warum?«

»Um dir das Hochzeitskleid deiner Träume schneidern zu lassen.« So oder so würde Julian sich seinen Weg in das Herz seiner neuen Frau bahnen. Und am Ende der sechs Monate, wenn er sie satt hatte und sie ihn, würden sie getrennte Wege gehen, und er wäre frei. Frei von den Zwängen der Ehe, von der sein Vater so sicher war, dass er sie brauchte.

Sie öffnete bestürzt den Mund, sagte jedoch nichts.

»Was ist denn, Chérie?« Als er die Unsicherheit in ihren Augen sah, durchstach ihn ein Gefühl der Einsamkeit. »Ein extra für dich angefertigtes Kleid würde dir nicht gefallen?«

Ihr schwaches Lächeln enthielt einen Hauch Traurigkeit. »Julian, das ist sehr großzügig von dir.« Camilles Mine verfinsterte sich. Etwas beschäftigte sie, und ausgehend von ihrem ernsten Lächeln würde sie es ihm nicht verraten.

»Aber ...«

»Ich nehme an, sich angemessen zu kleiden gehört zur Rolle, nicht wahr?«

»Na ja, du könntest es auch genießen.« Ihr fehlender Enthusiasmus überraschte Julian und gefiel ihm irgendwie gleichzeitig. Nicht, dass er nicht wollte, dass seine Frau in die besten Designerstücke gekleidet war, doch ihre Gleichgültigkeit war angenehm. Es beruhigte ihn auf eine bestimmte Weise, dass Camille Designermode nicht beeindruckte.

Julian wollte sie dennoch lächeln sehen. »Irgendwann, wenn du das in echt tust, kannst du auf das hier zurückblicken wie auf einen ... wie sagt ihr Amerikaner das? Auf einen Probelauf?«

Camilles Lächeln verwandelte sich in ein Lachen.

Er dachte, er würde ihr Problem kennen. Camille sollte die Hochzeit ihrer Träume haben für eine Ehe, die nicht echt war. Frauen dachten so über Hochzeiten. Ganz schmalzig. Julian wusste, dass er die Auswirkungen ihrer Scheinehe hätte berücksichtigen müssen. »Nun ja, wenigstens kann ich dich zum Lachen bringen.«

Sie schob ihre Schultern nach hinten und setzte ein übereifriges Lächeln auf. »Von nun an werde ich die Rolle mit vollem Einsatz und absolut null Bedauern spielen.«

Julian war sich nicht sicher, ob sie tatsächlich selbst glaubte, was sie zu ihm sagte. Aber das war egal. Er vertraute auf seinen Instinkt, der ihm sagte, dass Camille die Lösung für seine Probleme war. Sie hatte einen gewissen Reiz mit ihrer sentimentalen Geisteshaltung angesichts eines echten Kleides für eine falsche Hochzeit. Ganz gleich wie sehr sie sich bemühte, es zu verstecken, spürte Julian ihre Enttäuschung.

Ein leichtes Klopfen im Korridor begleitete Sorens ruhige Stimme. »Sir, wir sind startklar. Wir sollten uns hinsetzen.«

Julian zuckte sorglos die Achseln. »Wollen wir?«

Sie folgte ihm in die Lounge, und sie nahmen zusammen auf der Couch Platz.

»Hast du deiner Freundin die Wahrheit erzählt?«, fragte er, während er seinen Gurt anlegte.

»Nein.« Camille schien sich darauf zu konzentrieren, ihren Gurt festzuschnallen, und blickte ihn nicht an. »Ich dachte, dass es am besten wäre, wenn sie denkt, dass es echt ist. Außerdem war das doch Teil der Abmachung?«, sagte sie mit einer sonderbar forschenden Stimme. »Jeder soll denken, dass wir nicht nur dem Namen nach verheiratet sind?«

Sie hatte nicht ganz unrecht. Je weniger Menschen den Plan kannten, desto größer waren die Erfolgsaussichten. Bislang wussten nur drei Personen davon. Julian, Camille und Soren. Wenn es durchsickerte, wäre es nicht schwer, den Schuldigen festzumachen.

Julian spielte mit dem Schmuckkästchen in seiner Jackentasche. Camille sah etwas desillusioniert aus, doch dies könnte ihre Stimmung heben.

»Da wir gerade von Glaubwürdigkeit sprechen.« Er hielt inne und zauberte das kleine Kästchen hervor. »Ich dachte, dass du das hier haben solltest«, fügte er hinzu, während er ihr das Geschenk überreichte.

Ihre Augen füllten sich mit Freude. Sie nahm Julians Geschenk entgegen und öffnete es, als wäre es aus zerbrechlichem Glas. Sie schnappte nach Luft und hob eine Hand zur Brust. Ihre Kinnlade klappte herunter, während sie den diamantbesetzten Ring anstarrte.

Julian nahm ihr das Kästchen weg und steckte ihr das Ehesymbol an den Ringfinger. »Jede schöne Braut verdient einen schönen Ring.« Er untermalte seine Aussage mit einem Zwinkern und einem Lächeln. »Ganz gleich wie die Umstände sind.«

Ihre Gesichtszüge wurden weicher und zeigten einen *Ich-will-dir-glauben*-Ausdruck.

Sie gab nach, er sah, wie es passierte. Im Handumdrehen würde Julian sie mit seinem Charme erobert haben.

»Warum ich?«, sagte sie schließlich. »Ich weiß, dass du gesagt hast, dass ich perfekt für die Rolle sei. Doch warum?«, fragte sie, als würde sie denken, dass sie ein Häufchen Nichts war. »Was macht mich perfekt? Und nicht beispielsweise meine Freundin Tasha?«

»Ich bin mir sicher, dass deine Freundin Tasha ein nettes Mädchen ist.« Er hielt inne, um sich das spöttische Lachen zu verkneifen, das sich in seiner Kehle regte.

Ihre Augen blitzten mit Einsicht auf. Er sah, dass sie tief im Inneren den Grund kannte, auch wenn sie nicht bereit war, es zuzugeben. Tasha war mit einem Wort *ungeschliffen*.

»Aber …«

»Sie ist, wie sagt man …?« Er zögerte, während er taktvoll nach den richtigen Worten suchte. »Eine Trophäenfrau.«

Camilles ganzer Körper schien sich zu entspannen, als hätte sie begriffen. »Und Julian de Laurent würde sich niemals mit einer *Trophäenfrau* erwischen lassen.«

Sie hatte wirklich begriffen.

»Wenn es glaubhaft aussehen soll, muss meine Frau etwas vorweisen können und von ausdrucksstarker Schönheit sein.« Er fuchtelte mit den Händen und beschrieb dabei eine große Geste. »Sie ist die Braut. Nicht das junge Ding, das bei einer Junggesellenfeier aus der Torte springt.«

Der Ansatz eines Schlangenblicks machte schnell einem starren Blick Platz, bevor ihre Augen schließlich Zustimmung ausdrückten.

»Hinter dieser Schale hat Tasha doch ihre Momente.« Camilles Ton, unsicher und schwach, vermittelte ihren Versuch, eine positive Beschreibung ausgraben zu wollen. »Sie ist eine gute Freundin.«

Julian spürte, dass in ihren Gedanken noch ein »Aber« hing und hinauswollte. Es lag an ihm, ihr zu helfen, es zu vergessen. »Ja, und sie ist genau die Art Mädchen, in die sich mein Bruder André unsterblich verlieben wird.« Julian lachte tief und herzlich. »Sag ihr, dass sie ihn schonen soll.«

»Du hältst deinen Bruder in Schach, und ich mache das Gleiche mit meiner Freundin.«

Stets diplomatisch. Julian gefiel das an Camille. Ihm gefiel auch, dass sie in der Lage war, unter Druck die Fassung zu bewahren. Sie würde es brauchen, besonders, wenn es um Papa und Madeleine ging.

Julian wollte sie am liebsten von den beiden fernhalten. Doch sechs Monate lang? Es schien unmöglich.

»Ich bezweifle, dass sie uns auch nur halb so viele Probleme bereiten werden wie Papa und Madeleine.« Er schob die Sache an dieser Stelle ein mit halber Hoffnung, dass sie es nicht bemerken würde.

Aber sie tat es, was unverkennbar an der Art war, wie sie ihren Kopf in seine Richtung drehte.

»Wer ist Madeleine?« Die Frage kroch hervor, als würde sie über ein gebirgiges Gebiet kriechen.

»Madeleine ist die Wahl meines Vaters«, sagte er in einem belanglosen, abweisenden Ton.

»Das klingt nicht gut.« Sie wurde steif und wich zurück.

»Aber sie ist nicht meine Wahl.« Er beugte sich zu Camille. »Das Einzige, woran du denken musst, Chérie, ist, dass *du* meine Wahl bist.«

»Ach, ich verstehe schon«, sagte sie mit einem Hauch Verärgerung. »Doch wie weit sind dein Vater und Madeleine bereit zu gehen?« Ihre Augen verengten sich, während sie misstrauisch in seinem Gesicht forschte. »Werden sie auf Rache aus sein?«

Julian schüttelte verneinend den Kopf. »Mein Vater ... nein. Doch er wird ein scharfes Auge auf uns behalten, weswegen wir echt erscheinen müssen.«

»Und was ist mit Madeleine?«

»Nun ja, sie wird nicht glücklich sein.«

»Wird sie handgreiflich werden?«

Madeleine? Handgreiflich? Die Vorstellung war lächerlich. Sie war kein körperlicher Typ, doch das würde sie nicht davon abhalten, Unruhe zu stiften. »Ihr wird es nicht gut bekommen. Doch du schwebst in keiner physischen Gefahr, wenn es das ist, was du wissen möchtest.«

»Also werde ich mit Madeleine auf der Hut sein müssen, weil sie darauf aus sein wird, einen Sabotageakt auf mich zu verüben.« Sie schien informative Hinweise in ihrem Kopf abzuspeichern.

»Auf uns. Einen Sabotageakt auf uns.« Julian wollte nicht, dass Camille dachte oder spürte, dass sie allein war.

Sie musste wissen und verstehen, dass sie das beide durchmachten. Julian konnte es sich nicht leisten, dass sie ihn jetzt im Stich ließ. Das würde entscheiden über sechs Monate, in denen er etwas mit einer Frau vorspielen musste, die er entzückend fand, oder ein ganzes Leben mit nichts Besonderem wie Madeleine.

KAPITEL SECHS

CAMILLE CHANDLER hatte Angst vor der Ungewissheit. Diese Angst befeuerte ihre fortwährende Unterstützung für Julians närrischen Plan. Die Vorstellung, ganz von vorn anfangen zu müssen, versetzte sie in Schrecken. Sie hatte nichts, womit sie anfangen könnte. Und Margo würde vermutlich nicht bei ihrer Drohung bleiben.

Mit fünf Millionen Dollar könnte Camille in irgendeine unscheinbare kleine Stadt ziehen, von der Margo nie etwas gehört hatte und dort einen Job bei der Lokalzeitung bekommen – zum Teufel, mit so viel Geld würde sie vermutlich sogar die Zeitung der Stadt kaufen können. Das war es: Sie würde ein Haus kaufen und eine Zeitung betreiben. Und wenn noch Geld übrig wäre, würde sie es auf die hohe Kante legen.

Dieser Traum klang besser, als die Alternative: auf der Straße leben in der Hoffnung, einen Job im lokalen Restaurant zu bekommen – ein Job, in dem sie noch nie in ihrem Leben gearbeitet hatte.

Der Zwischenhalt in London war kurz. Zu kurz, wenn man bedachte, dass Julians sitzen gelassene Freundin und sein Vater, der nicht die Schwiegertochter bekommen würde, die er sich wünschte, in Frankreich warteten. Die Zwischenlandung war auch teuer, doch vermutlich nicht von Julians Perspektive aus. Zweifellos war er es gewohnt, Tausende für einen einzigen Anzug auszugeben.

Camille nicht. Sie hielt alles, was teurer als fünfzig Mäuse war, für eine Kauforgie. Nach dem Aufenthalt in einigen der edelsten Boutiquen befanden sie sich wieder in Julians Jet und unterwegs nach Paris. Der Großeinkauf des Nachmittags – Dutzende von Outfits im Wert von zwischen mehreren Hundert Dollar und einigen Tausend – fühlte sich etwas beunruhigend an.

In Paris legten sie einen weiteren Zwischenstopp ein und hatten ein kurzes Treffen mit irgendeiner Designerin, Marie Schießmichtot. Camille hatte noch nie etwas von ihr gehört, was jedoch nicht viel bedeutete. Das Design ihres Hochzeitskleides sollte der letzte Schrei sein.

Julian versprach, dass Maries Fragen, seltsam und verrückt, ihr einen Einblick in Camilles wahre Persönlichkeit gewähren sollten, sodass sie letztendlich mit dem Kleid ihrer Träume belohnt werden würde. Camille hatte so ihre Zweifel, doch fünf Millionen Mäuse waren eine gute Motivation, um den Marotten der Designerin zu frönen.

Nach dem Termin bei Marie aßen Julian und Camille in einem Straßencafé, bevor sie zum Flughafen zurückkehrten.

Seltsam, je näher sie Marseille waren, desto mehr Bauchschmerzen bekam Camille. Sie wünschte sich fast, sie hätte nichts davon erfahren, dass Julians Vater und das Mädchen, das er gekränkt hatte, es auf sie abgesehen hatten. Na ja, der Vater vermutlich nicht, aber das Mädchen schon.

Camille war fest entschlossen, diese neue Entwicklung zu ignorieren und keinen zweiten Gedanken darauf zu verschwenden. Julian hatte ihr versprochen, an ihrer Seite zu sein. Für ihn stand genauso viel auf dem Spiel wie für Camille, auch wenn ihre Motive komplett unterschiedlich waren.

Sie folgte Julian verlegen, als sie die Treppe des Flugzeugs hinunterstiegen. Eine zarte Brise blies den leichten Duft von Salz durch die Luft. Camille schaute sich um. Waren sie am Ozean?

Julian griff nach ihrer Hand, als sie unten angekommen waren. »Denk daran, Chérie«, flüsterte er ihr ins Ohr. »Von jetzt an müssen wir in der Öffentlichkeit verliebt wirken.«

Seine Finger blieben mit ihren verflochten. »Ich werde sehr überzeugend sein –«, sie blickte Julian an und lächelte, »– sogar du wirst glauben, dass ich verliebt bin.«

Sie sprangen in eine Mercedes-Limousine, die im Abholbereich stand. Der Chauffeur, ein großer, schlaksiger Kerl in einer Fahreruniform, hechtete um das Auto herum und setzte sich ans Steuer. Diesmal waren Julian und Camille allein in der Limo. Wo Soren und der Pilot hingegangen waren, wusste sie nicht.

Julian zog die Trennscheibe zwischen ihnen und dem Fahrer hoch. Als sie komplett geschlossen war, drehte er sich zu Camille. »Es wird Momente geben, in denen du mich nicht wirst finden können. Wenn das eintritt, und du etwas brauchen solltest, wende dich an Soren. Sei ansonsten nicht zu offenherzig mit dem Personal.«

Ein kurzer und bestürzender Gedanke jagte Camille durch den Kopf. Julian dachte, dass er eine Schauspielerin engagiert hatte. Camille war keine Schauspielerin. Was, wenn sie es vergeigte? »Schau, ich weiß, dass dieser ganze Plan aus deinem Wunsch heraus entstand, frei zu sein.« Die Angst, mit seiner Familie allein gelassen zu werden, feuerte die Worte in einem spröden, gebrochenen Ton heraus. »Aber du wirst mich nicht wochenlang allein lassen, oder?«

»Nein, Chérie. Wenn ich geschäftlich unterwegs sein werde, wirst du mich begleiten, genauso, wie man es von einem frisch vermählten und verliebten Ehepaar erwarten würde.«

Camilles Erleichterung äußerte sich in einem kurzen tiefen Aufatmen. Je weiter Julian sie von seinem Vater und Madeleine fernhielt, desto besser.

»Sei nicht nervös.« Julians Arm umschlang Camille und zog sie an ihn heran.

»Ich weiß, ich weiß. Ich bin perfekt für die Rolle.« Sie war froh, dass er so dachte, doch sie hatte ihre Zweifel.

Camilles Blick wanderte zum Fenster hinaus, ihre Augen hefteten sich an die überfüllte Stadt, die vor ihnen lag. Die altertümliche Architektur blitzte zwischen modernen Laternenmasten, Verkehrsampeln und Autos hervor, die die asphaltierten Straßen säumten.

Die alte Stadt war effektvoll in eine Metropole des 21. Jahrhunderts verwandelt worden.

Nachdem sie das bunte Ballungszentrum verlassen hatten, wurden die kleineren Gebäude rarer und wichen einer reichen, üppigen Landschaft. Camille war beeindruckt von den gewundenen Straßen und den prächtigen Villen, die auf Hügelzügen thronten. Dank der Schönheit der Landschaft ging die fast einstündige Fahrt schnell vorbei.

Die Limousine bog von der Hauptstraße ab und folgte dem Verlauf einer von Bäumen gesäumten Allee, die sich einen Berg hochwand. Oben beschützte ein Wall aus alten Steinmauern und massiven Kiefern die Festung. Als der Weg sich lichtete, hob sich ein verstreut liegendes Château, das teilweise zwei oder drei Stockwerke und auf jeder Seite ein Türmchen besaß, majestätisch von der Landschaft ab. Camille blieb angesichts des Anblickes die Luft weg.

Verdammt. Bedeutete dies, dass Julian diese blöde Wette gewonnen hatte?

Das Auto wurde langsamer, bis es unter einem überdachten Torbogen anhielt, wo eine Gruppe von Menschen wartete, vermutlich Julians Familie. Camille hatte das Gefühl, als sei sie in einem seltsamen ausländischen Film.

Ein älteres Paar stand neben einem Mann ungefähr in Julians Alter und einem jungen Mädchen. Hinter ihnen befand sich eine weitere Reihe von Leuten – Camille schloss aus ihrer Kleidung, dass es Bedienstete sein mussten. Die Männer waren wie Soren gekleidet, und die Frauen trugen Dienstmädchenuniformen.

Camille stieg mit Julians Hilfe aus dem Auto. Er hielt eine Hand gegen ihr Kreuz und führte sie zuerst zu dem älteren Paar. Seine Eltern, Maurice und Claudette de Laurent.

Julians Bruder – wenn Camille es richtig in Erinnerung hatte, sein jüngerer Bruder – schielte auf sie mit kalten, richtenden Augen, die fast die gleiche Farbe hatten wie die blaugrünen Augen von Julian, nur vielleicht etwas blasser.

Seine Schwester Lecie war vielleicht achtzehn und der Inbegriff des wunderschönen Mädchens von nebenan. Camille kannte den

Typ. Mit ihrem blonden Haar und dem blauäugigen guten Aussehen verkörperte sie das, was die anderen Mädchen in der Schule verachteten, aber dennoch selbst haben wollten. Und vermutlich war sie noch dazu verdammt nett.

Sie hasste es, wenn sie gezwungen wurde, diese umwerfend attraktiven Mädchen zu mögen – wie Tasha.

Camille wurde unruhig und faltete die Finger hinter dem Rücken. Julian legte eine Hand beruhigend auf ihre. Wie um alles in der Welt sollte sie seine gesamte Familie überzeugen? Sie waren so viele.

Die Eltern, ein Bruder, eine Schwester. Sie hatte niemals das Chaos einer großen Familie erlebt. Sie war immer allein mit Oma Mae gewesen, sogar in den Ferien.

Lecie ging auf Camille zu. Julian musste ihr Unbehagen gespürt haben und stellte sich zwischen sie, während er Smalltalk mit seiner Schwester hielt und sie über ihre neuesten Bestrebungen ausfragte sowie darüber, ob sie sich schon für eine Universität entschieden habe, an der sie im Herbst studieren wollte.

»Irgendwo weit weg von hier«, antwortete sie in nahezu perfektem Englisch.

Camille lachte und war sehr amüsiert. Sie erinnerte sich, dass sie sich ähnlich gefühlt hatte, als sie aufs College ging. Jetzt würde sie alles dafür geben, um wieder mit Oma Mae reden zu können.

»Erzähl mal«, Lecie drehte sich zu Camille. »Wo habt ihr beiden euch kennengelernt? War es romantisch? Ich will alles darüber wissen.« Der Enthusiasmus in ihrer Stimme speiste Camilles ansteigende Angst.

Sie und Julian hatten niemals davon gesprochen, wo sie sich angeblich kennengelernt hatten. Sie mussten doch eine Geschichte haben, oder? Von den Menschen zu verlangen, dass sie glaubten, sie hätten sich ineinander verliebt, nachdem sie sich auf seine Anzeige in der L.A. Trades gemeldet hatte, war vermutlich zu viel verlangt.

Camille drückte Julians Hand in der Hoffnung, einen Teil ihrer Sorgen auf ihn übertragen zu können.

»Wir reden später darüber.« Julians versprechender Ton war überzeugend, sogar in Camilles Ohren. »Jetzt müssen wir Camille sich erst einmal eingewöhnen lassen, damit sie sich vor dem Abendessen noch ein wenig ausruhen kann.« Er führte Camille eine Außentreppe hoch, die aussah, als wäre sie aus Marmor, und leitete sie zu einer beeindruckenden Flügeltür.

Lecie trabte die Stufen hinter ihnen hoch, während ihr teuflisches Lachen die Sorgerezeptoren in Camilles Kopf aktivierte. Camille bemühte sich, die Angst zu verdrängen.

»Ihr beiden werdet euch ausruhen müssen«, sagte Lecie, als wäre sie in irgendeine geheime Information eingeweiht. »Ratet mal, wer zum Abendessen kommt?«

Wenn sie Madeleine sagte, würde Camille einfach platzen.

Julian hob eine Augenbraue. »Wie viele Gäste kommen denn?«

»Es ist nur eine kleine Party«, sagte sie mit einem neckenden Zwinkern. »Etwa dreißig.«

Camilles Herz schlug bis zum Hals. Man musste kein Genie sein, um zu begreifen, dass Madeleine neben Julian sitzen würde, während Camille, seine angebliche Verlobte, am anderen Ende eines sehr langen Tisches säße.

Julian öffnete die Flügeltür zu dem elegantesten und extravagantesten Foyer aus Marmor und Granit, das Camille je gesehen hatte. Lecie griff nach ihrem freien Arm, und Camille schmiegte sich mit dem anderen an Julian. Er legte ihren Arm auf seinen. Von seiner Hand ging eine äußerst männliche, äußerst angenehme Stärke aus.

»Hier drüben«, sagte er, während er nach rechts deutete, »sind ein paar Salons, eine Bibliothek, das Büro meines Vaters.« Julian richtete seine Aufmerksamkeit in die entgegengesetzte Richtung. »Und hier drüben sind einige Esszimmer und die Küche. Es ist jetzt alles komplett modernisiert, doch der alte Herd, den meine Vorfahren benutzten, funktioniert und ist immer noch in Betrieb.« Er lachte leise. »Nicht, dass die heutigen Bediensteten begeistert von der Idee wären, über offenem Feuer zu kochen.«

Die Feuerstelle in der Küche faszinierte Camille, doch Julian führte sie zu einer spiralförmigen Treppe direkt vor ihnen. Irgendwo unterwegs hatten sie Lecie verloren, und Camille fand sich allein mit Julian wieder, als sie die Treppen hochstiegen.

»Du und ich wohnen im dritten Stock. Technisch gesehen befindet sich der Eingang im zweiten.« Er legte seinen Arm um ihre Taille, und ihr Körper kribbelte von der Berührung. Sie fragte sich, wie es sich wohl anfühlte, wenn man sich in Julians inniger Umarmung befand, doch sie wagte es nicht, den Gedanken laut auszusprechen.

Er führte sie um eine Ecke und öffnete schwungvoll eine Tür, während er ihr bedeutete, hineinzugehen. Wie aus dem Nichts tauchte Lecie hinter ihnen auf.

Camille bemühte sich nach Kräften, ihre Zweifel beiseitezuräumen. Sie brauchte hier eine Freundin. Die nächsten sechs Monate konnten unerträglich werden, wenn sie keine hätte. Sie trat in den Raum, überrascht, ihre jüngsten Einkäufe und ihr Gepäck bereits in der Suite vorzufinden.

Julian hielt an der Türschwelle und versperrte seiner Schwester den Weg. »Wir sehen uns schon sehr bald wieder«, sagte er und schloss die Tür zwischen ihnen.

Ein äußerst trauriger Ausdruck erschien auf seinem Gesicht, als er sich zu Camille drehte. »Es tut mir so leid, Chérie. Der Gedanke daran, wo wir uns kennengelernt haben, ist mir nie in den Sinn gekommen«, sagte er, während er die Arme ausfuhr.

Ausgestreckte Arme. Zu verlockend.

Sie legte die Stirn in die Handflächen und schüttelte zweifelnd den Kopf über das Chaos. Es gab zu viele Lücken. Ihre Geschichte war überhaupt nicht klar durchdacht.

»Wie sollen wir jemals irgendjemanden glauben lassen können, dass du letzte Woche nach Amerika gekommen bist, wir uns verliebt haben und jetzt heiraten wollen?« Camille warf die Hände in die Höhe. »Frankreich müsste voll von Idioten sein, damit wir das durchziehen können.«

»Deine Freundin hat es geglaubt.« Julian strahlte sie mit einem Blick an, der sanft wie eine Liebkosung war. Ein verwirrender Strudel durchströmte sie. Sie musste dieses Gefühl in den Griff bekommen, und zwar schnell.

»Na ja, nicht wirklich. Ich habe ihr nicht gesagt, dass wir uns gerade erst kennengelernt haben.«

»Und ich habe auch niemandem gesagt, dass wir uns gerade erst kennengelernt haben.«

Camille ließ sich auf eine Couch neben einer massiven Fensterfront fallen, die einen Ausblick auf einen endlosen Pool erlaubte, der sich im untenliegenden Garten verlor. In weiter Ferne wich das Küstengebirge dem Mittelmeer.

Hier bekam der Ausdruck Panoramafenster eine ganz neue Bedeutung. Dieses hier, in *ihrem* Zimmer, hatte den großartigsten Ausblick von allen – besonders als Julian ins Bild kam.

»Was wirst du deinem Vater erzählen?« Camille wollte die Wirkung, die seine Anwesenheit auf sie ausübte, minimieren, doch sie hatte nicht viel Erfolg dabei. »Ihm sagen, dass du ein Mädchen in den Staaten versteckt hattest?« Sie lachte über die Lächerlichkeit dieser Vorstellung.

»Irgendetwas in der Art.«

»Was?«

»Letztes Jahr habe ich einige Zeit, mehrere Monate, geschäftlich in New York City verbracht. Bei meiner Rückkehr habe ich ihm gesagt, dass ich Madeleine nicht heiraten kann, weil ich mich in jemand anderen verliebt habe, ein Mädchen, das ich kennengelernt habe, während ich in Amerika war.«

Das klang etwas lahm, aber immerhin hatte er die Sache bereits vorbereitet.

»Und er hat es dir abgekauft?«

Julians Selbstgefälligkeit schien in seinem selbstzufriedenen Achselzucken durch. »Mir wurde gesagt, dass er eine Schwäche hat, wenn es um mich geht. Er will nur das Beste von mir halten.« Er presste die Lippen zusammen, um das Lachen zurückzuhalten, und setzte sich neben sie. »Ich gebe zu, dass ich das mehr als einmal zu meinem Vorteil ausgenutzt habe.«

»Das solltest du lieber im Kopf behalten, wenn du selbst Vater wirst.«

Ihr Lachen kroch Julians Bein hoch und traf ihn in den Bauch. Wenn er selbst Vater sei ... Julian hatte nicht vor, Kinder zu haben.

Doch falls er welche bekam, konnte er sich Camille als ihre Mutter vorstellen.

Plötzlich war das Thema nicht mehr lustig. Dieses Mädchen, eine Schauspielerin, sollte ein Mittel zum Zweck sein – und nicht jemand, der ihn dazu brachte, über Kinder nachzudenken. Als er feststellte, dass er gefährlich nahe bei ihr saß, rutschte er weg.

Ihre Augen weiteten sich vor Vergnügen. »Ist es dir unangenehm, über Kinder zu sprechen?«

»Es ist ein wenig gruselig«, gab er zu.

Sie verscheuchte die flüchtige Frage nach dem Warum. Seine Furcht zu nähren wäre nicht hilfreich. »Also, du und ich haben uns kennengelernt, als du letztes Jahr in New York warst.«

»Ja.«

»Und wo haben wir uns kennengelernt?«

»Hm ...«

»Wir könnten sagen, dass ich für eines deiner Partnerunternehmen gearbeitet und dort technische Berichte verfasst habe.«

Julian war verwundert über die Stichhaltigkeit ihres Vorschlags. Niemand würde sie über diesen Job ausfragen wollen. »Perfekt.«

»Aber ich muss sagen, dass ich aus L.A. bin, denn ich weiß nicht sehr viel über New York.«

»Was hältst du davon, wenn wir uns der heutigen Party fernhalten?«, fragte er voller Hoffnung. Erstens würden sie die Millionen von Fragen umgehen, auf die sie nicht vorbereitet waren. Und zweitens hatte er nichts dagegen, mit seiner neuen Frau ein bisschen allein zu sein.

Ihr ganzes Gesicht verwandelte sich in ein energisches Lächeln. »Könnten wir das tun?«

»Darauf kannst du wetten.« Er beugte sich zu ihr und berührte mit seinen Lippen sanft ihre Wange. Ihre Haut war so weich, so berauschend. »Wir schleichen uns ein paar Stunden vor dem Abendessen hinaus.« Ein teuflisches Lachen entstand in Julians Kehle, das ihm erlaubte, seine Sinne zurückzugewinnen. Schade nur, dass er Papas Gesicht nicht würde sehen können, sobald er feststellte, dass sie weg waren.

Die möglichen Orte, an die er sie mitnehmen, an denen er sie umwerben könnte, füllten seine Gedanken und verscheuchten seine flüchtige Reue. Wo auch immer sie hingehen würden, müsste es ein besonderer Ort sein, denn es würde mehr als eines Standarddinners bedürfen, um sie in sein Bett zu locken.

Julian schlich sich leise durch die versteckten Gänge des Châteaus. Er kannte alle Wege und Kreuzungen gut, weil er hier als Kind gespielt hatte. Die Tunnel hatten sich nicht verändert. Sie waren immer noch dunkel, feucht und einschüchternd.

Er schlich sich in den östlichen Salon und fand ihn leer vor. Gott sei Dank. Julian goss sich Scotch in ein gekühltes Glas und schlenderte zu dem Fenster, das zum östlichen Pool und dem Rosengarten blickte.

Camille hatte ihn mit dem Thema Kinder überrascht. Vater zu werden, war ihm nie in den Sinn gekommen, geschweige denn die Vorstellung, sich mit nur einer Frau häuslich niederzulassen. Am allerwenigsten mit Madeleine.

Was stimmte mit Madeleine nicht? Sie war hübsch genug. Sie wurde seit ihrer Kindheit auf diese Rolle vorbereitet. Sie war gebildet, kultiviert und sympathisch. Doch Julian spürte nichts, wenn er sie ansah. Keinen Funken.

Deswegen war seine Entscheidung, eine inszenierte Ehe zu organisieren, das Richtige. Letztendlich würde es Madeleine vor Kummer bewahren, er würde nicht den Verstand verlieren und langfristig würde man eine Menge Geld sparen.

Julian leerte sein Glas und ging wieder zu der Bar. Er goss sich einen weiteren Drink ein, als sich eine Gangtür öffnete. Eine andere, als die, die er benutzt hatte.

André. Julian fand es ironisch, dass sein zwei Jahre jüngerer Bruder einige Zentimeter größer war als er.

Während er auf Julian zuging, lachte André. »Tja, großer Bruder«, sagte er und griff nach einer Bourbonflasche und einem Glas. »Du bist ein Meister darin, Leute zu schockieren.«

»Was meinst du damit?« Julian schüttete das Getränk in seinen Mund und genoss die kühle Schärfe des Whiskeys.

»Du und Vater habt einen Streit. Den heftigsten, den ich erlebt habe.« André musterte Julian und nahm einen weiteren Schluck, um sich Mut anzutrinken. »Er will einen Erben. Und da du der Ältere bist, erwartet er einen von dir.«

»Worauf willst du hinaus?«

»Also tust du das, was du am besten kannst«, sagte er, während sein Ton verbitterter und weniger tolerant wurde. »Du verschwindest. Dann tauchst du auf mysteriöse Weise eine Woche später wieder mit einer amerikanischen Verlobten auf.«

»Nochmal. Worauf willst du hinaus, Brüderchen?«

»Sollen wir wirklich glauben, dass es echt ist?«

»Du denkst, dass ich jemanden heiraten würde, wenn es das nicht wäre?«, fragte Julian.

»Du? Klar doch.«

»Wenn das der Fall wäre, könnte ich auch Madeleine heiraten.«

»Alles, bloß das nicht.« André dachte mit grimmigem Vergnügen nach. »Ich hoffe, du weißt, was du da tust.«

»Was soll das denn heißen?« Irgendwo tief in seinem Inneren hoffte Julian, dass sein Bruder es verstand.

»Wie gut kennst du dieses Mädchen? Woher willst du wissen, dass sie nicht –«

»Ich kenne sie seit letztem Jahr, André. Und täusch dich nicht –«, Julian hielt einen erhobenen Zeigefinger vor Andrés Gesicht, »sei sehr vorsichtig mit dem, was du über meine Frau sagst.«

»Deine Frau?« André warf ihm von der Seite einen äußerst ungläubigen Blick zu.

»Ja.« Julian setzte das Glas ab und steckte seine Hände in die Taschen. »Unter uns gesagt sind Camille und ich bereits verheiratet.«

»Verheiratet?«

»Verheiratet.«

André warf ihm eine abweisende Geste zu. »Du weißt, dass Papa wütend sein wird. Und er wird eine französische Hochzeit haben wollen.«

»Nun ja, er kann sehr zudringlich sein.« Julian war leicht amüsiert. »Er wird nicht glauben, dass es echt ist, wenn er es nicht selbst gesehen hat.« Er lachte, um sein Unbehagen über Papas Kontrollwahn zu maskieren.

André schüttelte den Kopf. »Mann, ich hoffe, dass du das nicht bereuen wirst.«

»Es gibt nichts zu bereuen.«

»Du hast einfach so geheiratet? Ich kann das kaum glauben.« André fasste sich an das Kinn und musterte Julian. »Ehevertrag?«

»Ja. Wir haben einen Ehevertrag.« Sarkasmus kroch in Julians Stimme. »Ich weiß, was du jetzt denkst, aber da liegst du falsch.«

André könnte sich nicht mehr irren. Julian wusste ganz genau, was er von Camille bekam und wie viel ihn das kosten würde. Fünf Millionen Dollar.

»Um deinetwillen, großer Bruder, hoffe ich, dass du recht hast.« André grinste und schenkte sich einen weiteren Drink ein. »Ich will definitiv nicht, dass sie sich an die Erbschaft meiner Kinder heranmacht.«

»Du hast keine Kinder.«

»Noch nicht. Nein.« André hielt inne, während er seinen Bourbon schlürfte. »Doch eines Tages könnte ich welche haben. Und dann will ich nicht, dass deine Goldgräberfrau sie bestiehlt.«

Julian erstickte fast vor Wut. Er fluchte, als er seinen Bruder am Revers packte und ihn gegen die Wand schleuderte. Ihm war es egal, ob er André weh tat oder nicht. Und er würde es auch nicht dulden, wenn jemand Blödsinn über Camille redete. Das würde er sich von niemandem gefallen lassen.

»Julian …!« Andrés Stimme krächzte.

»Sei. Sehr. Vorsichtig.« Julian knirschte mit den Zähnen, während er versuchte, seinen Ärger zu zügeln. Wut erschütterte seinen Körper und wurde schwächer, nachdem sie entweichen konnte. Er griff in die Höhe und gab André einen leichten Klaps auf die Wange. »Pass gut auf, was du über meine Frau sagst.«

Julians Gesicht brannte heiß vor Wut. Er war nur um Haaresbreite davon entfernt, die Kontrolle zu verlieren, und Andrés Ausdruck nach zu urteilen – seine Augen waren mit einer Mischung aus Angst und Unsicherheit weit aufgerissen – bemerkte der das auch. Und wenn Julian überschnappte, würde ihm niemand im Weg stehen wollen.

André hob kapitulierend die Hände hoch. »Ist gut. Es tut mir leid. Ich hätte das nicht über dein Mädchen sagen sollen.« Er versuchte, sich aus Julians Griff loszumachen. Julian ließ ihn gewähren. »Es war unhöflich und rücksichtslos.«

Julian konzentrierte sich auf sein Glas. Er brauchte einen weiteren Drink. Warum hatte er das getan? Noch nie hatte er gegen seinen Bruder die Hand erhoben. »Es tut mir leid.« Er füllte sein Glas mit mehr als dem gewöhnlichen Doppelschuss. »Es tut mir leid«, wiederholte er noch einmal, während er sich wie ein Schuft fühlte. Er hatte André immer beschützt, ihn niemals bedroht. Julian leerte sein Glas.

»Ich hoffe, dass ihr genauso viel an dir liegt wie dir an ihr.« André räusperte sich und sprach mit schwacher, zittriger Stimme, wobei er die Hände in die Hüften stemmte. »Wenn das so ist, werdet ihr beide glücklich sein.«

Ihm lag etwas an ihr? Unglaube und Verwirrung liefen in Julians Kopf durcheinander. Ihm *lag* nichts an ihr. Ihm lag etwas an seiner Freiheit.

»Es interessiert dich vielleicht, dass Papa das auf keinen Fall hinnehmen wird.« Andrés Selbstvertrauen war wieder da. Zum Glück. Er steckte die Hände in seine Taschen und ging auf Julian zu.

Andrés Worte beunruhigten Julian mehr, als seine Nähe. Er schaute seinen kleinen Bruder an. »Was will er tun?«

Man sollte sich nie zu sicher fühlen, wenn Maurice de Laurent einen seiner verrückten, närrischen Pläne ausführte. Julian wusste nur zu gut, von wem er diese Charaktereigenschaft hatte. Würde sein eigener Plan sich nicht um seinen Vater drehen, wäre Maurice de Laurent vermutlich stolz auf den Einfallsreichtum seines Sohnes.

Julian gefiel der spröde Ausdruck auf Andrés Gesicht nicht.

»Nein …«, das Wort kam aus ihm herausgesprungen wie ein Reifen, der über die Spurrillen auf einem Schotterweg hüpfte. »Sag jetzt bitte nicht, dass er Madeleine heute zu Gast geladen hat?« Auch wenn er schon ahnte, dass dem so war, klammerte er sich an das letzte Fünkchen Hoffnung, dass er sich irrte.

»Und wie er das hat.« In Andrés Stimme lag eine gewisse Schadenfreude.

»Warum tut er das?«

War Papa wirklich so ein Sadist? Natürlich wollte Julian Madeleine nicht heiraten, doch er hatte auf der anderen Seite auch nichts gegen sie. Nicht so sehr, dass er sie dazu verdammen wollte, herumzusitzen und dabei zuzusehen, wie er eine andere Frau heiratete.

»Ich vermute, er denkt, dass er deine Absichten, deine amerikanische ... Frau zu heiraten, durchkreuzen kann.« André kicherte, als fände er einen perversen Gefallen an Julians Zwangslage. »Doch bevor Madeleine anfängt, dir leidzutun, denk daran ... sie und Papa sind aus dem gleichen Holz geschnitzt.« Seine Stimme enthielt einen warnenden Ton. »Sie wird deine Verlobung auch nicht auf die leichte Schulter nehmen.«

Umso mehr Gründe, die Abendgesellschaft heute Abend zu umgehen. Besonders, wenn Madeleine anwesend sein würde, was sie mit Sicherheit war, da sie sich im Haus befand.

Julian würde jetzt noch viel mehr Anstrengungen unternehmen müssen, um Camille zu schützen, da Papa und Madeleine anscheinend nichts Gutes im Schilde führten.

KAPITEL SIEBEN

JULIAN STARRTE CAMILLE AN, die ein gehäkeltes schwarzes Kleid trug und sexy aussah. Ein anerkennendes Grummeln grollte in seiner Kehle, und er ergriff ihre Hand, worauf er sich auf die Innenseite des Salons im dritten Stock zu bewegte. Er blickte sie kurz an, zwinkerte ihr zu und öffnete eine Wandplatte.

Sie schnappte leise nach Luft. »Was zum ...«

»Überall auf dem Gut befinden sich Tunnel.« Er drängte sie hinein. »Wir verschwinden hierdurch.« Auf diese Weise würden sie auf den Fluren nicht in Papa, Claudette oder Madeleine rennen.

»Oh, ich fühle mich wie eine Spionin.« Sie kicherte, als sie den schwach beleuchteten Tunnel betraten,

Julian lachte leise. »Ja. Eine Spionin, deren geistige Gesundheit von dem Erfolg ihrer Flucht abhängt.« Er beschleunigte seinen Gang. Schließlich war er nicht der einzige, der sich in diesen Tunnelwegen gut auskannte. Je schneller sie nach draußen gelangten und dann den Garten hinter sich ließen, desto besser.

Sie eilten durch Gänge, stiegen in den Boden geschlagene Treppen hinunter und gingen um Ecken herum, alles in fast völliger Finsternis. Camille umklammerte seine Hand immer fester.

»Mach dir keine Sorgen, Chérie. Ich kenne mich hier bestens aus.«

»Gott, das hoffe ich.« Ihr sattes Lachen erfüllte ihn mit Vergnügen.

»Wir sind fast angekommen«, sagte er mit einer leisen, heiseren Stimme.

Nach wenigen Metern und einer weiteren Linkskurve zog Julian Camille enger zu sich heran, bevor er anhielt und sich durch den Ausgang nach draußen zwängte.

Das Dämmerlicht der untergehenden Sonne flimmerte herein und warf einen Schein auf Camille, der ihr schmeichelte. Ihr goldenes Haar glitzerte, als wären die Strähnen aus glänzendem Glas, und er verspürte eine kleine Welle von Aufregung, als ihr Mund sich zu einem verführerischen Lächeln formte.

»Wie stehen die Chancen, dass draußen jemand auf uns wartet?«, fragte sie, und er hatte das Gefühl, dass sie versuchte, lustig zu sein. Und das würde sie sein, solange sie nicht Recht behielt.

»Ich geb dir Bescheid.« Er überprüfte den unmittelbar hinter dem Ausgang liegenden Bereich.

Grünes Licht. Gut. Nicht, dass er Angst hätte, auf sie zu treffen. Aber das hier machte mehr Spaß. Und war sogar sexy. Ein schwaches Licht, das in ihren blauen Augen glänzte, verriet ihm, dass sie genauso aufgeregt war.

Julian umklammerte Camilles Hand. Ihr Lachen sprühte vor Freude, als sie die Wege des Rosengartens entlangliefen. Ihre Fröhlichkeit schenkte Julian ein Gefühl der Genugtuung. Es war schon lange her, dass er so viel Spaß gehabt hatte.

Adrenalin pochte in seinen Adern, und sein Pegel stieg steil an, als der Tunneltorbogen zum Fluss in Sichtweite kam. Genau, wie er es arrangiert hatte, wartete ein Rennboot am Ufer, bereit, ihnen auf ihrer Flucht behilflich zu sein.

Julian half Camille, bevor er an Bord ging. Das Boot erwachte zum Leben, und die Vibrationen des Motors durchliefen seinen Körper, während sie sein Adrenalin und seine Bestrebungen anfachten. Er war schon unzählige Male Boot gefahren, und das mit einer Vielzahl von Mädchen, darunter auch mit Madeleine, doch keine Fahrt hatte ihn so erregt wie diese mit Camille. Vielleicht war das einfach nur die Aufregung der Flucht. Ja. Das musste der Grund dafür sein.

Camille saß auf dem Sitz neben ihm in einer Pose wie ein Model. Ihre Beine, lang und gebräunt, fingen bei ihren roten Schuhen an und gingen dann verführerisch weiter, bis sie unter dem schwarzen Cocktailkleid verschwanden, das ihre Schenkel zur Hälfte bedeckte. Ihm hatte das Kleid gefallen, als sie es in London gekauft hatten, und es gefiel ihm jetzt – besonders jetzt, da er sich vorstellte, wie er mit den Händen unter den Stoff gleiten und dort alles auskundschaften würde.

Das Boot fuhr den gewundenen Fluss hinunter, ein warmer Sommerwind brachte Julians Haare wild durcheinander. Während er es nach hinten strich, schaute er Camille an. Ihre Blicke trafen sich, und ein schwaches zartes Erröten brachte ihr Gesicht zum Glühen.

»Bei dir alles in Ordnung?« Er legte seine Hand auf ihr Knie.

»Ja«, Sie murmelte ihre Antwort atemlos hinter einem Lächeln hervor. »Wo fahren wir hin?«

»Wo möchtest du hin?«

»Es ist dein Land. Ich überlasse es dir.«

Richtete sie sich immer so nach anderen? Vielleicht sollte er es austesten. »Wenn ich also sagen würde, dass wir uns eine Symphonie anhören oder eine Oper ansehen gehen ... wärst du dabei?«

»Du hast nicht gesagt: ›Was möchtest du gern tun‹.« Sie forderte ihn mit ihren furchtlosen blauen Augen heraus. »Du sagtest: ›Wo möchtest du hin‹.«

»Okay.« Julian lachte. »Was möchtest du gern tun?«

»Hm ... wie wäre es mit einem Abendessen, und dann vielleicht einem Strandspaziergang oder so?« Ein verlockendes Lächeln verriet, dass sie etwas heraufbeschwören wollte.

Nicht, dass Julian das Schicksal herausfordern wollte. Er wollte einfach nur herausfinden, was sich unter diesem kleinen schwarzen Kleid verbarg. Es würde nicht schaden. Sie *sollten* ja verliebt sein.

»Gute Idee. Schließlich denken alle, dass wir uns lieben, nicht wahr?« Er beruhigte sie mit einer sanften Berührung des unbedeckten Teils ihres Schenkels. Doch er überstürzte nichts. Er drängte sich nicht auf zu einer tiefergehenden Entdeckungsreise. Noch nicht.

»Ich versuche nur, mich auf alle Eventualitäten vorzubereiten«, sagte sie mit einer erstarkenden Stimme, als hätte sie einen Teil ihres Selbstvertrauens wiedererlangt.

»Wonach steht dir der Sinn?«

»Was meinst du?«

»Welches Essen?«

»Wie wäre es mit regionaler Küche?«

Gute Antwort. Nicht zu spezifisch, aber sie schränkte es dennoch ein und schmeichelte seiner Heimatstadt, indem sie sich für »regional« entschied. Sehr erfreulich.

Vielleicht sollte er sie ins L'Epuisette mitnehmen. Auf diese Weise könnte er ihrem Gaumen mit dem besten Essen in der Region eine Freude bereiten und ihre Widerstände mit gutem Champagner zum Schweigen bringen. Er stellte den Motor des Bootes ab und driftete den Pier entlang, bis er auf der Höhe seines Fahrers war, der neben dem Auto wartete.

Julian stand auf und half Camille hoch. Ihm gefiel die Art, wie die Bootsfahrt ihre Haare zersaust hatte, sodass sie nun wie vom Winde verweht und sexy aussahen. Ihre Wangen waren nach der belebenden Flucht gerötet.

Er übergab sie der Obhut seines Fahrers Sebastian, der ihr aus dem Boot half. Sie stieg auf den Anleger, und Julian genoss voller Bewunderung die vorteilhafte Aussicht auf ihren gutgebauten Körper. Ihre Beine, unbedeckt und glänzend, erregten ihn immer noch. Ihr Kleid umschmeichelte ihre Hüften und reizte ihn. Ihr Lachen erfüllte ihn nicht einfach nur mit Freude, sondern auch mit Hoffnung. Hoffnung, dass wenn das alles hier vorbei wäre, er als Sieger hervorgehen würde.

Camille hätte direkt zum Auto gehen können, doch das tat sie nicht. Überraschenderweise stand sie am Rand des Docks und wartete auf ihn, dass er aus dem Boot stieg. Sie war die erste, die das tat. Es hatte schon viele Frauen gegeben, die mit ihm über den Fluss gefahren waren, doch keine hatte jemals an ihn gedacht. Nicht ein einziges Mal. Bis auf Camille.

Für jemanden, der nur des Geldes willen mitspielte, war sie verdammt gut darin, Julian das Gefühl zu geben, dass sie seinetwegen hier war.

Camille wartete an der Anlegestelle auf Julian. Hauptsächlich, weil sie nicht ohne ihn in das Auto steigen wollte. Immer auf der

Hut gab es nicht viele Menschen, denen sie vertraute. Doch sie vertraute Julian – irgendwie –, dennoch gab es keinen Grund, seinen Angestellten blind zu vertrauen.

Julian grinste sie an und griff nach ihrer Hand. Sein männlicher Griff durchströmte sie mit Wärme, die sie nicht gewöhnt war. Sie folgte ihm zum Auto, und Sebastian öffnete die Tür. Julian legte seine Handfläche auf ihr Kreuz und leitete sie hinein.

Er glitt neben sie und lockerte seine Krawatte. Der Zitrusgeruch seines Duftwassers machte sie betrunken. Sie fühlte sich etwas überwältigt, strich ihr Kleid glatt und legte die Hände in den Schoß.

»Möchtest du ein Glas Champagner?«

Ihr erster Impuls war es, nein zu sagen. Auf leeren Magen zu trinken hatte sich in der Vergangenheit nie als besonders schlau erwiesen. Doch ein oder zwei Schlückchen würden nicht schaden, sondern vielleicht helfen, sich zu entspannen. Sie wollte den Abend genießen und sich keine Sorgen machen müssen, ob sie etwas Falsches sagte oder tat.

Gab es denn etwas, was Julian verjagen würde?

Er hatte nicht vor, sie einfach so zu verlassen. Jetzt zumindest noch nicht. In den kommenden sechs Monaten würde sie auf Julian zählen können, mehr als sie jemals auf jemanden zählen konnte – außer vielleicht auf Oma Mae.

»Champagner? Vielleicht ein bisschen«, antwortete sie.

Julian griff nach einer Flasche, entkorkte sie und schenkte die schäumende Flüssigkeit in zwei Gläser ein. Er reichte ihr eines und behielt das andere für sich.

Sie nippte an dem Getränk, während die Bläschen ihre Nase kitzelten. Der leicht herbe Geschmack beeindruckte sie wenig, doch sie vermutete, dass die Leute Champagner des Prickelns wegen mochten. Dennoch fand sie, dass es Getränke gab, die besser schmeckten. Vielleicht eine Piña Colada, einen Daiquiri oder etwas mit Melonenlikör. Ja, das klang gut.

So einen Drink könnte sie sich beim Abendessen bestellen, doch jetzt musste sich mit dem zufriedengeben, was da war.

Camille entging nicht, wie Julian seinen Drink hinunterschüttete. Er drehte sich zu ihr und legte den Arm auf die Rückenlehne hinter ihr. »Wenn es dir mit Papa oder Madeleine zu viel wird, sage ihnen einfach, dass sie mit mir reden sollen.«

Er redete anscheinend um den heißen Brei herum, doch ihr war nicht klar, was er sagen wollte. »Glaubst du, dass es mit ihnen aus dem Ruder laufen könnte?« Ihre Finger umklammerten krampfhaft das Glas.

»Nein, das denke ich nicht. Doch Papa hat Madeleine zu der Hochzeit eingeladen.«

Camille zuckte mit den Achseln, um ihre Verwirrung zu kaschieren. »Sie muss ja eine Masochistin sein.«

»Das habe ich mir auch schon gedacht.«

»Warum sollte sie auf eine Hochzeit gehen wollen, bei der sie selbst die Braut sein wollte?«

»Der Grund liegt vermutlich bei Papa.« Julian schenkte sich nach. »Ich denke, dass er ihr vielleicht in den Kopf gesetzt hat, dass sie auf irgendeine Weise die Hochzeit sabotieren kann.« Er warf Camille einen Blick zu, während er die Champagnerflasche in den Händen hielt, als würde er darauf warten, dass sie einen Nachschub wünschte.

Sie tat es nicht. »Ich sollte also ein Auge darauf behalten?« Camille wurde unruhig. Ihr gefiel die Vorstellung nicht, dass Madeleine ihre Träume zerschmettern könnte.

»Das könnte nicht schaden.« Mit seinen Fingerspitzen strich er ihr die Haare aus dem Gesicht. Seine Berührung fühlte sich wegen ihrer Zartheit fast unerträglich an.

Sie zog den Kopf zurück, während ein Verlangen sie überkam.

»Könnte ich euch beide zusammen im Bett erwischen?« Sie lachte, hauptsächlich, weil sie mittlerweile glaubte, dass Papa und Madeleine das Hauptthema all ihrer Unterhaltungen wäre. Es machte nur noch einmal deutlich, dass Julian de Laurent niemals an *ihr* interessiert sein würde. Sie war lediglich ein Mittel zum Zweck. Ein Ausweg aus einer echten Ehe.

»Wenn es nach Madeleines Vorstellungen ginge ... würde ich es nicht bezweifeln.« Julians Lachen hielt ihr Herz in einem eiskalten Griff.

Doch warum wollte Julian nicht mit Madeleine schlafen? Er hatte bereits gesagt, dass er nichts gegen sie hatte. Wie die meisten Männer würde es Julian vermutlich nichts ausmachen, mit einem Mädchen zu schlafen, das er nicht heiraten wollte.

Und Julian und Camille? Sie waren lediglich eine Geschäftsbeziehung eingegangen. Er hatte keine echten Verpflichtungen ihr gegenüber, und etwas anderes zu denken, wäre verrückt.

Mache dich bereit, Schätzlein. Sie hörte ihre Warnung laut und deutlich. Es war jederzeit möglich, Julian zusammen mit einer Geliebten im Bett zu erwischen.

Aber ganz egal. Camille war bereit, voll und ganz die pflichtbewusste Ehefrau zu spielen. Die Belohnung war es wert. Und in der Zwischenzeit würde sie es genießen, die Frau eines der reichsten Männer der Welt zu sein – solange es eben dauerte.

»Weißt du schon, wo wir essen werden?«, fragte sie in dem Versuch, die Stimmung leicht zu halten.

»Da du ein Interesse an regionaler Küche bekundet hast, dachte ich, dass wir im L'Epuisette speisen werden.«

Ich sage essen, er sagt speisen. Die leichten Unterschiede in ihrem Vokabular gaben ihr das Gefühl, unwürdig zu sein. Plötzlich fühlte sie sich dumm, ungebildet und minderwertig, auch wenn sie die Stanford University mit Auszeichnung abgeschlossen hatte.

»Das klingt wunderbar.« Ihre Worte verwandelten sich in ein gehauchtes Flüstern.

»Es wird dir gefallen. Das verspreche ich dir.« Da war wieder dieser Schokoladenton in Julians Stimme und klang noch verlockender als sonst. Sie ging in seiner Begeisterung völlig auf.

»Es ist ganz bestimmt großartig«, sagte sie mit Überzeugung. »Du hast mich bis jetzt noch nie enttäuscht.«

Er musterte sie, als wäre er fasziniert – oder vielleicht war er amüsiert. »Wenn du so weitermachst, wird sich Papa in dich verlieben.« Seine Aussage, mutig und frech, jagte ihren Puls in die Höhe.

Sie spürte, wie ihr Gesicht glühte, und hoffte, dass das dunkle, beinahe nicht vorhandene Licht ihre Schwäche verdeckte.

Das Auto hielt vor einem mit Holz verkleideten Gebäude am Seeufer. Der Portier machte einen Schritt nach vorn und öffnete die Autotür.

Die laue Nachtluft wehte an ihr vorüber und berührte ihre unbedeckten Arme, als Julian ihr aus der Limousine half. Verlockende Gedanken gingen ihr durch den Kopf. Julian griff nach ihrer Hand, und sie betete, dass er ihre Gänsehaut nicht bemerkte.

»Ist dir kalt?«, fragte er, während er den Arm um ihre Schultern legte und sie auf den Eingang des Restaurants zusteuerten.

»Nein.« Sie lächelte und hoffte, dass sie ihm zu verstehen geben konnte, dass seine Berührung ihr nichts ausmachte. »Alles ist perfekt.«

Julian hielt seine Hand auf ihrem Kreuz, als sie in die Lobby des Restaurants traten.

»Mr de Laurent.« Sie wurden mit Lächeln und Ausrufen und Händeschütteln begrüßt. »Ihr Tisch ist bereit.«

Sie folgten dem Oberkellner durch das Restaurant. Geschmackvolle Wandbehänge und gefaltete Vorhänge teilten den Speisebereich in abgeschiedene Ecken, und die Privatsphäre, die sie sich leisteten, machte die überfüllte Popularität des Lokals mehr als wett.

Die schwach beleuchtete Atmosphäre hypnotisierte Camille, als sie dem Oberkellner zu einer kurzen Treppe und auf einen Privatbalkon folgten, der zur Genüge hinter Gesträuch und Blättern verborgen war. Sie wurden zu einem abgeschiedenen Tisch am hohen Geländer geführt, von dem man einen Ausblick auf den See hatte. Sie vermutete, dass das Julians *üblicher* Tisch war.

Camille seufzte vor Erleichterung wegen der Privatsphäre. Verliebt zu spielen würde ihr einiges an Umstellung abverlangen. Leicht für eine Schauspielerin, doch nicht für Camille.

Julian blieb stehen, während der Kellner ihr beim Platznehmen half. Niemand hatte das zuvor für Camille getan. Am kleinen Tisch waren nur zwei Stühle. Er setzte sich mit dem Rücken zum Geländer und griff über den Tisch nach ihrer Hand.

Sie ließ ihn gewähren, doch erinnerte sich selbst daran, dass es Julians Art war, Frauen zu umwerben. Er hatte vermutlich alle seine Eroberungen hierhergebracht, um ihre Bäuche zu füllen und sie in die rechte Stimmung zu bringen, damit er ihre Gunst gewinnen konnte. Und er hatte sie hierhergebracht, einfach um die Farce aufrechtzuerhalten. Doch sie war nicht eine von seinen Eroberungen. Sie war seine Geschäftspartnerin.

»Möchten Sie sich die Weinkarte anschauen?«, fragte der Kellner.

Julian ratterte etwas auf Französisch herunter, und Camille zweifelte nicht, dass sie in Kürze den besten Champagner in ganz Frankreich trinken würden.

Aber verdammt. Sie würde genauso gern einen Cocktail schlürfen. Etwas Süßes, Exotisches und Berauschendes.

Der Kellner verließ ihren Tisch, und Julian zupfte an seinem Jackett und seiner Krawatte herum, während er sie mit einem überbeflissenen Lächeln anstrahlte. »Woran findest du Gefallen? Huhn, Meeresfrüchte oder ein Steak?«

»Ich muss mich für eines davon entscheiden?«

Julian wieherte vor Lachen, doch es war ein gutes Lachen. Ein angenehmes. »Chérie, du kannst alles haben, was auf der Karte steht, wenn das dein Wunsch ist.«

Ihr Wunsch war eine Piña Colada. Und wieso sollte sie keinen bestellen dürfen? Warum bemühte sie sich, so umgänglich zu sein? Sie musste Julian nicht beeindrucken. Sie durfte sich nur nicht vom Fleck rühren und verschwinden.

Sie beugte sich zu Julian. »Julian«, flüsterte sie, »haben die hier auch Cocktails? Ich würde so wahnsinnig gern etwas Fruchtiges und Süßes haben.«

Er sah zerknittert aus. »Tut mir leid, natürlich, Chérie.«

Der Kellner erschien, bereit, ihre Bestellungen aufzunehmen.

Julian konzentrierte sich auf Camille. »Was möchtest du trinken? Margarita? Piña Colada?«

»Eine Piña Colada wäre fantastisch.«

Julian drehte sich zu dem Kellner und ratterte irgendwelche Anweisungen auf Französisch herunter. Sie dachte, dass sie einige der Wörter verstand, französische Bezeichnungen für Huhn, Rind und eine Fischsorte, vielleicht ein Krebs- oder Krustentier. Bestellte er ein bisschen von allem, nur um ihr eine Freude zu machen? Es war kein Wunder, dass Madeleine nicht bereit war, Julian kampflos aufzugeben.

Madeleine war jedoch ihre geringste Sorge, solange das Mädchen Camilles und Julians Plan nicht auffliegen ließ. Camille räumte den Gedanken an die potenzielle Gefahr beiseite und begutachtete die Dessertkarte.

Ein Kellner verschwand, und ein anderer tauchte mit ihrem Getränk auf, das mit frischen Erdbeeren, Ananasscheiben und Maraschinokirschen geschmückt war. Sie machte sich zuerst an das Obst, verschlang die Erdbeeren und genoss jeden Bissen.

Camille schaute Julian an. Er fing ihren Blick ein, während er sie verführerisch maß. Sie hätte schwören können, dass er einen Röntgenblick besaß. Ihr Herz hüpfte vor Verlangen. Sie taumelte innerlich und schaute weg, während sie nach ihrer Piña Colada griff.

»Bist du zum ersten Mal in Europa, Chérie?« Julian schien von seiner Frage genauso überrascht zu sein wie sie.

»Ja.« Von Minderwertigkeitskomplexen überrollt schlürfte sie ihr Getränk durch den Strohhalm.

»Gibt es etwas Bestimmtes, das du gern sehen möchtest, während du hier bist?«, fragte er. »Wir haben genügend Zeit. Möchtest du eine Reise machen?«

Camille fühlte sich nicht wohl dabei, zu sagen: *Ja, ich würde gern eine Europareise machen.* Es roch danach, dass sie ihn *ausnutzte.* Doch sie würden sicherlich in die Flitterwochen fahren, nicht wahr? Sie spülte mehr von der Piña Colada herunter, und ein Gefühl der Entspannung wärmte sie. »Weißt du«, sagte sie, halb ermutigt von dem vorübergehenden Selbstvertrauen, das ihr der Alkohol schenkte. »Ich wollte schon immer mal die griechischen Inseln sehen.«

»Mit dem Schiff?«

»Eine Kreuzfahrt?« Sie kaute geistesabwesend an ihrem Strohhalm.

»Wie wäre es mit einer Jacht?«

Eine Jacht? Das klang wunderbar. »Wenn du versuchst, zu punkten, de Laurent, dann bist du auf einem guten Wege.« Sie lächelte, legte die Hände um das geformte Cocktailglas und schlürfte den Rest der gefrorenen Leckerei am Boden aus.

Der Kellner brachte ihnen eine Vorspeiseplatte mit in der Pfanne gebratenen Garnelen und Cannelloni. Er warf Julian einen Blick zu, der auf Camilles Glas deutete und ihn mit einem Nicken schnell fortschickte.

»Wie viele Punkte brauche ich, um etwas Gutes zu bekommen?«, fragte Julian Camille und leerte sein Champagnerglas.

»Nur noch zwei.« Sie kicherte. Der Alkohol hinderte sie am Erröten. »Pass also auf.«

Sie lachte und griff nach einer Garnele. Es schmeckte einfach göttlich, und sie musste etwas essen, da sie keine große Trinkerin war.

»Da wir gerade von Schulden sprechen.« Er ließ sich die Worte auf der Zunge zergehen.

Camille bekam ein ungutes Gefühl. Wollte er seinen Gewinn aus ihrer Wette um Pacifique de Lumière einfordern?

»Okay. Okay.« Sie tat es mit einem Lachen ab. »Ich war gebührend beeindruckt. Du hast gewonnen.« Sie zwang sich, ihm in die Augen zu blicken. »Also, was ist deine Belohnung?«

»Nichts weiter als deine Gesellschaft, Chérie«, sagte er mit einem Lächeln, das die Antarktis zum Schmelzen bringen könnte.

Verdammt. Dieser Typ war gut. Wenn er sich an sie heranmachen würde, zweifelte Camille, dass sie widerstehen könnte.

Eine reiche Auswahl an Speisen kam gerade zur rechten Zeit, um sie davor zu bewahren, sich ihm an den Hals zu werfen, und füllte den freien Platz auf dem Tisch aus.

Julian war einladend aufmerksam und füllte ihren Teller mit einer Auswahl von allen Gerichten, einer Hummerart, Schnecken, Lamm, Ente und Filet Mignon.

Sie knabberte am in Butter getunkten Hummer und genoss den süßen, cremigen Geschmack. »Also, wann genau heiraten wir hier?«

»Ich denke, je schneller, desto besser«, sagte er zwischen einem Bissen Lamm und dem Steak. »Ich möchte, dass mein Bruder deine Freundin in ein oder zwei Tagen abholt, und dann können wir die Feier am Ende der Woche ausrichten.« Er musterte ihr Gesicht mit seinen meeresgrünen Augen. »Wie klingt das?«

Sie stützte sich mit dem Ellbogen am Tisch ab und legte das Kinn in die Hand. Ausreden gingen ihr durch den Kopf, doch keine davon war brauchbar. »Klingt gut.« Da sie kein Interesse verspürte, einen Grund zu finden, um »nein« zu sagen, richtete sie ihre Aufmerksamkeit auf die köstlichen Speisen. »Was ist das?«, fragte sie, während sie auf eine Schüssel mit kleinen Schalen in Buttersoße deutete. Sie hatte eine Vermutung, was das sein könnte, doch hielt sich zurück, ein Urteil darüber abzugeben.

»Schnecken«, sagte er, als wäre es keine große Sache, doch auf seinem Teller befanden sich keine.

Sie musste erst mal tief Luft holen und versuchte, das eben Gehörte aus dem Kopf zu verdrängen. »Ich stehe nicht wirklich auf Schnecken.« Sie atmete kurz und schnell ein und aus, um gegen die Übelkeit anzukämpfen. »Sie sind irgendwie so unappetitlich.«

Julian lachte. »Da denke ich genauso wie du, Chérie. Du bist vermutlich die erste Person, die ich kenne, die diese Delikatesse nicht mag.«

Camille kicherte. »Wollen wir wetten, wie viele Menschen diese Dinger essen und sie auch wirklich mögen?« Sie warf ihr Haar nach hinten über die Schulter. »Ich kenne eine Menge Menschen, die dieses Zeug um nichts auf der Welt auch nur einmal anfassen würden.« Sie nahm eine Schale zwischen die Finger und begutachtete sie. *Igitt!* Sie schüttelte sich vor Ekel.

Julian lachte wieder, nahm den Teller mit den Schnecken und übergab ihn dem Bediensteten, der neben der Tür wartete. »Bringen Sie das bitte in die Küche«, sagte er mit einem unpersönlichen Nicken.

Es störte Camille, wie er mit den Restaurantmitarbeitern sprach. Wie lange würde es dauern, bis er so mit ihr redete? Sie war schließlich auch eine angestellte Aushilfe.

Camille wurde auf einmal still. Es störte Julian, wenn sie das tat. Er mochte es nicht, wenn er sich fragen musste, ob er etwas Falsches gesagt oder getan hatte. Ihr enttäuschter Blick erfüllte ihn mit Minderwertigkeitsgefühlen.

Trotzdem war ihr gesunder Appetit erfrischend. Mit einem Mädchen zu speisen, das keine Angst hatte zu essen, war nett. Julian würde die kommenden sechs Monate genießen.

Ein Bediensteter räumte die letzten ihrer fast leeren Teller ab.

Julian fragte sich, was er noch tun könnte, um Camille zu verzaubern. Sie hatte natürlich vorgeschlagen, einen Strandspaziergang zu machen, doch was könnte die Gelegenheit besonders machen?

Der Kellner näherte sich dem Tisch. »Würde die Dame gern einen Nachtisch haben?«

Eine hervorragende Idee. Julian warf Camille einen »Würdest du?«-Blick zu.

»Oh Mann.« Ein Lächeln zeigte sich auf ihren Lippen, und ihre Züge wurden weicher. »Und ob.«

Sie las sich die Karte genau durch, und wie Julian es vorhergesehen hatte, konnte sie sich nicht für eines entscheiden, deswegen bestellten sie ein English Trifle und eine Schokoladen-Crème brulée zum Mitnehmen. Julian schwebte ein Mitternachtspicknick am Strand vor, samt Süßem und Champagner.

Er kümmerte sich diskret um die Rechnung, und sie begaben sich mit ihren Desserts nach draußen. Camilles Lachen erfüllte die Luft, als sie in die Limo sprangen. Er öffnete ein kleines Kühlfach und stellte die Behälter hinein.

»Hast du immer noch Lust auf den Strandspaziergang?«, fragte er, während er sich im Sitz zurücklehnte.

»Und ob ich das habe.« Sie kicherte, lächelte und kuschelte sich eng an ihn.

»Wunderbar, ich bin ortskundig.« Julian drückte auf die Gegensprechanlage und ratterte dem Fahrer etwas auf Französisch herunter.

Sofort lenkte Sebastian das Auto in die Straße. Julian blickte auf die Lichter der Stadt, die an ihnen vorüberhuschten, während sie die Fahrbahn entlangglitten. Es war ein Anblick, den er schon öfters gesehen hatte, doch heute Abend schien er irgendwie schöner zu sein.

Einige Augenblicke später hielt das Auto auf einem abgelegenen Parkplatz an, und Sebastian trat heraus und öffnete die Tür. Julian stieg aus und reichte Camille die Hand. Sie schloss ihre zarten Finger um seine und stieg ebenfalls aus dem Fahrzeug.

Nachdem sie sich ihre Stola um die Schultern drapiert hatte, legte Julian den Arm um sie, um ihr ein Gefühl der Geborgenheit zu geben.

»Ich habe eine Überraschung für dich.« Seine Stimme enthielt einen Hauch Aufregung.

»Wirklich?« Sie blickte ihn mit einem aufleuchtenden eifrigen Lächeln an.

»Ja. Ich denke, dass es dir gefallen wird.« Er sprach mit geheimnisvoller Stimme, während er dem Fahrer ein Zeichen gab.

Sebastian hantierte einen Augenblick lang im Auto herum und folgte ihnen dann mit einer Decke, den Desserts und einer Flasche Champagner.

»Machst du das oft?«, fragte sie, halb mit Vorfreude, halb mit Furcht.

»Nein«, sagte er scharf, ohne etwas vorzutäuschen. Julian tat zur Beruhigung einen Atemzug und ordnete seine Gedanken. »Du sagtest, dass du gern einen Strandspaziergang machen würdest, und deswegen hat Sebastian sich um die Decke gekümmert, während wir gegessen hatten. Ich dachte, dass du dir vielleicht die Sterne anschauen möchtest, während wir uns hier zu dem beruhigenden Wellenschlag des Meeres entspannen.«

Julian nahm ihr nicht übel, dass sie seine Motive hinterfragte. Er würde es auch tun. Die meisten Menschen hatten Ecken und Kanten. Er war keine Ausnahme. Doch Camille war es sicherlich. Er würde vorsichtig auftreten müssen, wenn er diesen Preis gewinnen wollte. Und er konnte mit Stolz behaupten, dass er ein Experte war, wenn es darum ging, eine Frau zu verführen.

Nach einigen Schritten hielt sie an, benutzte ihn als Stütze und streifte ihre Schuhe ab. Sie nahm sie in eine Hand, hielt sich mit der anderen an ihm fest und ließ sich von ihm vorwärts führen.

Der Strand war genauso verlassen wie der Parkplatz, und Julian sah keinen Sinn darin, weit zu gehen. Dieser Platz war genauso gut wie jeder andere weiter entfernte auch. Er hielt an und machte eine große Geste zum Wasser hin. »Wie ist das?« Er wartete auf ihre Antwort. »Denkst du, dass wir unsere Desserts hier essen sollten?« Die Zustimmung der Dame einzuholen, war immer ein kluger Zug. Auf diese Art würde sie sich niemals in die Ecke gedrängt fühlen.

»Klar. Das wäre toll.« Sie schaute zurück zum Auto, und ein Blick der Erleichterung erschien auf ihrem Gesicht.

Sebastian breitete die Decke auf dem Sand vor ihnen aus, und Julian entledigte sich seines Jacketts und der Schuhe. Er legte sich der Länge nach an den Rand der Decke und klopfte leicht auf den Platz neben sich.

Mit einem leichten Zaudern ließ sie sich auf den Boden nieder und zupfte ihre Stola zurecht. Sie musste frieren. Julian legte ihr sein Jackett um und zog sie wieder an seinen Oberkörper.

Sebastian bereitete die Desserts vor und gab jedem von ihnen einen Teller und eine Gabel. Er öffnete die Champagnerflasche und füllte zwei Gläser. »Bitte schön, Miss Camille.«

Sie nahm ein Glas, Julian das andere.

»Wünschen Sie noch etwas, Sir?« Sebastian richtete die Frage an Julian.

»Nein, Sebastian. Das wäre alles.«

Der Fahrer zögerte nicht. Er machte ein paar Schritte nach hinten, drehte sich um und hielt sich auf seiner üblichen Distanz von fünf Metern.

»Wie ist dein Trifle?«, fragte Julian, während er die Crème brulée probierte.

»Das ist soooo gut.« Sie machte ein fast erotisches Geräusch. »Das müsste verboten werden.« Ihr Lachen erfüllte die Luft und durchdrang ihn mit einem zarten Verlangen. Noch nie wollte er eine Frau annähernd so sehr.

»Wie ist die Schokolade?«

Julian trennte einen kleinen Bissen von seinem Nachtisch ab und lud ihn auf die Gabel. »Probiere es.«

Sie nahm bereitwillig ein Stückchen von seinem Leckerbissen. Ihr Verhalten gefiel ihm. Sie war offen für seine Vorstöße, jedoch auch selbstständig genug, um ihre Meinung zu sagen. Wie mit den Schnecken beim Abendessen.

Dank Camille wusste Julian jetzt, dass er keine Ja-Sagerin als Frau in seinem Leben haben wollte. Dennoch begrüßte er es, wenn sie sich ab und zu von ihm führen ließ.

»Oh Mann ... das ist wunderbar«, sagte sie, während sie mit der Gabel auf Julians Teller zeigte. »Hier, probiere das.« Sie gabelte ein Stück von ihrem Trifle auf und fütterte ihn.

Er ließ das Essen in seinem Mund zergehen und genoss den süßen Geschmack.

»Ist das nicht herrlich?«, fragte sie mit einem anhaltenden Lächeln.

»Wundervoll.« Er starrte Camille an. Sie war ein absoluter Schatz.

Julian holte tief Luft und erinnerte sich selbst daran, was sie taten. Sie gaben es nur vor. Sie gaben vor, dass sie verliebt waren, damit er seine Freiheit genießen konnte. Er musste daran denken, sich entsprechend zu verhalten, es aber nicht zu fühlen. Wie stellte sie das an? Sie sah aus, als wäre sie bis über beide Ohren in ihn verliebt. Warum war sie keine berühmte Schauspielerin, die für einen Film zwanzig Millionen bekam?

Camille schlürfte den Champagner und musterte ihn mit ihren intensiven blauen Augen. »Du schickst deinen Bruder also bald zu Tasha?«

»Ja. Ich denke, morgen.« Er schaute auf die Uhr. Neun Uhr. Es war vermutlich gegen Mitternacht oder so in L.A. »Du solltest sie später anrufen.«

»Das werde ich.«

»Was ist mit deinen Eltern?« Julian stellte seinen Teller auf dem Boden ab. Sie tat das Gleiche. »Sollten wir sie auch zu uns einladen?«

Ihre Antwort war ein entschiedenes Kopfschütteln. Warum wollte sie nicht, dass ihre Eltern kamen? Weil es nicht echt war.

»Es würde authentischer aussehen, wenn sie anwesend wären.« Der Drang, ihr Gesicht zu streicheln, überwältigte Julian. »Außerdem ... würden sie dir verzeihen, wenn sie dafür nach Europa reisen könnten, oder?« Julian bewarf sie mit Imperativen, die wie Fragen aussahen in der Hoffnung, sie abzulenken, während sein Verlangen ihn austrickste. Ihre Haut war zart. So zart.

Sie versteifte sich und wich zurück. Das gefiel ihm nicht.

»Chérie ...?« Er streckte die Hand nach ihr aus mit dem Risiko, sie wieder zu berühren. Mit dem Risiko, abgewiesen zu werden. Noch einmal.

Camille schüttelte den Kopf und drehte sich so langsam zu Julian, dass es schien, als wäre sie am Ende – oder, als würde sie zögern. Das Letztere traf vermutlich eher zu, denn sie vermied es, ihn anzuschauen. »Ich habe keine Eltern.« Ihre Stimme brach ab und ließ Julians Herz zersplittern.

»Es tut mir leid, Chérie.« Julian hielt inne und spürte, wie ihm ein Stein vom Herzen fiel. »Sind deine Eltern gestorben?«

»Ich fürchte, es ist schlimmer als das.« Sie stieß ein verbittertes Lachen hervor, das Julian auf eine unheimliche Art bekannt vorkam. Es war das gleiche Lachen, das er und André oft benutzt hatten, um den Schmerz über den Verlust ihrer leiblichen Mutter zu kaschieren.

»Ich verwende den Begriff »mein Vater« locker.« Camille zog Julian von seinen bitteren Erinnerungen weg. »Der gute alte Dad machte die Fliege, als er erfahren hatte, dass meine Mutter schwanger war.« Ihr nachtragender Ton erfüllte ihn mit Kummer. »Habe nie etwas von ihm gehört. Habe ihn niemals kennen gelernt.« Sie vermied es, ihn anzusehen. »Meine Mutter ... und ich verwende den Begriff genauso locker ... der einzige Unterschied ist, dass sie sich tatsächlich die Mühe gemacht hat, mich auf die Welt kommen zu lassen, anstatt den einfachen Weg zu gehen und sich für eine Abtreibung zu entscheiden.« Ihr Körper machte einen Ruck, Tränen brannten in ihren Augen. Er vermutete, dass ihr Kummer gerade jetzt ausbrechen würde, und das machte Julian traurig. »Die liebe Mommy hatte sich jedoch nicht die Mühe gemacht, hinterher dazubleiben.« Camilles leerer Blick traf schließlich auf Julians. »Ich war die Zeit und die Mühe nicht wert.«

Der beinahe volle Mond tauchte Camille in sein Licht und unterstrich ihre Lippen, die sie zusammenpresste, und eine Träne, die ihre Wange herunterkullerte.

Julian glitt mit der Hand ihren Arm hoch und zog sie im Sitzen näher zu sich. »Chérie ... Du bist die Zeit und *Mühe* definitiv wert.«

Camille war alles andere als eine Unannehmlichkeit und die Mühe absolut wert.

Sie ließ die Tränen über das Gesicht laufen, und er drückte sie fester an sich. Ihr Kopf drehte sich, bis ihre Gesichter ganz nah waren. Ihre Lippen streiften sich, aus Versehen, und ein Verlangen überkam Julian. Er wollte, musste sie mit Küssen bedecken. Sie beruhigen, sie wissen lassen, wie sehr sie gewollt und gebraucht wurde.

Camille begrüßte sein Angebot mit einem warmen, einladenden Enthusiasmus. Ihre Lippen berührten sich erneut, ihre Zungen tanzten, ihr Hunger wurde entfacht.

Und dann, wie in einem schlechten Traum, stieß sie ein missbilligendes Stöhnen hervor, brach den Kuss ab und wich zurück. Sie sah Julian nicht in die Augen und sagte: »Es tut mir leid, Julian. Ich wollte nicht ...« Sie sprang hoch und bewegte sich auf die Brandung zu.

Julian folgte ihr zum warmen, beruhigenden Wasser. »Chérie.« Er kämpfte gegen den Wunsch an, sie zu berühren. Sie zu umarmen. Sie zu beruhigen.

Doch das Mädchen war wirklich beunruhigt, und er könnte es nicht guten Gewissens ausnutzen. Genauso wenig wollte er, dass sie in den kommenden sechs Monaten dachte, dass sie die ganze Zeit ungewollte sexuelle Angebote von ihm annehmen müsste. Er brauchte eine Ehefrau. Eine auf Zeit und eine Schein-Ehefrau. Er brauchte Camille.

»Es war nur eine Sache, die aus dem Eifer des Gefechts heraus entstand, und zwar bei uns beiden. Keine Sorge.« Er bemühte sich, beruhigend und unberührt zu klingen. »Und außerdem, wenn Papa zuschaut ... und das tut er vermutlich ... war unser Kuss, auch wenn überraschend, eine gute Sache.«

Julian lächelte, küsste sie auf die Stirn und zog sie zurück in seine Arme, froh, die perfekte Ausrede gefunden zu haben.

Papa schaute zu.

KAPITEL ACHT

CAMILLE ERWACHTE bei hellem Sonnenschein und dem Chaos von lauten Stimmen, die aus Julians benachbartem Zimmer durchdrangen. Auch wenn sie gedämpft waren, konnte sie die Stimmen und die Worte ausmachen.

»Julian, wie konntest du deinem Vater so etwas antun?«, sagte eine Frau. Camille dachte, dass es Claudette sein könnte.

»Wie ich ihm das antun konnte? Wie konnte er mir das antun?« Wenn man ausgehend von Julians Ton urteilen musste, hielt er sich nicht zurück, auch wenn es vermutlich gentlemanlike gewesen wäre.

Camille räumte ihre aufkeimende Sorge wegen seiner Unbedachtheit beiseite.

»Was genau hat Maurice dir angetan? Außer dir ein liebevolles und stabiles Zuhause zu geben?« Ihr Schimpfton war genauso leidenschaftlich wie Julians. »Vergessen wir nicht das Geburtsrecht, das dein Vater dir gegeben hat. Ein Erbe, das vom Großteil Europas beneidet wird.«

Julians Lachen ging durch Wände, doch nichts daran verriet Vergnügen. »Ganz Europa würde mich vermutlich nicht ganz so sehr beneiden, wenn sie die Bedingungen kennen würden, die an Vaters Erbe geknüpft sind.«

»Oh, Julian.« Ihre Stimme haute Camille mit ihrem ungeduldigen Ton um. »Sei nicht so dramatisch.«

»Dramatisch …?« Julian grollte wie ein Vulkan. »Papa hat Madeleine hierher gebracht. Warum hat er das gemacht, obwohl er doch weiß, dass ich mit einer Frau nach Hause komme, die ich heiraten werde?«

Camille lehnte sich an die Wand, die ihre Zimmer voneinander trennte. Ein Hauch ihrer alten Kindheitsangst berührte sie und hinterließ sie mit dem Gefühl, verlassen zu werden. Wieder.

»Sage es mir, Julian …« Die Frauenstimme wurde weicher. Inzwischen wusste Camille, dass es Claudette war. »Weshalb bist du mehr verärgert? Wegen Madeleines Gefühlen oder denen deiner neuen Braut?«

Genau, Julian? Er hatte Camille letzte Nacht geküsst wie sonst niemand. Doch sie wollte jetzt auf der Stelle wissen, ob er sie soeben fallen ließ.

Seine Antwort kam leise, kaum hörbar in einem Gemurmel heraus. Er hatte eine Meinung, doch verdammt, Camille konnte sie nicht verstehen. Sie seufzte und irrte zu einem Plüschsessel am Fenster.

Gott, dieser Ort war wunderschön. Es war unmöglich, dass die Aussicht ihre Unsicherheit *nicht* beilegte – zumindest überschattete sie sie ein oder zwei Augenblicke lang. Camille verstand, weshalb Madeleine die Hausherrin von Pacifique de Lumière sein wollte. Inmitten des Hauses, der Anlage und Julians zum Sterben schönen Küssen … könnte ein Mädchen schon von den Socken gehauen werden.

Unter normalen Bedingungen. Doch das hier waren keine normalen Bedingungen. Camille durfte niemals zulassen, dass sie das vergaß. Die Welt lag ihr nicht wirklich zu Füßen. Vielleicht lag sie jemandem wie Madeleine zu Füßen. Doch nicht Camille. Sie wurde auf schmerzhafte Weise immer und immer wieder seit ihrer Geburt daran erinnert, dass das Schicksal es nicht immer gut mit ihr meinte.

Tja. Sie hatte einen Vertrag mit Julian. Einen, der sie zur Multimillionärin machen würde. Sie würde vielleicht niemals wirklich zufrieden sein, doch sie könnte wetten, dass sie viel glücklicher mit fünf Millionen Riesen wäre, als ohne sie. Mit Geld konnte man sich vielleicht kein Glück erkaufen, doch sie vermutete stark, dass es gewisse Schläge abzumildern vermochte.

Ein kräftiges Klopfen an der Tür zwischen ihrem und Julians Zimmer unterbrach ihren Gedankengang. Camille richtete sich im Sessel auf. »Ja?«

»Chérie …« Seine Stimme war fest, aber ruhig. »Darf ich hereinkommen?«

»Natürlich, Julian.« Ihre Stimme klang verunsichert, und sie begutachtete sich in ihrem knielangen Mickey Mouse-Nachthemd aus jerseyartigem Gewebe. Nicht gerade der erotischste Stoff, den sie hätte anziehen können. Sie machte das Beste daraus, lehnte sich im Sessel zurück, zog den Bauch ein und schlug die Beine übereinander.

Er schlenderte herein, als wäre es sein Zimmer. Er trug eine dunkle Hose und einen dunkelblauen Pullover mit kurzen Ärmeln. Die maßgeschneiderte Kleidung sah aus, als würde sie sich seinem Körper anpassen. Perfektion. Der Mann war ästhetisch gesehen einwandfrei, und seine Manieren lagen nicht weit dahinter.

Julian lächelte und schloss hinter sich die Tür. »Guten Morgen, Chérie. Ich hoffe, du hast gut geschlafen?«

Sein Lächeln berührte einen unerschlossenen Teil ihrer Seele. Er war stets um ihren Komfort bemüht. Zumindest schien es so.

»Ich habe gut geschlafen, danke.« Sie log. Sie hatte nicht gut geschlafen. Sie hatte sich die ganze Nacht hin und her gewälzt. Träume von ihm hatten sie verfolgt – vielleicht war es eher ein Verlangen – weil sein Kuss sie, eine Jungfrau, berührt hatte. Eine Jungfrau, die sich schnell in ein Möchtegern-Betthäschen verwandelte.

»Ich hoffe, dass die Meinungsverschiedenheit zwischen meiner Stiefmutter und mir dich nicht aufgeschreckt hat.«

Stiefmutter? Camille fragte sich, wie sie das vorsichtig ansprechen könnte. Natürlich beunruhigte sie dieser Streit und die Erkenntnis, dass Claudette seine *Stief*mutter war. Doch sollte sie es auch sagen? Nein.

»Nun ja, ich bin Familienstreit nicht wirklich gewöhnt.« Einen schrecklichen Augenblick lang ließ sie sich von der Vergangenheit einholen. »Ich war mit Oma Mae immer allein. Den Streitigkeiten sind Grenzen gesetzt, wenn nur zwei Personen beteiligt sind.«

Ein Blick der Erleichterung zeigte sich auf seinem Gesicht, und er schritt auf die Tür zum Flur zu. »Dann wirst du denken, dass es hier ziemlich laut ist. Aber lass es nicht zu nah an dich heran. Meistens sind wir harmlos.«

»Es wird viel geredet, aber nichts unternommen?« Sie versuchte, die Stimmung aufzuhellen, doch die möglichen Auswirkungen ließen sie nicht in Ruhe.

Julian lachte leise und ging auf die Tür zu. »Wenn du heute etwas Besonderes unternehmen möchtest, wende dich an Soren. Ich habe geschäftlich zu tun.« Er öffnete die Tür und trat hinaus auf den Flur. »Ich bin mir sicher, dass Claudette und Lecie deine Zeit wegen der Hochzeit in Anspruch nehmen werden.«

Mit einem kecken Lächeln entfernte er sich. Kein Wort über die letzte Nacht. Kein Bedauern. Keine Versprechen.

Der Kuss bedeutete Julian nichts. Nicht der Rede wert.

Es geht nichts über eine kleine Portion augenöffnender Realität, um die Dinge zu relativieren. Camille verpasste sich selbst einen imaginären Tritt in den Hintern. Sie durfte sich nicht in Julian verlieben. Es war nicht klug. Auch wenn er ihr Ehemann war.

Julian machte sich nach unten in den Flur auf. Er wollte etwas zu dem Kuss sagen, doch Camille fühlte sich auch so schon unwohl. Sie gab ihrer fehlenden Erfahrung mit einer Großfamilie die Schuld, doch Julian vermutete, dass sie nur versuchte, höflich zu sein. Offensichtlich empfand sie den Kuss nicht so wie er.

Sie würde noch genug Zeit haben, um es sich anders zu überlegen, wenn Papa und Madeleine sie nicht verschreckten. Er würde das jedoch im Keim ersticken, und er würde mit Papa anfangen.

Julian lief die Treppe herunter, eilte durch den Flur im ersten Stock und hielt erst an, als er vor dem Arbeitszimmer seines Vaters ankam. Er zögerte, hielt seine Faust in der Luft, bevor er schließlich anklopfte.

Nach einem Dreifachklopfen drang die Stimme seines Vaters durch die Tür. »Herein.«

Julian richtete sich auf und betrat die Höhle des Löwen. Er bezweifelte, dass Papa glücklich wegen des gestrigen Abends war, doch er hoffte, dass er seinen Vater nach wie vor mit seinem Charme verzaubern konnte.

Papa stöhnte, als Julian das geräumige Zimmer durchquerte und sich in einem der beiden Stühle vor dem Tisch niederließ. Ein Stöhnen war kein gutes Zeichen. Julian zwang sich, den Blick nach oben zu richten.

Der eisige Blick des älteren de Laurents durchschnitt Julian und hängte einen Vorhang des Schweigens zwischen sie. Papas Aufmerksamkeit richtete sich auf den Tisch, und er lehnte sich zur Seite. Ein Rattern verriet Julian, dass er *die* Schublade öffnete, diejenige, an die er immer ging, wenn er mit einer Situation konfrontiert war, die er nicht kontrollieren konnte.

Drei. Zwei. Eins.

Papa holte eine Whiskeyflasche und zwei Gläser hervor. Die Bar war auf Claudettes Befehl hin vor fünf Jahren aus dem Büro seines Vaters entfernt worden, nachdem er einen Herzanfall gehabt hatte, und die Ärzte ihm rieten, mit dem Trinken aufzuhören. Manchmal dachte Julian, dass Claudette von *der Schublade* wusste, doch falls sie das tat, sagte sie nichts.

Die Flasche mit dem Alkohol klirrte, als er sie auf den Tisch stellte, das Geräusch klang in Julians Kopf nach. Das bedeutete zweifellos, dass ein Streit unmittelbar bevorstand. Er verstand nicht, warum es so eine große Sache war, das gestrige Abendessen und die Party ausfallen zu lassen.

Papa räusperte sich und goss die bernsteinfarbene Flüssigkeit in die Gläser. Er blieb absichtlich still, weil er wusste, dass es Julian aufregte.

»Für mich nichts, danke«, sagte Julian in dem gleichen alten geschwächten Ton, in dem sein Vater normalerweise Anweisungen gab.

Papa lachte kurz auf und setzte die Flasche mit einem dumpfen Schlag ab. »Deine Zurückhaltung kommt zur falschen Zeit.«

Er machte Witze. Das war ein gutes Zeichen.

»Wovor habe ich mich zur falschen Zeit zurückgehalten?« Julian kämpfte mit dem Versuch, seine Fassung wiederzuerlangen, doch Papa konnte einen sich wie ein verwundeter Löwe fühlen lassen. »Und wann genau soll das gewesen sein?«

»Das ist nicht lustig, Julian.« Papas stechender Blick durchschnitt ihn, als er das Glas hob und den Alkohol in seinen Mund schüttete.

Julians Schultern zuckten, während er versuchte, sich eine geistreiche Antwort einfallen zu lassen, um nicht wie ein Volltrottel auszusehen. Ihm fiel nichts ein, und so schüttelte er den Kopf.

»Was ist los?«, fragte sein Vater spöttisch. Der ältere de Laurent starrte Julian eine Weile lang an und ermahnte ihn dann mit einem leisen Lachen.

»Geht es um das gestrige Abendessen?«, sagte Julian.

»Spiel es nicht herunter, Junge.« Papa zeigte mit dem Finger auf ihn.

Julian hasste es, wenn sein Vater ihn »Junge« nannte. Es gab ihm das Gefühl, hilflos und nutzlos zu sein. Genau wie er sich gefühlt hatte, als er den kalten, leblosen Körper seiner Mutter gefunden hatte. Julian versteifte sich in seinem Stuhl. »Na und?«

»Hat Amerika das aus dir gemacht? Dich in einen unverschämten Schuft verwandelt?« Papas Blick wanderte hoch, um auf Julians zu treffen. Unduldsamkeit verdunkelte seine Augen. Er gab Amerika die Schuld, doch Julian wusste, dass es weitaus tiefere Gründe hatte. Papa betrachtete es als persönliche Niederlage, weil Julian eine Frau ausgesucht hatte, die nicht Madeleine war.

Julians hilfloses Lachen hüllte ihn in Zweifel. »Ich glaube kaum, dass es Amerikas Schuld ist, Papa.«

»Dann ist es deine amerikanische Verlobte.« Er warf die Hände in die Höhe. »Du wärst früher niemals vor einer Dinnerparty abgehauen.«

»Wann früher?« Julians Temperament brach aus und verlieh ihm Selbstvertrauen. Er würde es nicht dulden, wenn jemand schlecht über Camille redete. Nicht einmal Papa. »Bevor ich von der verführerischen Amerikanerin verzaubert wurde? Bevor ich Madeleine den Laufpass gab? Bevor ich erwachsen geworden bin?«

Papas Nasenflügel flatterten.

Doch das hielt Julian nicht auf. »Was davon ist es, Vater?«

Julian wusste, dass Papa es nicht mochte, wenn er in diesem kalten Ton sprach und ihn *Vater* nannte, genauso wenig, wie er es mochte, *Junge* genannt zu werden.

»Was genau davon hat dich so wütend gemacht, Papa?« Julian wagte es, Forderungen an seinen Vater zu stellen.

Papa starrte ihn mit seinen typischen leeren braunen Augen an, die sich mit dem Groll der Niederlage füllten.

Das Zugeständnis in Papas Augen bekräftigte Julians Selbstsicherheit. »Wie konntest du Madeleine hierher einladen, wenn du doch wusstest, dass ich meine Verlobte mit nach Hause bringe?«, fragte er. »Sie wird am Ende der Woche meine Frau sein.«

»Ende der Woche, ja?« Seine Augen bewegten sich langsam, bis sie auf Julians trafen und ihm verrieten, dass er sein Geheimnis kannte.

»Ende der Woche«, wiederholte Julian. Es stimmte. Technisch gesehen. Sie würde am Ende der Woche nach französischem Recht seine Frau sein.

»Du verlierst die Bodenhaftung, Junge.« Papas höhnisches Lachen raubte Julians Fassung.

Er fing schon wieder an. Julian hielt die Frustration zurück. »Alles, was du wissen musst, Papa, ist, dass Camille und ich Ende der Woche eine traditionelle französische Zeremonie haben werden. Und bis dahin werden wir nicht als Ehemann und -frau zusammenleben.«

Papas Gesicht erfüllte sich mit Hoffnung. »Heißt das, dass deine amerikanische Ehe nicht vollzogen wurde?«

Julian wusste, woran Papa dachte, und er durfte es nicht zulassen. »Nein, Vater. Unsere amerikanische Ehe ist durchaus rechtens.«

Er forderte seinen Vater heraus, indem er als Erster aufstand. Das war üblicherweise Papas Zug. Es zeigte an, dass die Unterhaltung zu Ende war. Julian drehte sich mit dem Rücken zu seinem

Vater und bewegte sich auf die Tür zu. Er wartete Papas üblichen Befehl nicht ab.

»Wo gehst du hin?«, brüllte Papa in letzter Minute in dem Versuch, die Kontrolle wiederzuerlangen.

Julian legte seine Hand auf den Türknauf und hielt inne, während er über die Schulter blickte. »Ich will André finden, Papa.« Er öffnete die Tür. »Ich schicke ihn nach Amerika, damit er Camilles Freundin abholen kann.«

»Kommen ihre Eltern zu der Hochzeit?« Ein Misstrauen überfiel Papas Worte.

»Camille wurde von ihrer Großmutter großgezogen, die nicht mehr unter uns weilt.« Reue schlich sich in Julians Herz und drohte, ihn zu ersticken. »Sie hatte keine Gelegenheit, ihre Eltern kennen zu lernen ... an die sie sich erinnern könnte.« Er senkte den Kopf, schlich in den Flur und schloss die Tür.

Julian wählte seine Worte immer mit Bedacht aus, wenn er mit seinem Vater sprach. Er legte Wert darauf, dem Mann niemals absolute Lügen zu erzählen. Dieses Mal stellte keine Ausnahme dar.

Er stieß auf Monique im Flur. Claudette hatte die Hauswirtschaftshelferin angewiesen, sich um Camille zu kümmern. Julian hatte zugestimmt. Sie war eine gute Wahl.

»Haben Sie meinen Bruder gesehen?«, fragte er, während er an ihr vorbeiging.

»Ja, Sir. Er ist im kleineren, östlichen Esszimmer.«

»Sehr gut. Vielen Dank.«

Die unvorhergesehene Freundlichkeit überraschte Julian genauso, wie sie das Dienstmädchen schockiert haben musste. Er drückte den Bediensteten gegenüber keine Dankbarkeit aus. Warum sollte er ihnen dafür danken, dass sie ihre Arbeit verrichteten? Sie wurden angemessen bezahlt. War ein finanzieller Gewinn nicht Dank genug? Julian hatte das immer gedacht. Doch er hatte sich so sehr daran gewöhnt, dass Camille sich in den letzten Tagen bei praktisch jedem bedankte, dass es naheliegend schien. Sie hatte immer ein nettes Wort für jeden parat, der auch nur ein bisschen nett zu ihr war, ungeachtet der Umstände.

Camille übte definitiv eine Wirkung auf ihn aus. Ob es gut war oder nicht, würde sich noch herausstellen.

Julian hielt vor der Eingangstür zum Esszimmer und fand André, Lecie, Claudette und Camille beim Frühstück vor. Niemand schien ihn zu bemerken. Entweder das, oder man ignorierte ihn. André lachte, Claudette schwärmte, und Lecie erklärte, dass Camilles Gefühle »das Romantischste auf der Welt« seien.

Du meine Güte, was hatte sie ihnen erzählt? Julian räusperte sich, um aufkommende Befürchtungen zu unterdrücken.

Alle blickten hoch und verstummten.

»Julian.« Lecie war die Mutigste. Sie stand auf und stellte sich neben ihn. Dann legte sie ihren Arm um seinen und führte ihn zu Camilles Seite des Tisches. »Camille hat gerade erklärt, warum ihr beiden das gestrige Abendessen geschwänzt hattet.«

Sie drückte ihn auf den leeren Stuhl neben Camille.

»Ich nehme an, dass man keinem Mann die Schuld geben kann, wenn er so romantisch ist.« Claudette lächelte und warf Julian ihren »*Es sei dir verziehen*«-Blick zu.

Julian schaute Camille an, lächelte und zwinkerte. Was auch immer sie gesagt hatte, was ihn wieder in die Gunst seiner Stiefmutter brachte – er könnte sie küssen. Wieder.

»Julian«, lächelte Lecie, während sie zu ihrem Sitz am Tisch zurückkehrte. »Mutter und ich werden Camille in die Stadt bringen, um ein paar Dinge für die Hochzeit zu erledigen.«

Er warf Camille einen Blick zu in der Hoffnung, dass es in Ordnung war.

»Es wird spaßig«, versicherte Camille ihm selbstbewusst.

»Alles klar.« Er schaute auf die Uhr. Halb neun. »Könntet ihr sicherstellen, dass sie um drei wieder hier ist?«, fragte er, ohne jemanden direkt anzusprechen, bevor er sich an Camille wandte. »Wir haben heute Abend etwas vor.«

Sie musterte ihn mit einem fragenden Blick. Er beugte sich zu ihr, küsste sie auf die Wange und flüsterte ihr dann ins Ohr: »Mach dir keine Sorgen. Ich werde nach dir Ausschau halten.« Julian verweilte einen Moment neben ihrem Ohr, streifte mit den Lippen wieder ihre Wange und zog sich zurück.

Ein schwaches Lächeln zeigte sich in ihren Mundwinkeln. »Ich werde da sein.«

Als Nächstes konzentrierte Julian sich auf André. »Ich möchte, dass du mit dem Jet nach Kalifornien fliegst.«

»Kalifornien?« André grunzte. »Ich will nicht nach Kalifornien.« Sein Verhalten erinnerte Julian an André, als er noch ein Kleinkind war.

»Was du willst, steht nicht zur Debatte, André.«

»Warum soll ich nach Amerika?« André machte keinen Hehl aus seiner Unzufriedenheit.

»Du wirst Camilles Freundin Tasha abholen.«

Sein Gesichte hellte sich auf. »Ist sie verheiratet?«

»Nein«, sagte Camille.

»Ist sie süß?«

»Sie ist sehr süß.« Camille hielt inne und bemitleidete André ein wenig. Besonders, wenn Tasha ihn während ihres Besuches hier als Unterhaltung sah.

»Du hast keine Ahnung, wie süß. Pass auf dein Herz auf, kleiner Bruder.« Julian erhob sich und warf seine Serviette auf den Tisch. »Sie wird es dir stehlen.«

»Deines hat sie nicht gestohlen«, bemerkte André.

Julian schaute Camille an. »Mein Herz war bereits vergeben.« Er griff nach ihrer Hand und zog sie hoch, flocht seine Finger um ihre und küsste sie liebevoll. Nicht leidenschaftlich. Einfach nur liebevoll.

Alle wurden auf einmal still.

Julian erstarrte, seine Lippen waren nur einen Atemzug von Camilles Lippen entfernt. Er warf einen Blick in Richtung Tisch. André, Lecie und Claudette waren auf die Eingangstür des Esszimmers fixiert.

Madeleine.

KAPITEL NEUN

MADELEINE THIBAULT war mehr als wunderschön. Die Art von Frau, die Camille dazu brachte, sich in ihrem Kokon der Zweifel und Unsicherheit im Schatten einer solch sonnigen Schönheit einzuspinnen. Doch der Ausdruck in ihren Augen – eine untröstliche Verzweiflung – hatte einen gegenteiligen Effekt auf Camille.

Es war klar, dass Madeleine sie weitaus mehr beneidete, als Camille ihrerseits es hätte empfinden können. Dennoch war es gut möglich, dass die beiden viel mehr gemeinsam haben könnten, als sie glaubten. Doch in diesem Augenblick hatte Camille die Oberhand, und es lag an ihr, Großzügigkeit zu zeigen.

Sie beugte sich vor und ging mit ausgestreckter Hand auf Madeleine zu. »Hallo. Ich bin Camille Chandler.«

»De Laurent. Camille Chandler de Laurent«, korrigierte Julian sie.

Madeleines Gesicht spannte sich an. Wenn Julian vorhatte, sie zu entmutigen, so gelang es ihm sehr gut. Ihre kalte Hand ergriff die von Camille wie eine nasse Nudel. »Madeleine Thibault«, sagte sie mit einem englischen Akzent, wie ihn die Queen hatte, und mit krächzender Stimme.

»Haben Sie schon gefrühstückt?« Camille deutete auf den Tisch. »Möchten Sie sich nicht zu uns gesellen?«

Madeleines trauriges Lächeln sah verloren und karg aus. »Ja.« Sie untersuchte den Tisch und ging auf den Büffettisch zu. »Ich denke, das könnte ich.«

Julian, der sich gerade erst verabschiedet hatte, setzte sich wieder hin. Camille machte es sich in ihrem Stuhl bequem, während die Geister sie verließen. Sie war so gut wie bereit, für ihre Nebenbuhlerin Mitleid zu empfinden.

Madeleine näherte sich dem Tisch und wählte den leeren Sitz zwischen André und Lecie aus. Sie vermied es, Julian anzusehen.

Wer konnte es ihr verdenken? »Also, Madeleine.« Camille hatte nicht vor, die kleinliche sogenannte Gewinnerin zu sein. Soweit sie sehen konnte, gab es hier keine Gewinner. Nicht, solange es um Julian de Laurent ging. »Haben Sie Ihr ganzes Leben lang in Marseille verbracht?«

»Nein. Ich wurde in Paris geboren.« Madeleines Worte kamen langsam und widerwillig heraus, als würde sie Camilles Aufrichtigkeit in Frage stellen. »Ich habe viele Jahre meiner Schulzeit in England verbracht.« Das erklärte den britischen Akzent. »Erst, als ich Julian vor einigen Jahren in Nizza kennenlernte, habe ich angefangen, mehr Zeit in Marseille zu verbringen. Ich habe eine kleine Wohnung hier.« Madeleine hielt den Kopf hoch und bewahrte sich ihren Stolz.

Weshalb war sie dann hier? Warum war sie nicht in ihrer kleinen Wohnung in Marseille?

Doch wer war Camille, um die de Laurent-Familie zu hinterfragen? Sie musste einfach das Beste aus einer komischen Situation machen. Sie vermerkte im Geiste ... wenn die Zeit für eine echte Hochzeit gekommen wäre, würde sie das Eindringen von Verflossenen ihres Bräutigams abwehren.

Doch das hier war nicht echt. Sie konnte es nicht vergessen.

»Ich beneide Sie«, gab Camille zu.

»Mich beneiden? Wofür denn das?« Madeleine maß sie mit einem verärgerten Blick, als würde sie denken, dass man sich über die lustig machte.

»Sie kommen ganz schön herum.« Camille blieb ruhig. »Ich beneide Sie darum, dass Sie aus eigener Erfahrung wissen, wie es ist, an so vielen verschiedenen Orten gewesen zu sein.«

»Ich bezweifle, dass das lange anhalten wird.« Madeleines Mauer der Würde begann zu bröckeln. Sie vermied es nun, sowohl Julian als auch Camille in die Augen zu sehen. Stattdessen richtete sie ihre Aufmerksamkeit auf Claudette. »Maurice sagte mir, dass ihr heute shoppen geht. Dürfte ich vielleicht mitkommen?«

Claudettes Blick schweifte über den Tisch und fiel auf Julian. »Um ehrlich zu sein, Madeleine ... bringen Lecie und ich Camille in die Stadt, um einige Hochzeitsvorbereitungen zu treffen.«

»Ah ...« Madeleines Stimme verstummte. Ihre Augen glänzten mit unvergossenen Tränen. »Ich vermute, dass niemand möchte, dass ich dafür mitkomme.«

Wieso würdest du das wollen? Camille besaß nicht genügend Mumm, um das laut auszusprechen, doch es hielt ihre Neugier nicht auf. Warum würde jemand in der Nähe bleiben und zusehen wollen, wie jemand, den man liebte, jemand anderen heiratete? Camille würde den ersten Flug, Zug, Bus, oder was auch immer nehmen, um vor dieser Situation zu fliehen.

»Wenn Madeleine mit uns shoppen gehen möchte«, sagte Camille zu niemandem Bestimmtes, »habe ich nichts dagegen.«

Julian räusperte sich und erhob sich vom Tisch. »Ich bin mir sicher, dass ihr Damen es hinkriegen werdet. Ich muss los.« Er warf Camille einen Blick zu und streckte seine Hand aus. »Begleitest du mich hinaus?«

Seine langen, ausgestreckten Finger zogen sie an wie ein Magnet. Ihre Berührung überschwemmte sie mit einer angenehmen Sanftheit. Sie eilte Julian in den Flur hinterher wie eine Sprinterin.

»Was geht hier vor?«, flüsterte Camille. »Ist sie in Ordnung?«

Julian hielt hinter der Tür. »Madeleine Thibault ist in ihrem ganzen Leben noch nie so rücksichtsvoll gewesen.«

»Na ja, ihr Herz ist gebrochen«, erinnerte Camille ihn. »Dank dir.«

»Gebrochenes Herz?« Seine Schroffheit rüttelte Camilles Sinne wach. »Sie hat etwas vor. Sei vorsichtig.«

Eine aufkeimende Angst kroch in Camille hoch. »Noch einmal, ich muss mir keine Sorgen um meine körperliche Unversehrtheit machen, oder?«

»Madeleine ist nicht der körperliche Typ.« Julian eilte die Treppe herunter. »Sie ist hinterhältiger«, sagte er, während Camille ihm folgte. »Sie ist eher für Intrigen hinter deinem Rücken zu haben. Sie wird dich diskreditieren wollen. Dich als unwürdig darstellen, nicht in der Lage, die Position auszufüllen, die meiner Ehefrau in der europäischen Gesellschaft zukommen würde.«

Meine Güte, es klang so, als wäre es verdammt hart, seine Frau zu sein. Wo hatte sie sich bloß hineingeritten?

An der Eingangstür streifte Julian ihre Wange mit seinen Lippen, und Camille vergaß alle ihre Bedenken. »Denk daran –«, sein Ton war eine Mischung aus Befehl und Vorschlag. »Falls der Ausflug zu viel wird, ruf einfach Soren an, und er bringt dich zurück nach Hause.«

»Wo gehst du hin?« Sie wollte ihre Nase nicht in fremde Angelegenheiten stecken. Sie war nur neugierig.

»Ich habe ein Imperium zu führen.« Er öffnete die Tür und begab sich nach draußen.

»Ich dachte, dass das die Aufgabe deines Vaters ist.«

»Er führt die Familie. Ich verwalte das Geschäft.«

»Oh.« Die Antwort flog ihr von der Zunge. Seine Offenbarung überraschte Camille, beeindruckte sie vielleicht sogar ein wenig.

Er ging auf das Auto zu, und Sebastian öffnete die Tür. Julian hielt an und schaute über seine Schulter. »Ich bin gegen sechs zurück«, sagte er, bevor er in der Limo verschwand.

Sechs? Hatte er nicht etwas von vier beim Frühstück gesagt?

Camille musste noch vieles über die wechselseitigen Beziehungen in einer milliardenschweren Familie und über ihren sehr geheimnisvollen, doch oh so sexy, Repräsentanten lernen.

Der Morgenhimmel war mit Wolken bedeckt, als wären sie Büschel von Wattebäuschen. Sie würde in ein paar Tagen heiraten; war dies ein schlechtes Omen?

Nein, verdammt nochmal. Es gibt keine Omen, weder gute noch böse, für arrangierte Ehen.

Das Auto fuhr weg, und André erschien auf der Türschwelle, als hätte er dort auf Julians Abfahrt gewartet. Er blickte sie an und lächelte, die Hände in den Hosentaschen.

»Camille. Ist es in Ordnung, wenn ich dich Camille nenne?«, fragte er, etwas zu freundlich.

»Ja.« Sie zögerte, seiner Motive unsicher, und baute eine nüchterne Abwehr auf. »Arbeitest du mit Julian? Er ist schon weg.«

»Ich arbeite *für* Julian. Und wir fahren selten zusammen zur Arbeit. Er lässt mich noch oft Besorgungen machen.« Sein Ton war frei von Feindseligkeit. Es schien nicht nur, als würde André seinen Platz kennen, sondern als wäre er zufrieden mit seiner Position.

»Und es ist in Ordnung für dich so«, schlussfolgerte sie laut.

»Ja, verdammt nochmal.« Er grinste, offen amüsiert. »Er steckt immer im Büro, schließt Geschäfte ab und was nicht sonst noch.« Andrés Ton offenbarte seine Abneigung dem Posten seines Bruders gegenüber. »Ich dagegen bin immer unterwegs. Weltenbummeln. Besuche neue und aufregende Orte. Bewirte die Kunden ... und Freunde«, sagte er mit einem Zwinkern. »Er kann seinen Job behalten. Mir gefällt meiner sehr gut.«

»Na denn ...« Ein begehrliches Gefühl von Zufriedenheit überkam Camille. »Ich beneide dich. Seine Arbeit zu lieben ist wie ein Geschenk Gottes. Ein Luxus, den sich nicht viele Menschen leisten können.«

»Da wir gerade von meinem Job reden ...« Er lachte leise. »Es ist mein Job, deine Freundin aus Amerika abzuholen. Vielleicht möchtest du sie anrufen. Ich schicke ein Auto zu ihr.«

»Sie kann dich am Flughafen treffen.«

»Das kommt gar nicht in Frage.«

Was für eine gentlemanlike Antwort. Es erinnerte sie an Julian. Immer auf den Komfort und das Wohlbefinden von jemand anderem bedacht. Maurice und Claudette hatten ihnen die Kunst des höflichen Benehmens sehr gut vermittelt.

»Es macht überhaupt keine Umstände.« Camille hob drängend ihren Ton. »Es ist überhaupt nicht nötig, dass du durch ganz L.A. latschen musst, nur um Tasha zum Flughafen zu bringen.«

Andrés Lachen stürzte wie ein vorbeirauschender Windstoß herab. »Ach ja, Amerikaner ... so selbstständig.«

Sie warf ihm einen Blick durch die verengten Augen zu und schaute dann weg. »Welcher Flughafen?«

André musterte sie mit gehobenen Augenbrauen.

»An welchem Flughafen möchtest du sie abholen?«

»Welcher passt ihr am besten?«

»Lass uns sie das fragen.« Camille zog ihr Handy hervor und schrieb Tasha. Innerhalb von Sekunden hatte sie eine Antwort. *LAX. Treffpunkt?*

Camille zeigte André den Handy-Bildschirm und wartete auf seine Rückmeldung.

André zog ihr das Handy aus der Hand und drückte auf ein paar Knöpfe. Als er fertig war, wärmte ein zufriedener Blick sein Gesicht, als er Camille das Gerät zurückgab.

Sie musterte das Telefon einen Augenblick lang, halb neugierig, was er Tasha wohl geschrieben hatte.

»Oh ...« André stieß ihren Arm leicht mit dem Handrücken an. »Sag ihr, sie soll ein Foto schicken«, sagte er mit einem aufflackernden Vergnügen auf dem Gesicht.

Camilles Telefon läutete. »Moment.« Sie hob einen Finger und nahm den Anruf entgegen. »Ja.«

»Chérie«, Julians Stimme, besorgt und dennoch beruhigend, drang aus dem Hörer. »Hat André schon mit dir darüber gesprochen, wie deine Freundin hierhergebracht werden soll?«

»Es ist tatsächlich so, dass wir das gerade besprechen.« Sie warf André einen Blick zu. »Er möchte, dass sie ihm ein Bild schickt ... damit er sie am Flughafen erkennt, nehme ich an.«

»Gib mir bitte meinen Bruder.« Julians Ton, kurz angebunden und sachlich, überquerte den Äther und hüllte Camille in ein eisiges Frösteln.

Sie drückte das Telefon Julians Bruder in die Hand. »Er will mit dir sprechen.«

André holte tief Luft und rollte mit den Augen, bevor er das Telefon ans Ohr presste. Trotzdem hörte sie Julians höhere Stimme laut und deutlich. »Nein, André. Keine Bilder von Camilles Freundin. Du holst sie nicht zu deinem eigenen Vergnügen ab und schlägst dir das deswegen aus dem Kopf.« Die Hoffnung schwand aus Andrés Gesicht, während er Julians Befehlen lauschte. »Bring sie einfach her, und zeige dich von deiner besten Seite.«

André legte auf und gab Camille das Telefon. »Spielverderber.«

»Er ist dein Bruder.«

»Und dein Ehemann. Ich konnte es mir nicht aussuchen.« Ein leichtes Lächeln umspielte Andrés Mundwinkel. »Du hingegen hättest weit, weit weglaufen können und sollen.« Er nickte und setzte sich auf den Hintersitz des Autos.

Oh, ich weiß, dass ich weglaufen sollte. Doch Camille verspürte nicht den Wunsch.

Sie faltete die Finger hinter dem Rücken und wartete, bis Andrés Auto aus der langen, geschwungenen Zufahrt verschwunden war. Immer noch mit gefalteten Händen auf dem Rücken machte Camille sich bereit, zum Haus zurückzukehren, als eine weitere Limo einfuhr.

Wie gerufen kamen Claudette, Lecie und Madeleine aus dem Haus. Die drei Frauen sahen wie eine teure Modewerbung für Europas beste Designer aus. Camille maß mit einem Blick ihre eigene Kleidung, ein legeres Ensemble aus weißer Caprihose und einer passenden Printbluse. Camilles Kleidung kostete mehr als ihr übliches Halbmonatsgehalt, und sie fühlte sich nicht dazu berufen, sie zu tragen. Sie wurde dem Outfit nicht gerecht, insbesondere nicht im Vergleich zu ihren Begleiterinnen mit ihrem modischen Stil.

»Sind wir bereit?«, fragte Claudette ohne die gleiche Aufmerksamkeit, die Camille ihrer Kleidung beimaß.

Klar. Warum nicht? Camille räumte ihre Bedenken beiseite und kletterte in die Limo.

Der Vormittag ging schnell vorbei, während ein sehr präsenter Hochzeitsplaner sie durch die Stadt führte und an solchen Orten wie dem Floristen und den Caterern hielt. Claudette war mehr als bereit, sich zu jedem Aspekt einzuschalten, überließ jedoch die letzte Entscheidung schließlich respektvoll Camille. Lecie gab zu nichts Kommentare ab. Ihr gefiel alles, sie war lediglich auf Romantik bedacht. Madeleine blieb still, aber aufmerksam.

Zu Mittag hielten sie bei einem Straßencafé und speisten am Büffet. Lecie hatte sich entschuldigt und war zur Toilette gegangen. Claudette holte sich Nachschub mit den Worten: »Ich versuche, auf meine Figur zu achten, doch ein oder zwei Mal in der Woche vergesse ich es.«

Camille sah sie wegtänzeln und dachte über Claudettes Alter nach. Sie musste mindestens 45 sein. Verdammt, sah sie gut für ihr Alter aus.

»Camille«, Madeleine zog ihre Aufmerksamkeit von Claudette und wieder zurück auf die Peinlichkeit der Situation. »Darf ich dich Camille nennen?«

»Klar.« Wie sonst sollte sie sie nennen?

»Ich hoffe, dass trotz der Umstände ... du und ich zivil zueinander sein können.«

»Ich wüsste nicht, warum wir das nicht könnten, Madeleine.«

»Nun ja, das ist sehr großzügig von dir.« Die netten Worte waren da, doch klangen gleichzeitig auch frech. »Die meisten Ehefrauen sind nicht so zuvorkommend.«

»Zuvorkommend?« Camille war sich nicht ganz sicher, worauf Madeleine anspielte, und sie wollte Klartext reden.

»Na ja ...« Sie schaute theatralisch weg und dann wieder auf Camille. »Er hat dich *neben* sich gestellt, doch hat er dir auch von seinen Plänen erzählt, mich *nebenbei* zu behalten?«

Camille bemühte sich, dass ihr die Kinnlade nicht nach unten fiel, und scheiterte. »Ich weiß gar nicht, was ich dazu sagen soll?«

»Ich kann deine Reaktion verstehen«, sagte Madeleine, als würden sie ein Geschäft besprechen. »Vor einem Monat dachte ich, dass ich an deiner Stelle sein würde. Doch dann fand ich heraus, dass Julian von irgendeiner Schlampe ... verzeih meine Ausdrucksweise ... in Amerika aus den Schuhen gehauen wurde.« Sie grinste und warf die Hände in die Höhe. »Und jetzt wurde ich in die Stellung einer Geliebten verbannt.«

»Ich nehme an, dass ich viel über die französische Kultur lernen muss.« Sie hielt inne und nickte geistesabwesend. »Dort, wo ich herkomme, nennen wir das eine Degradierung.«

Camille präsentierte Madeleine gegenüber ein Bild der Gelassenheit, doch in Wirklichkeit war sie durcheinander. Julian hatte behauptet, dass Madeleine sicher nicht abgeneigt wäre, seine Geliebte zu sein. Aber hatte er tatsächlich dieselben Pläne? Ihr gefiel die Vorstellung jedenfalls nicht, dass er das Mädchen nicht heiraten, aber weiterhin mit ihr schlafen wollte, nachdem er jemand anderen geheiratet hatte. Auch, wenn es nur ein Geschäftsdeal war.

★★★

Julian durchkämmte das Haus auf der Suche nach Camille, übermannt von seinem Wunsch, alle Details des Shoppingausflugs zu erfahren. Er traute Madeleine nicht, hauptsächlich, weil er seinem Vater nicht traute, dass er sich aus der Geschichte heraushielt. Wenn es nach Papa ging, war nicht abzusehen, in welchem Ausmaß er Madeleine bestochen hatte.

Nachdem er im Haus nicht fündig geworden war, machte er sich in den Garten auf. Er kannte Camille nicht gut genug, um zu erahnen, in welche Richtung sie gegangen war, und probierte es deswegen systematisch.

Der Duft der Rosen lockte ihn an. Vielleicht war Camille das Gleiche passiert. Die Frauen in seinem Leben, zuerst seine Mutter, und dann Claudette und Lecie, waren von den duftenden Blumen verzaubert. Von seinen beiden Mutterfiguren hatte er im frühen Alter die Bedeutung aller ihrer Farben erfahren.

Im Garten riss er eine Lavendelblüte ab, weil er auf den ersten Blick von ihr entzückt war. Er betrachtete die blaue Knospe, während er erkannte, dass Camille irgendwie unerreichbar war – genau wie seine Mutter es gewesen war.

Seine Mutter. War Camille zufällig dorthin gegangen, wo seine Mutter Julian und André früher immer zum Spielen hingebracht hatte?

Das Wäldchen schien einer der wenigen Bereiche zu sein, an denen er noch nicht nachgeschaut hatte, auch wenn es unwahrscheinlich war, dass Camille diesen Ort gefunden haben sollte.

Er drehte sich seitwärts und zwängte sich durch die Sträucher, wobei er sein Shirt beschädigte, als er die Lichtung erreichte – und erblickte den Ort, an dem er seit über fünfzehn Jahren nicht mehr gewesen war. Er sah fast unverändert aus, mit der Zeit vielleicht etwas verwittert, doch nicht unbedingt vernachlässigt. Vier windschiefe Bänke befanden sich jeweils in der Mitte einer Seite. Die vier Sträucher und der Rasen, den sie umrahmten, waren gepflegt, und mehrere Weinreben hatten sich auf den Bäumen hinter den Hecken am Rand ausgebreitet.

Als er sie auf der Bank sitzen sah, fast genauso, wie seine Mutter es getan hatte, mit in Knöchelhöhe übereinandergeschlagenen Beinen, wurde sein Herz warm. Er räusperte sich und ging auf Camille zu.

Ihr Blick wanderte hoch und traf auf seinen, während sie ihm ein warmes Lächeln schenkte.

»Wie hast du diesen Ort gefunden?«, fragte er, während er sich setzte und genügend Freiraum zwischen ihnen ließ. Julian wollte ihr ohne eine Einladung nicht zu nahe kommen. Jeder, der sich diesen Ort ausgesucht hatte, war auf Abgeschiedenheit aus.

»Es war nur meine stetige Neugier, nehme ich an.« Sie zuckte mit den Schultern und legte die Arme auf die Rückenlehne der Bank, sodass ihre Hand beinahe seine Schulter berührte.

Camille hatte gelernt, ihren Schmerz zu verbergen, wo doch die Verletzung sich ihr ins Herz geschnitten hatte, nachdem ihre Eltern sie verlassen hatten. Doch hier, im Licht der späten untergehenden Nachmittagssonne verriet ihr wohlgeformtes und weibliches Gesicht das Geheimnis.

Eine Traurigkeit zog sich zu einem Knoten in Julian zusammen. Als ein Verantwortlicher war er es gewöhnt, seinen Kopf durchzusetzen, und er wollte ihren Schmerz verscheuchen, doch er wusste nicht, wie. Seine Unzulänglichkeit hämmerte auf ihn ein und gab ihm ein Gefühl der Hilflosigkeit.

»Es ist lustig, dass du auf deiner Suche ausgerechnet auf diesen Ort gestoßen bist.«

»Wieso?«

»André und ich haben hier als Kinder oft gespielt.«

»Wirklich?« Sie warf ihm einen dieser Blicke zu, die aussagten: *Du machst Witze, oder?*

»Es ist die Wahrheit.« Er nickte, während seine Gedanken in seine Kindheitserinnerungen abschweiften. »Meine Mutter ... meine leibliche Mutter ... hatte mir diesen Ort gezeigt.« Er öffnete eine Tür, die über zwanzig Jahre lang verschlossen war, und wurde sofort von einem akuten Verlustgefühl übermannt.

Als hätte sie seine Trauer und Verzweiflung gespürt, entfernte sie ihre Arme von der Rückenlehne der Bank und faltete die Hände im Schoß. »Was ist mit deiner Mutter passiert?«, fragte sie, wobei sie ihren Worten einen behutsamen Ton gab.

Julian beugte sich vor und legte die Ellbogen auf den Oberschenkeln ab, während er geistesabwesend die zarten Rosenblätter in seinen Händen streichelte. »Sie, ähm ...« Er hielt inne. Über seine Mutter zu reden war schwer, sie zu erwähnen, bedeutete, dass er den Schaden anerkennen musste, der sie ihre geistige Gesundheit gekostet hatte. Schwäche. Und was war, wenn Camille dachte, dass es auf irgendeine Weise auf ihn abgefärbt hatte? Was ist, wenn sie annahm, dass es bedeutete, dass er ebenfalls schwach war?

Spielte es wirklich eine Rolle, was sie dachte? Letzte Woche war er sich sicher gewesen, dass die einzige Sache, die zählte, war, dass seine Ehefrau die vereinbarte Zeit über an Ort und Stelle blieb. Es war ihm egal, was danach geschah. Doch das war letzte Woche. Jetzt war er sich nicht mehr so sicher.

»Sie hat sich umgebracht«, fuhr Julian fort, in der Hoffnung, dass Camilles Anwesenheit ihm weiterhin Seelenfrieden bringen würde. »Mit einer Flasche voller Pillen.« Er hasste die Hilflosigkeit, die sich um ihn herum auftürmte. »Ich war fünf, doch ich werde niemals vergessen, wie ich in ihr Zimmer kam und sie auf dem Bett liegen sah.« Er schaute weg, während die

Worte in seiner Kehle steckenblieben. »Ich dachte, dass sie schlief.«

Camille schloss die Lücke zwischen ihnen und zog ihn in ihre Arme. »Oh, Julian ... Es tut mir so leid.«

Aus einem Instinkt und vielleicht auch Bedürfnis heraus, umarmte Julian Camille und klammerte sich fest an sie, als drohte sie sonst wegzutreiben. Ein Anflug von Verletzlichkeit überkam Julian, und er wich zurück.

Okay. Wir können jetzt damit aufhören. Er übergab ihr die Rosen in der Hoffnung, dass sie sie ablenken würden. »Hier, die hier sind für dich.«

Sie nahm die Blumen und legte wieder die Arme um ihn. Julian wünschte sich, sie würde das nicht tun. Ihm gefiel nicht, dass es sich gut anfühlte, doch er versuchte auch nicht, es aufzuhalten. Stattdessen begrüßte er ihre tröstende Umarmung, auch wenn es bedeutete, dass er tatsächlich den Faden verlor.

Camille wusste nicht, was sie sagen sollte, und so sagte sie nichts, tat nichts, außer, sich an dem fabelhaften Mann in ihren Armen festzuhalten. Sie wollte die Anziehungskraft zwischen ihnen nicht wahrhaben, doch sie hatte keine Wahl. Sie war da und beherrschte ihren Verstand, Leib und ihre Seele.

Julian wich zurück, und ihr Herz reagierte, als hätte ihm jemand einen Elektroschock verpasst. Sie musste schlucken und versuchte, sich von dem Kloß in ihrem Hals zu befreien.

»Wie war dein Shoppingausflug?«, sagte er geschmeidig mit stoischem Gesicht.

Die Erinnerung an ihre Unterhaltung mit Madeleine ließ Camille erzittern.

»Hm ... Deine Madeleine ist schon recht eigen.«

»Meine Madeleine? Sie ist nicht meine Madeleine.«

»Sie denkt, dass sie das ist.« Eifersucht ergriff Camille, und sie versuchte, die ungewollte Emotion abzuwehren.

»Ist das so?« Er lächelte, als hätte er sie durchschaut.

»Sie sagte mir, dass ich dich ja vielleicht heirate, doch sie weiterhin nebenbei mit dir schlafen werde.«

»Waren das ihre genauen Worte?«

Camille konnte nicht erraten, ob er erstaunt oder erfreut darüber war, jederzeit eine bereitwillige Bettgefährtin vorzufinden, wenn er sie wünschte.

»Genau so«, sagte sie.

»Okay. Wow.« Er milderte seinen Schock mit einem Vergnügen ab. »Papa zieht wahrlich alle Register, um dich zu verjagen.«

»Dann nehme ich an, dass sie die Narren sind.« Ein Gefühl von erschöpfter Traurigkeit ereilte Camille. »In Anbetracht unserer Vereinbarung ... geht es mich wirklich nichts an, mit wem du schläfst.«

Ein Hauch von Reue vernebelte seine Augen für eine Sekunde, doch dann verschwand er wieder. »Aber das ist unser Geheimnis«, sagte er und zwinkerte.

»Ja, das ist es.« Sie zwang sich, Julian anzuschauen. »Ich bin diskret, wenn du es bist.« Sie verhandelte in einer neckenden Art, die einzige Weise, die sie kannte, um ihr wahres Unbehagen zu verstecken.

»Wirklich?«, sagte er, halb neugierig, halb pikiert. »Und wer genau befindet sich auf deinem Radar?«

Sie erhob sich und glitt zum Gebüschlabyrinth. »Das würdest du wohl gern wissen, was?« Sie kicherte und rannte hinein.

Julian folgte ihr. »Du meinst es ernst, oder?«, fragte er, als wäre er vor den Kopf gestoßen worden. »Es gibt jemanden, mit dem du gern schlafen möchtest?« Er hielt sie auf und drückte sie gegen die Sträucherwand.

Zwischen ihnen waren nur wenige Zentimeter. Julian starrte Camille an, ihr Blick fixierte seinen. Ihre Atemzüge wurden intensiver, vermischten sich. Er musterte sie verführerisch.

Er ließ sie mit einem Kribbeln in der Magengrube zurück, das bis in die Finger- und Zehenspitzen hinausreichte und ihr erlaubte, den Blickkontakt abzubrechen. »Ich sollte hineingehen.« Sie glitt zur Seite und ging auf Abstand zu ihm. »Es wird kühl hier draußen.« Während sie wegging, beschleunigte die Angst ihren Schritt auf den versteckten Durchgang in der Hecke zu.

Camilles Herz schlug schneller und pumpte ein Verlangen durch ihren Körper wie ein wach gewordener Strom. Ihr Verstand schrie *nein*. Sich in Julian zu verlieben, war keine gute Idee. Ihr frischgebackener Ehemann hatte vor, Junggeselle und Lebemann zu bleiben, und keine Ehe würde das ändern – am allerwenigsten ihre eigene.

Doch ihr Herz hatte bereits *ja* gesagt.

KAPITEL ZEHN

ALS ANDRÉ mit Tasha zurückkam, waren die Hochzeitsvorbereitungen im vollen Gange. Die Blumen waren angekommen. Die geliehenen Stühle, Tische und Zelte wurden geliefert, und nun setzte ein Team von angestellten Arbeitern alles in Szene für den Empfang hinter dem Rosengarten. Claudette und Camille hatten sich darauf geeinigt, dass es der perfekte Ort war und genügend Platz zwischen den Rosen für eine behelfsmäßige Tanzfläche bot. Natürlich war das auch der Ort der Hochzeitsfeier von Claudette und Maurice vor zwanzig Jahren gewesen.

Als das Auto mit André und Tasha vom Flughafen ankam, hatte Camille von der Fensterfront des westlichen Esszimmers aus Ausschau gehalten. Sie sprintete durch den Flur und die Treppen herunter und hielt auf halbem Wege an, als ihre beste Freundin das Haus betrat und im Eingang stehenblieb.

Gott sei Dank. Camille fühlte sich nicht mehr allein.

»Tasha.« Camille trottete die Treppen herunter und umarmte Tasha, als sie die unterste Stufe erreicht hatte.

»Hier ist sie«, sagte André mit einer großen Geste. »Gesund und munter.«

»Ja, dein neuer Schwager hat persönlich dafür gesorgt, dass es mir gutging.« Sie lächelte André an und zwinkerte. Die überschwänglichen Emotionen waren fast unerträglich.

Julian platzte aus dem gegenüberliegenden Flur herein. »Wo warst du?«, fragte er insbesondere André, ohne zu lächeln. Kein »Willkommen zu Hause«. Kein »Danke für den Gefallen«.

»Tasha und ich haben einen Zwischenstopp in London eingelegt.« Andrés flacher Ton deutete an, dass keine Erklärung folgen würde.

Camille vermutete, dass es seine Art war, seinem großen Bruder die Stirn zu bieten.

Julian war einen Augenblick lang still. Frustriert bewegte er seinen Kiefer, und nach einer Weile zwang er sich, damit aufzuhören. »Hast du in Paris angehalten?« Er konzentrierte sich weiterhin auf André.

»Ja, großer Bruder, das haben wir.« André zwinkerte Tasha zu. »Marie hat versprochen, dass die Kleider alle heute Nachmittag geliefert würden. Volle zwei Stunden vor der Zeremonie.«

»Zwei Stunden. Hetzen wir nicht zu sehr?«, fragte Tasha in einem ulkigen Ton.

Junge, ich sag's dir. Wenn diese Hochzeit echt wäre, würde Camille sich der Grenze der Belastbarkeit nähern.

»Nun ja, wir mussten den Hochzeitstag verschieben.« Julian grinste. »Wir denken, dass Camille schwanger ist«, fügte er in einem sarkastischen Ton hinzu.

Camille gab ihm einen Klaps mit der flachen Hand.

Er rollte mit den Augen und schaute Camille an, während seine Züge weicher wurden. »Warum hilfst du deiner Freundin nicht mit ihrem Zimmer, und dann kannst du sie herumführen? Es gibt nicht viel, was du jetzt noch machen könntest.«

»Du willst, dass ich sie herumführe?«, sagte Camille ungezwungen und scherzhaft. »Wer geht uns suchen, wenn wir uns verlaufen?«

André hob seine Hand. »Ich kann das übernehmen.«

Tasha schaute ihn an, als wäre er ein Retter in der Not. »Jeder liebt Helden.«

Julian schnaufte und machte ein paar Schritte zurück, bevor er sich wieder zu Camille umdrehte. »Chérie, ich muss noch ein paar Dinge erledigen, aber ich werde rechtzeitig vor Beginn der Zeremonie da sein.«

Camille wunderte sich, was er jetzt noch zu erledigen haben könnte, doch entschied sich, nicht danach zu fragen. Vielleicht ging er zu Madeleine, da die meisten Bräutigame erwarteten, dass bestimmte Dinge an ihrem Hochzeitstag passierten. Vielleicht kümmerte Julian sich um sein Glück in der Hochzeitsnacht. Die Braut wäre jedoch nicht daran beteiligt.

Es gab etwas leicht Beunruhigendes an dieser Vorstellung, auch wenn Camille ganz genau wusste, wo sie mit Julian stand. Sie musste nicht daran erinnert werden, dass sie sich in einer geschäftlichen Abmachung befanden. Anzunehmen, dass es zu mehr werden könnte, war nicht klug, und sie würde sich nur in eine Position begeben, in der sie am Ende mit einem gebrochenen Herzen dastand.

»Komm schon«, Camille griff nach Tashas Hand. »Komm mit mir. Es gibt ein leeres Schlafzimmer genau neben meinem.«

»Als würdest du dort schlafen.« Tasha lachte, während Camille sie die Treppe hochzog. »Danke, dass du mich abgeholt hast, André«, sagte sie, ohne sich umzublicken.

»War mir ein Vergnügen, Chérie«, rief er ihr hinterher. »Vergiss nicht, wenn du etwas brauchst. Irgendetwas. Ich stehe zu deinen Diensten.«

Camille hielt Tasha oben auf dem Treppenflur an. »Pass auf –«, sie richtete einen anklagenden Finger auf Tasha, »– André ist nicht dein Spielzeug, okay.« Es war keine Frage.

»Wie wäre es mit meinem Bettspielzeug?« Sie kicherte. »Kann er mein Bettspielzeug sein?«

»Tasha.« Camille legte ihren strengsten Warnton an, in der Hoffnung, Tashas Vergnügen zu ersticken. »Das ist nicht lustig.«

»Entspann dich.« Sie beäugte Camille mit einer misstrauisch hochgezogenen Augenbraue. »Gott, bist du verkrampft. Meine Güte, kümmert sich dein heißer Ehemann nicht um dich?« Sie nahm einen flachen, schnellen Atemzug. »Sag mir nicht, dass diese Familie so altmodisch ist.« Sie seufzte enttäuscht. Ganz offensichtlich hatte sie im Blick gehabt, André anzubaggern, während sie hier war, und sie dachte, dass die Familienprinzipien ihren Plänen in die Quere kommen könnten.

Vielleicht wäre es das Beste, sie in dem Glauben zu belassen. Dann würde sie André möglicherweise in Ruhe lassen. »Gegen Traditionen kommst du nicht an.«

Moniques leise Fußtritte wurden nicht gehört, als sie sich Camille näherte. Sie hielt still inne, bis man sie wahrnahm.

»Miss Camille, Sie werden unten in der Bibliothek verlangt«, sagte sie leise. »Mrs de Laurent benötigt Ihre Zustimmung zu einigen letzten Vorkehrungen.«

Camille seufzte und biss sich auf die Zunge, während der Drang zu fluchen größer wurde. »In Ordnung«, sagte sie zu dem Hausmädchen und drehte sich zu Tasha. »Geh schon einmal vor und packe aus. Ich komme gleich.«

»Okay, aber lass mich hier nicht zu lange allein«, Tashas Worte verfolgten sie nach unten in den Flur. »Ich finde meinen Weg hier niemals wieder heraus.«

Man sollte es Tasha überlassen, ein wenig Humor in diese verrückte Situation zu bringen. Camille kicherte und eilte die Treppe herunter. Wie sie Claudette kannte, bestand ihr Dilemma vermutlich lediglich darin, einen Platz für die Orchideen und die Rosen zu finden. Nicht, dass Claudette oberflächlich wäre. Sie und Camille lebten einfach in sehr verschiedenen Welten.

Einige Augenblicke später, als Camille schließlich ein wenig Zeit für sich allein hatte und der Hektik einer improvisierten Hochzeit entfliehen konnte, machte sie sich zu Tashas Zimmer auf, nur um es dann leer vorzufinden.

Wo steckte das Mädchen? Hoffentlich hatte sie nicht Andrés Zimmer gefunden.

Camille schaute überall auf dem Flur nach. Wenn sie nach Tasha suchte, riskierte sie, auf Maurice, oder noch schlimmer, auf Madeleine zu treffen. Das Letzte, was sie jetzt brauchte, war zu hören, wie Madeleine vor Camille damit angab, Julian an seinem Hochzeitstag zu befriedigen.

Sie entschied sich stattdessen für ihr Zimmer auf der gegenüberliegenden Seite des Flurs und überlegte sich, eine schöne, heiße Dusche zu nehmen.

Die Dusche war erfrischend, doch Camille hatte trotzdem ein unbehagliches Gefühl danach. Nachdem der Frottee-Bademantel die überschüssige Feuchtigkeit von ihrem Körper aufgesogen hatte, legte sie ihn ab und schlüpfte in den seidigen Morgenrock, den Julian ihr gegeben hatte. Ihr gefiel das Gefühl des glatten Stoffes auf ihrer nackten Haut.

Sie sollte diesen Abend heiraten, doch sie wurde das Gefühl nicht los, dass etwas schief gehen würde.

Der Inhaber des besten Salons in Paris wurde eingeflogen, um die Hochzeitspartygäste fein zu machen. Jean-Jean war attraktiv und hip und definitiv nicht schwul. Er flirtete unerbittlich mit Tasha während der gesamten Zeit, in der er ihre Haare machte. Er hatte sich bereiterklärt, Claudettes, Lecies, Tashas und Camilles Haare zu stylen, wobei die Braut als Letztes an die Reihe kommen sollte. Er hatte auch einen Assistenten mitgebracht, der sich um alle anderen kümmern sollte.

Camille wollte die dunklen Wolken ignorieren, die am Himmel aufzogen, doch Jean-Jean hatte sie zum Fenster gedreht, damit sie ihn nicht im Spiegel beobachten konnte, wie er ihre Haare machte.

Sie wurde mit der quälenden Angst konfrontiert, dass ihre Hochzeit – wie unecht sie auch war – in die Hose gehen würde.

»Sind Sie sich sicher?«, fragte sie Jean-Jean auf seinen beharrlichen Vorschlag hin, ihre Haare hochzustecken.

»Überlassen Sie es mir«, sagte er. »Ich bin hier der Schönheitsexperte.«

Na ja, das ist fraglich. Doch das war nur ihre eigene Unsicherheit, die aus ihr sprach. Eigentlich war Jean-Jean der Inbegriff von stylisch. Seine hochwertige Designerjeans und das T-Shirt unter einer Lederweste, in Kombination mit diesen Schlangenlederstiefeln, waren ein Synonym für Coolness. Doch trotzdem war das ein Stil, den Camille niemals für sich ausgewählt hätte. Sie war viel zu konservativ. Oder wie Tasha sagen würde – langweilig.

Tasha meinte es gut. Es war überhaupt keine Böswilligkeit in ihr. Nicht, wenn es um Camille ging. Tasha hatte oft versucht, Camille »farbenfroh« zu machen, doch sie war einfach nicht daran interessiert.

»Wenn es mir nicht gefällt«, sagte Camille zu Jean-Jean über ihre Frisur, »werde ich sie wieder auflösen.«

»Oh nein.« Er hielt inne, stemmte eine Hand in die Hüfte. »Sie dürfen eine Kreation von Jean-Jean niemals zerstören.« Er benutzte seinen Kamm als Zeigestock, um Camille zu ermahnen.

Sie nahm ihren herrischen Friseur nicht ernst. Er wurde von den Wolken überschattet, die sich draußen verdichteten und dunkler wurden.

Die Tür öffnete sich. Kein Anklopfen. Keine Frage, eintreten zu dürfen. In einer verzerrten Spiegelung im Fenster sah Camille Tasha hineinstürmen, in einem Kleid, das ihr bis zur Mitte der Oberschenkel reichte.

»Was stimmt denn mit dieser Madeleine-Tussi nicht?« Sie ließ sich auf das Bett fallen und beäugte das rote Seidenkleid, das Camille trug.

Jean-Jean schnaubte, aber unterbrach seine Arbeit nicht.

Camille grummelte in dem Wunsch, ihre Haare zu sehen, doch Jean-Jean lehnte ab.

»Was ist mit ihr los?«, fragte Tasha wieder. »Sie ist furchtbar sauer wegen irgendetwas.« Sie streifte ihre Schuhe ab und legte sich mit nackten Füßen auf die Seite auf das Bett.

»Sie ist nicht die Braut.« Ein sarkastischer Ton entfuhr Camille.

Jean-Jean lachte.

»Ernsthaft?« Tasha setzte sich auf und ließ die Füße von der Bettkante baumeln. »Sie ist Julians Ex?«

»Na ja, laut ihrer Aussage ist sie gar keine Ex.«

»In ihren Träumen«, sagte Jean-Jean. »Sie war niemals mehr als eine Bettnummer.«

»Laut ihr und Maurice«, sagte Camille, »ist sie genau das, was Julian braucht.«

»Ja, vielleicht, wenn er in großer Not ist.« Jean-Jean kicherte.

Alle drei lachten.

»Mann, ich muss einen großen Bogen um sie machen«, stellte Tasha fest.

»Tja, viel Glück dabei«, sagte Jean-Jean. »Sie hat sich hier in den Status eines ewigen Gasts gemogelt.«

»Junge, ich sage dir …« Tasha schüttelte den Kopf. »Ich verstehe die französischen Gepflogenheiten einfach nicht.«

»Oh, Schatz, das ist keine französische Sache«, sagte er, während er mit dem Kamm in der Luft wedelte. »Es ist eine Miststücksache.«

»Das stimmt«, stimmte Camille zu in Erinnerung an ihre Mittagessenverabredung. »Sie lässt viel zu wünschen übrig, wenn es um Taktgefühl geht.«

»Also, wie viele Ex-Freundinnen von Julian kommen zu der Hochzeit?« Tashas dramatisches Talent flankierte ihr verächtliches Lachen.

Typisch Camille. Das hätte nur ihr passieren können. Wer sonst hätte in einem wunderschönen Château in Frankreich landen können, im Begriff, einen Milliardär zu heiraten – einen, der nicht unattraktiv ist – doch nur als ein Geschäftsdeal, und mit seiner Konkubine im selben Haus? Nur sie. Jede Minute würde sie erwachen.

Jean-Jean kicherte. »Ich mag dich«, sagte er zu Tasha. »Du kannst bleiben.«

»Cool.« Sie drehte sich zu ihm. »Also, wo versteckt ihr die ganzen heißen französischen Typen?«

»Och, wir halten sie tagsüber drinnen.« Sein freundlicher heiterer Spott kam in einer entspannten Weise an.

»Oh, kommen sie in der Nacht heraus?« Tasha presste die Fingerspitzen an die Lippen.

Was auch immer. Solange Tasha André in Ruhe ließ, interessierte Camille sonst nichts. Sie wollte nicht die nächsten sechs Monate damit verbringen, Julian zuzuhören, wie er über Tasha meckerte, weil sie Andrés Herz gebrochen habe.

Camille starrte aus dem Fenster auf die sich anbahnende Szenerie auf dem Rasen. Die Gäste kamen langsam an. Und sie hatte immer noch kein Kleid. Es hätte vor einer Stunde geliefert werden müssen. Sie warf einen Blick auf den Himmel, der dick und schwer war, bedeckt mit den schwärzesten Wolken, die sie jemals gesehen hatte. Toll. Wenn sie misstrauisch wäre und in Wirklichkeit heiraten würde, hätte sie sagen können, dass die unglücklichen Ereignisse des Tages nun mehr und mehr wie ein Omen aussahen.

Sie ging zu Julians Tür und klopfte an.

»Herein.« Madeleines Stimme, samtig und widerlich süß, drang durch die Wände.

Könnte dieser Tag noch schlimmer werden?

Camille setzte die Maske der Gleichgültigkeit auf, während sie die Tür öffnete. Madeleine ausgestreckt auf Julians Bett zu sehen, reichte aus, um sogar die vernünftigste Frau in den Wahnsinn zu treiben.

Sie holte tief Luft und verbat sich, die Krallen auszufahren. »Wo ist Julian?«, fragte Camille, während sie an der Türschwelle stehenblieb und sich am Türknauf festhielt.

»Dusche.« Madeleines scharfer Ton und ihr Ausdruck ärgerten Camille.

Camille hob die Augenbraue und schaute Madeleine zweideutig an.

»Na ja«, lachte Madeleine sie aus, »Du willst doch nicht, dass er neben dir steht, dir ewige Treue schwört, während er nach mir riecht, oder?«

Sie überlegte sich, den Raum zu verlassen. Sie dachte daran, Madeleine zu bitten, Julian etwas auszurichten – als ob sie das tun würde. Sie dachte daran, in Julians Badezimmer zu stürmen. Camille entschied sich für das Letztere.

»Hallo?«, widersprach Madeleine, während Camille das Zimmer durchquerte. »Du kannst da nicht hinein.«

Camille hielt an der Tür, mit der Hand auf dem Türknauf, und blickte über die Schulter. Sie versuchte, sich zurückzuhalten, versuchte, sich nicht auf Madeleines Niveau herunterzulassen, doch ihr Stolz schritt dazwischen. »Es gibt dort nichts, was ich nicht schon einmal gesehen hätte.«

Sie wartete Madeleines Antwort nicht ab, sondern öffnete einfach die Tür, aus der heißer Dampf entwich. »Julian?«, rief sie, während sie eintrat und die Tür hinter sich schloss.

»Chérie?« Ein Lachen folgte dem Namen, den er ihr immer gab. »Bist du gekommen, um mir Gesellschaft zu leisten?«

Gott, was für eine Unverschämtheit. Sie hatte nicht vor, nach Madeleine das zu tun, was sie vorher getan hatte. Nicht heute. Doch es war gut zu wissen, dass Julian so viril war. Zumindest dachte er, dass er das war. Und Julian war nicht die Art Mann, der etwas anfing, von dem er sich nicht sicher war, dass er es auch zu Ende bringen könnte.

Camille dachte darüber nach, dass er ihr erzählt hatte, dass Madeleine sicherstellen würde, dass Camille die beiden auf frischer Tat erwischen würde. Sie war sich nicht sicher, ob er das wörtlich oder im übertragenen Sinn gemeint hatte. Und sie besaß nicht genügend Mut, um es ihn zu fragen. Ob Julian mit einer anderen Frau schlief oder nicht, ging sie überhaupt nichts an.

»Julian!« Camille stampfte mit dem Fuß auf die Fliesen. »Mein Kleid war nicht in der Lieferung von der Designerin aus Paris.«

Das Wasser wurde abgestellt. »Was?« Sein verhärteter Ton zerfetzte die Einwortfrage.

»Mein Kleid!« Alle ihre Hoffnungen auf eine störungsfreie Hochzeit brachen in ihrer schwindenden, kaum hörbaren Stimme zusammen. »Es ist nicht da.«

Als Julian die Tür der Duschkabine öffnete, hatte er bereits ein Handtuch um die Hüften gewickelt. Ihre Enttäuschung wurde von dem Anblick seines Oberkörpers überschattet. Kleine Muskelwellen schnitten sich in seine gebräunte Haut, unterstrichen seine Männlichkeit und legten Camille beinahe um.

Julian schnappte sich sein Handy von der nahegelegenen Ablagefläche und drückte die Schnellwahltaste. Er wartete die Antwort am anderen Ende ab, und Camille war von den Wassertropfen gefangen, die an seinem nassen Haar hingen. Schließlich fielen sie auf seine Schultern und folgten dem Verlauf der wohlgeformten Pfade auf seinem Oberkörper. Sie versuchte, das überwältigende Verlangen abzuwehren, sich ein Handtuch zu greifen und ihn mit langen, langsamen sinnlichen Berührungen »trocken zu reiben«.

Er stieß Worte auf Französisch hervor und riss Camille aus ihrem Wunschdenken. Sie hatte keine Ahnung, was er sagte, doch dem Ton seiner Stimme nach zu urteilen hätte sie vermutet, dass es nichts Gutes war. Er machte gelegentlich Pausen, und mit jeder Lücke wurde sein darauf folgender Ton weicher. Schließlich dachte sie, dass er sich entschuldigte, kurz bevor er auflegte.

Es überraschte Camille. Es war nicht Julians Art, Entschuldigungen auszuteilen.

Er legte das Telefon auf die Ablagefläche und schaute Camille mit einem Kummer in den Augen an. »Marie schwört, dass das Kleid in der Auslieferung war.« Er sprach so, als würden die Worte schwer auf dem guten Ruf seiner Familie lasten. »Es ist hier verschwunden.« Sein Gesicht zuckte zusammen, und ein Stirnrunzeln erschien darauf.

»Wer würde so etwas tun?«, fragte Camille, auch wenn sie es schon fast erriet.

»Ich finde dein Kleid«, sagte er und stürmte hinaus.

Camille folgte ihm in sein Zimmer.

Überraschung! Madeleine war weg, zusammen mit Camilles Kleid.

KAPITEL ELF

CAMILLE CHANDLER DE LAURENT war ein Bild der Anmut und Selbstsicherheit während der Hochzeitskatastrophe gewesen wie keine andere. Zuerst war ihr Kleid verschwunden, doch sie war erhobenen Hauptes zu ihrem Schrank gegangen und hatte daraus ein schlichtes pfirsichfarbenes Abendkleid hervorgeholt, das Julian ihr in London gekauft hatte.

Claudettes Frisör hatte Camilles Haare auf eine wunderbare Weise auf ihrem Kopf hochgesteckt, während einzelne Strähnen ihr Gesicht umrahmten und auf ihren Ausschnitt fielen. In ihrem Kleid und mit dieser Frisur erinnerte sie Julian eher an eine Göttin, die auf dem Olymp das Zentrum der Aufmerksamkeit war, und nicht an eine Frau, die er glücklicherweise heiraten durfte.

Dann kam der Regen. Er zerstörte ihr perfekt frisiertes Haar und durchnässte ihr Designerkleid, das sich ohne ihre weibliche Figur um einige Größen zusammengezogen und völlig seine Form verloren hätte. Bei dem Empfang wurde das Kleid allmählich trocken und reichte ihr nun nicht einmal mehr bis zu den Knöcheln.

Julian war außer sich, weil es ihm nicht gelungen war, Camilles Kleid zu finden. Er scheiterte vor seiner frischgebackenen Ehefrau, doch er war entschlossen, sich ihre Vergebung zu erkämpfen. Warum er das fühlte, wusste er nicht. Ihre Ehe war nichts als ein Deal, und sie wurde für ihren Teil gut entlohnt. Trotzdem sah es für die Außenstehenden wie eine persönliche Katastrophe für die Braut aus, und das war in Julians Augen nicht hinnehmbar.

Soren. *Wo ist Soren?* Er würde Julian helfen, das in Ordnung zu bringen, oder es zumindest weniger schmerzhaft erscheinen zu lassen. Mit Sorens Hilfe würde er es schaffen, Camilles Verlegenheit zu lindern.

Schließlich entdeckte Julian Soren, wie er den Bediensteten Anweisungen in der provisorischen Küche gab.

Ein Team, das sich auf Hochzeiten spezialisierte, hatte das Innere eines geliehenen Zeltes in einen vorübergehenden Zufluchtsort von entzückender Opulenz verwandelt. Während sie versuchte, so majestätisch und selbstsicher wie möglich auszusehen, saß Camille in einer steifen Haltung an einem Tisch in der Mitte des Pavillons und verfluchte jede Sekunde.

Wüsste sie, dass die Franzosen einen Weg gefunden hatten, das Wetter zu kontrollieren, hätte sie sofort Madeleine für den Regen verantwortlich gemacht. Und zugleich hätte sie ihr gesamtes Geld darauf verwettet, dass es nur ihr neuer Schwiegervater sein konnte, dem das Patent auf die Wetterkontrolle gehörte. Doch das Hochzeitskleid? Dieses Rätsel trug Madeleines Handschrift in großen roten Buchstaben.

Julian und Soren standen am Rande des Pavillons und zogen ihre Aufmerksamkeit auf sich. Die beiden Männer waren in eine Unterhaltung vertieft wie zwei Diebe, die ihren nächsten Raubüberfall planten.

Was hatten sie vor? Camilles Neugier wuchs, bis sie in den nächtlichen Himmel reichte.

Nicht, dass sie erwartete, eine Nacht des Eheglücks mit Julian zu verbringen, doch der Gedanke daran, dass er in dieser Nacht mit einer anderen Frau schlief, schien einfach nicht richtig. Auch wenn sie ihre Ehe nicht vollzogen, dachte sie trotzdem irgendwie, dass sich heute Nacht alles nur um sie drehen sollte. Camille und Julian. Nicht Julian und Madeleine.

Am anderen Ende des Brautpaartisches saßen André und Tasha und flüsterten sich gegenseitig etwas ins Ohr. Andrés Arm lag auf der Rückenlehne von Tashas Stuhl, und er streichelte ihren Oberarm mit der anderen Hand. Sie ihrerseits hatte ihre Hand auf seinen Oberkörper gelegt und lehnte sich zu ihm, während sie ihm etwas ins Ohr flüsterte.

Camille hatte sie gebeten, das zu unterlassen. Sie konnte es nicht gebrauchen, dass ein niedergeschlagener Bruder von Julian die Situation weiter verkomplizierte. Es war schon schwer genug, sich bei der Sache ein ungebrochenes Herz zu bewahren, insbesondere jetzt, da der Weg enger zu werden schien.

Und als sie gerade dachte, dass dieser Tag nicht mehr schlimmer werden konnte, lud Madeleine sich genau aufs Stichwort dazu ein, sich auf Julians Stuhl zu setzen. Sie schaute Camille an und schenkte ihr eines jener falschen Lächeln, bei dem man dem Mädchen ins Gesicht hätte schlagen mögen.

»Amüsierst du dich?«, fragte Camille, fest entschlossen, einen zivilen Umgangston beizubehalten.

Madeleine runzelte die Stirn. »Du armes Ding.« Ihr Gesicht verzog sich zu einem schiefen Lächeln, dem ein Lachen folgte. »Wie lächerlich du aussiehst. Kein Wunder, dass dein Ehemann am anderen Ende des Raumes ist.«

Camille spielte mit dem diamantbesetzten Ring, den Julian über ihren Ringfinger gestreift hatte. Ihre Art, auf etwas hinzudeuten, das Madeleine nicht hatte. »Ich nehme an, dass die Lächerlichkeit im Auge des Betrachters liegt.« Camille zuckte mit den Schultern, auf dem besten Wege, den Kampf mit ihrem Stolz zu verlieren. »Wie fühlt es sich an, dem Mann, den man heiraten will, dabei zuzusehen, wie er jemand anderen heiratet?«

»Ziemlich genauso, wie es sich anfühlen wird, wenn er nachts nicht mehr in dein Bett kommt, weil er in meinem versunken ist.«

Camilles Kehle schnürte sich zu, und sie zögerte, während sie um die Kontrolle über ihre Emotionen rang. Tausende Reaktionen schossen ihr durch den Kopf. Wenn sie sich dieser Herausforderung nicht jetzt sofort stellte, würden sich die nächsten sechs Monate in eine Hölle verwandeln. »Du hättest wohl Lust auf ein Dauerzimmer hier in Pacifique de Lumière, nicht wahr?« Camille maß sie mit einem Blick, von dem sie hoffte, dass er vor Spott strotzte. »Du wirst erstaunt sein zu erfahren, wie viel Einfluss eine Ehefrau auf ihren Mann hat, wenn es um Liebhaberinnen geht.«

Madeleines sprödes Lachen verriet ihr schwindendes Selbstvertrauen, und sie griff nach einem Champagnerglas von dem Tablett eines vorbeigehenden Kellners.

»Täusch dich nicht, Madeleine«, sagte Camille, während ihre Selbstsicherheit stieg. »Du und ich werden nicht im selben Haus wohnen.«

Sie hatte nicht bemerkt, wie Julian an den Tisch kam, und war ein wenig erschreckt, als er sich nach unten zwischen sie beugte, sich jedoch an Madeleine wandte. »Ich hoffe wirklich, dass du jetzt keine Szene machen wirst.«

»Natürlich nicht, Liebling.« Sie streichelte mit ihren Fingerspitzen sehnsuchtsvoll seine Wange. »Deine neue Braut und ich haben nur ein paar Grundregeln aufgestellt.«

Julian drehte sich zu Camille und schenkte ihr ein Lächeln. »Entschuldigst du uns für eine Minute, Chérie?« Er wartete ihre Antwort nicht ab. Stattdessen hängte er sich an Madeleines Arm und zwang sie, vom Stuhl aufzustehen. Sein Ausdruck ließ keine Widerrede zu, und Camille war sich sicher, dass Madeleine nicht freiwillig mitging.

Sicherlich wollte Julian genauso wenig eine Szene wie Camille. Doch er musste verstehen, dass sie sich Madeleines ungehöriges Benehmen nicht gefallen lassen würde. Für kein Geld der Welt.

Julian schleifte Madeleine fast schon hinter sich her, als sie den Eingang zum Zelt erreichten. Draußen auf dem vom Regen durchnässten Rasen traten sie in eine Schlammpfütze. Madeleine stampfte mit dem Fuß auf und bespritzte sie beide mit dreckigem Wasser.

»Wie kannst du es wagen!« Sie züchtigte ihn mit einem dieser Todesblicke, für die sie berühmt war. »Wie kannst du es wagen, mich wie eine flüchtige und unwichtige Bekannte zu behandeln?«

»Madeleine, du bist ein Gast auf meiner Hochzeit.« Er presste die Worte hinter zusammengebissenen Zähnen hervor. »Das war nicht meine Entscheidung, aber du bist hier. Lass uns also zivil bleiben, und tust du mir einen Gefallen?«, fragte er, wartete jedoch ihre Antwort nicht ab. »Halte dich von meiner Ehefrau fern.«

Nicht, dass es Julian gefiel, feindselig zu Madeleine oder irgendeiner anderen Frau sein zu müssen, doch er kannte sie zu gut. Höflichkeit bedeutete mehr als die wahre Absicht in ihren Augen. Dank seines aufdringlichen Vaters dachte Madeleine, dass es immer noch eine Möglichkeit für eine Art von Beziehung zwischen ihnen gab. Und das Letzte, was Julian wollte, war, dass Madeleine tatsächlich mit strahlenden Augen hier herumlungerte, nachdem Camille ihre Zeit hinter sich hatte.

»Julian …?« Eine Verzweiflung machte sich in ihrer Stimme breit und brachte sie dazu, ihn anzuflehen. »Sie kann dir nicht das geben, was du wirklich brauchst. Ich bin die Einzige, die das tun kann. Du weißt, dass ich weiß, was dich wirklich befriedigt und dir Freude bereitet.«

Tja, da hatte sie nicht ganz unrecht, auch wenn sie es nicht ahnte. Julians Ehefrau hatte deutlich gemacht, dass er von ihr nicht das bekommen würde, was er wollte, doch das würde ihn nicht davon abhalten, es zu versuchen. Eines wusste er jedoch, nämlich, dass in diesem Szenario kein Platz für Madeleine war.

Doch er hatte nicht vor, das Camille gegenüber zu bestätigen. Ihm kam es so vor, als hätte er mehr als einmal einen Hauch von Eifersucht auf Madeleine in ihren Augen gesehen. Und wo Eifersucht war, war auch eine mögliche Verführung.

»Sei doch vernünftig, Mädchen.« Sein mehr als unfreundlicher Ton kühlte die Luft zwischen ihnen ab. »Ich habe mich für jemand anderen entschieden. Zieh weiter.«

Er hasste es, den verletzten Blick in ihren Augen zu sehen, doch es war notwendig. Notwendig, um sie fernzuhalten, wenn Camille gegangen war, und Julian den pflichtbewussten, aber verlassenen Ehemann spielen musste. Er brauchte und wollte keinen Trost von Madeleine. Hoffentlich würde sein jetziger Umgang mit ihr sie dazu bringen, ihn nicht zu beachten, wenn die Zeit gekommen wäre.

»Du wirst es dir noch anders überlegen.«

Das war schlimmer, als er angenommen hatte, und verlangte nach drastischeren Maßnahmen. »Pack deine Sachen. Ich will, dass du verschwunden bist, wenn ich wieder zurück bin.«

»Zurück? Wo willst du hin?«

»In meine Flitterwochen.«

Sie starrte ihn einen Augenblick lang an, als hätte sie noch etwas zu sagen gehabt, doch stattdessen nahm sie den Saum ihres Kleides und trottete über den Rasen auf das Haus zu.

Gut. Das wäre nun endlich erledigt ...

Julian drehte sich nun seinen Gästen zu. Als er die Menge überflog, war seine Braut auch weg. Er schaute auf die Uhr. Soren war jetzt vermutlich auf dem Rückweg. Wenn er Schwierigkeiten bei seiner Mission gehabt hätte, hätte er angerufen. Ein Anflug von Erleichterung beruhigte Julian. Wenigstens etwas würde heute gelingen.

Er ging zurück in das Zelt, genau zur rechten Zeit, um zu sehen, wie Papa von Andrés leerem Stuhl Besitz ergriff und Tashas Aufmerksamkeit beschlagnahmte. Julian traute Papa nicht, zumindest nicht ganz. Heimlichkeit war die beste Waffe. Julian ging am Außenrand des Zeltes entlang und zwängte sich durch den Hintereingang. Er hielt unbemerkt hinter einer Blumenwand neben dem Brautpaartisch an.

Der süße Duft von Lavendel überwältigte ihn, doch er fand ihn nicht annähernd so offensiv wie Madeleines Parfüm.

»Meine Liebe, es war so nett von Ihnen, alles stehen und liegen zu lassen«, sagte Papa, »und in letzter Minute zu Julians Hochzeit zu kommen.«

Papa hatte Camilles Namen absichtlich ausgelassen. Doch Julian hatte das Gefühl, dass Papas versteckte Andeutungen an Tasha abprallen würden.

»Na ja«, sagte Tasha mit einer ruhigen Stimme. »Nichts ist wichtiger als die Hochzeit meiner besten Freundin.«

Gut. Sie hält die Unterhaltung umgänglich und neutral.

»Ich hoffe, dass es Ihrem Chef nichts ausmacht und es keine Auswirkungen auf Ihre Arbeit haben wird.«

Papa fischte. Julian hoffte, dass Tasha nicht anbiss.

»Na ja, ich arbeite freiberuflich«, sagte sie höflich. »Und ich bin gerade zwischen zwei Aufträgen. Kein Grund zur Sorge also.«

Sie ist wirklich gut. Es würde Papa recht geschehen, wenn es André gelingen würde, ihr Herz zu erobern.

»Sie sind ein reizendes Mädchen, Tasha.« In Maurices Ton schwang eine nachsichtige Note. Das beunruhigte Julian. Es war Papas zweites Mittel, falls der Fisch nicht anbiss. »Sagen Sie, wo haben Sie und Camille sich kennengelernt?«

Ihre Antwort kam nach dem Bruchteil einer Sekunde voller Stille. »Camille und ich haben uns beim Schauspielunterricht kennengelernt.«

»Wirklich ... was Sie nicht sagen.«

Julian steckte die Hände in die Hosentaschen und tauchte hinter der Abtrennung auf. Kaum auszudenken, was geschah, wenn Papa herausfand, dass Camille Schauspielerin war. Ein netter Coup.

»Papa ...« Er bewegte sich auf den Tisch zu und setzte sich neben seinen Vater. »Du belästigst doch nicht etwa diese junge Dame hier, oder?«, fragte er in einem beiläufigen und scherzhaften Ton. Einem, von dem er wusste, dass Papa seinen versteckten Ernst erkennen würde. Julian war sich ziemlich sicher, dass der Mann ihn selbst erfunden hatte.

»Ich? Eine wunderschöne junge Dame belästigen?«, fragte er, als wäre das ein abwegiger Gedanke. »Überhaupt nicht.« Er fügte sein ausgelassenes Markenzeichenlachen hinzu, in dem Wissen, dass es die meisten Menschen einschüchterte.

Was Papa nicht wusste, war, dass es Julian seit einiger Zeit nicht mehr einschüchterte. Er hatte auf den perfekten Moment gewartet und sich entschieden, dass die Zeit für seine Forderungen reif war.

Julian beugte sich auf seinen Vater zu. »Wenn ich von meinen Flitterwochen zurückkomme –«, sein weicher Flüsterton stand im Widerspruch zu dem verhärteten Starren, das ihn gefangen hielt. Julian blinzelte nicht, »– will ich, dass Madeleine aus dem Haus verschwunden ist.«

»Junge, erwarte nicht, dass du mir sagen kannst, wen oder was ich in mein Haus einlade.« Maurices Stimme war leise, aber streng.

»Entweder sie geht, oder Camille und ich ziehen in die Stadt.« Julian spielte seine Karte, doch es war kein Bluff. Er war bereit, aus Pacifique de Lumière auszuziehen, weil das Einzige, was Maurice de Laurent noch mehr hasste, als gesagt zu bekommen, was er tun müsse, war, von seiner Familie verlassen zu werden. Julian grinste und lehnte sich in seinem Stuhl zurück. »Ich glaube, dass Claudette dich sucht.«

Papa drehte den Kopf hin und her, als wäre er ein Spion, während er nach seiner Frau Ausschau hielt.

Julian beugte sich näher zu ihm, bevor Papa ihm entwischen konnte. »Du weißt nicht zufällig, was mit dem Hochzeitskleid meiner Frau passiert ist, oder?«

Papa schaute erstaunt. »Denkst du, dass ich irgendetwas damit zu tun habe?«

Julian musterte sein Gesicht. »Mit einem Wort ... ja. Ich traue dir das glatt zu.«

»Julian, ich schwöre dir ...«, sagte er mit erhobener Hand wie bei einem Eid. »Ich habe nichts mit dem Verschwinden dieses Hochzeitskleides zu tun. Claudette würde mich dafür umbringen.«

Das stimmte. Mit Claudette war nicht zu spaßen, wenn es um Mode ging, noch dazu um teure Mode. Julian bezweifelte, dass Papa es riskieren würde, in Ungnade zu fallen, nur um Camille aufzubringen. Nein, es musste Madeleines Tat gewesen sein.

Er sah Camille im Seitenblick, wie sie auf ihn zuging, immer noch im selben der Länge nach geschrumpften Kleid. Sie hatte ihr Haar aufgelöst, und er fand, dass sie, auch wenn es ein wenig zu wild war, genauso ansprechend aussah wie vor dem Regen. Das perfekte Bild von Anmut, begrüßte sie ihre Gäste mit einem höflichen Lächeln und Handbewegungen, während sie an ihnen vorbeiging. Julian war voller Stolz.

Er erhob sich, zog ihren Stuhl heran und wartete. Sie lächelte, während sie sich setzte, und etwas an ihr beruhigte ihn. »Ich fragte mich gerade, wo du warst«, sagte er, als er auf seinen Stuhl zurückkehrte.

»Ich habe mich nur ein wenig frisch gemacht.« Sie überflog die Menge mit einem schnellen Blick. »Also, was steht auf dem Programm für heute Abend?« Sie richtete ihren Blick auf Julian. »Wir müssen aber vorher reden.«

Er lachte leise. »Wir werden noch genug Zeit haben, um über alles zu reden, was dein Herz begehrt. In den nächsten zehn Tagen wird es niemanden außer dir und mir geben ... na ja, dir, mir und einem kleinen Team.«

Camille musterte sein Gesicht. Zweifellos damit beschäftigt, das Rätsel um sein geheimnisvolles Team zu lösen. Doch er verriet ihr nichts.

»Werde ich es bereuen?«

Julian tat so, als würde er darüber nachdenken. »Nein«, sagte er mit einem Kopfschütteln. »Ich kann dir fast garantieren, dass du es lieben wirst.« Er lächelte und zwinkerte.

»Du bist ziemlich überzeugt von dir selbst, oder?«, fragte sie halb ernst, halb neckend.

»Ich kriege dich.« Julian fing ihren Blick auf und hielt ihn gefangen.

»Nicht so sehr, wie du es willst.«

»Bist du bereit?«

»Für ...?«

»Um ... wie sagt ihr Amerikaner das ...?« Er hielt inne und suchte in seinem Kopf nach der richtigen Wendung. »Eine massive Kurve zu kriegen?«

Camille kicherte. »Das ist so Neunzigerjahre-mäßig.« Sie betrachtete den Brautstrauß auf dem Tisch. »Aber ich habe noch gar nicht meinen Brautstrauß geworfen.«

»Du willst das wirklich tun?« Er verstand das Konzept nicht. Frauen waren extrem sentimental, und dass sie ihren Brautstrauß weggaben, ergab überhaupt keinen Sinn.

»Na ja, das ist nicht der, den ich auf dem Weg zum Altar getragen habe. Es ist ein Ersatz, den man ausdrücklich zum Werfen verwendet.« Sie griff nach den Blumen und bedachte André und Tasha mit einem Blick.

Julian blitzte sie über den Tisch an. Er konnte sein Vergnügen darüber, wie sein Bruder an Tashas Lippen hing und sich zum Clown machte, gerade noch im Zaum halten. Innerlich lachend, schaufelte er eine Handvoll Miniaturmünzen aus einer nahe gelegenen Schale auf und bewarf André damit, um ihn von Tasha wegzuziehen. Dann fand sein Lachen einen Weg nach draußen.

André starrte Julian an und sagte: »Was?«

»Du bist an der Reihe, kleiner Bruder«, sagte Julian. »Versammele alle alleinstehenden Frauen.«

Andrés Gesicht hellte sich mit einem Lächeln auf. »Das kann ich tun.« Er erhob sich und führte Tasha auf die Tanzfläche.

Als André eine große Anzahl von alleinstehenden Frauen um Tasha herum versammelt hatte, ergriff Julian Camilles Hand und führte sie zu der Bühne vor der Tanzfläche. Er drehte sie mit dem Rücken zu der Menge und zwinkerte mit den Worten: »Nicht gucken.«

»Du bist unverbesserlich.«

»Erzähl es niemandem«, sagte Julian, als André auf die Bühne sprang.

»Meine Damen … treten Sie näher«, überredete André sie mit fuchtelnden Händen. »Es ist so weit. Wer ist als Nächste dran?«

»André, wir wollen dich ganz vorn sehen, wenn Julian das Strumpfband wirft«, ertönte eine nicht identifizierbare Frauenstimme aus der Menge.

Julian konnte nicht anders und lachte weiter über André, wie er versuchte, sich mit Charme aus der Affäre zu ziehen. André legte die Hand auf die Brust und schüttelte bestimmt den Kopf. Brüderchen war nicht daran interessiert, der Nächste zu sein.

André konzentrierte sich auf Camille. »Okay, auf drei.« Er hielt inne und legte die Hand um das Mikrophon. »Wirf ihn einfach über die Schulter. Sie erledigen den Rest.«

Julian näherte sich Camilles Ohr. »Zehn Euro dafür, dass er diese Straußwerfgeschichte dazu verwenden wird, diejenige zu verführen, die ihn fängt.«

Camille schaute auf André. »Zehn Euro. Ist das viel?«

Andrés Lachen hatte Biss. »Okay, meine Damen ... los geht's.« Er ermutigte Camille mit einem sanften Stoß. »Eins. Zwei. Drei ...«

Sie warf den Strauß nach hinten über den Kopf, und er segelte in die Menschentraube der Singlefrauen. Die Blumen sprangen durch die Luft wie auf einem Sprungbrett, federten von Tashas Kopf ab und flogen hinter sie in Lecies Hände ... wo sie auch blieben.

Oh, Papa würde das nicht gefallen. Julian kicherte innerlich. Zumindest war sie vor Andrés Zauber sicher.

»Okay, Kumpel ...« Camille stieß seinen Arm an und wedelte mit den Händen. »Spuck's aus. Zehn Euro. Jetzt musst du blechen.«

Einer der Trauzeugen reichte einen Stuhl auf die Bühne. André wies Camille an, sich hinzusetzen. Sie schaute abwechselnd Julian und seinen Bruder ängstlich an. Julian warf ihr ein ermutigendes Lächeln zu und beugte sich zu ihrem Ohr. »Keine Sorge, Chérie. Ich werde einfach nur geschmackvoll dein Strumpfband abnehmen und es in eine Gruppe von uninteressanten und unwürdigen Vertretern des männlichen Geschlechts werfen.« Er küsste sie auf die Wange, und sie kicherte, als er vor ihr auf den Boden niederkniete.

»Er hat das schon mal gemacht«, schrie eine weitere namenlose Frau, und die anderen Frauen heulten auf.

Julian neigte den Kopf und lächelte der Meute zu, was sie dazu brachte, noch lauter zu jubeln. Er glitt mit der Hand unter Camilles Kleid und ihr glattes, nacktes Bein hoch. Der Gentleman in ihm hielt an, als er das Strumpfband gefunden hatte.

»Denke daran«, sagte André zu Julian, »Das hier muss jugendfrei bleiben.«

»Das weiß ich«, stieß Julian keuchend hervor. Hielt André ihn für einen Schuft? Er dachte, dass er ein wenig mehr Anerkennung verdiente.

Julian streifte das Strumpfband von Camilles Bein und dann ihrem Fuß ab. Er schwenkte es um seinen ausgestreckten Zeigefinger wie einen kleinen Hula-Hoop-Reifen. Als die Menge beinahe rasend wurde, warf er es in die Luft wie einen Preis.

Die Hochzeitsgäste jauchzten mit Pfiffen und beleidigenden Worten auf Französisch. Julian legte eine Hand um Camilles. Er überflog die Menge, um zu sehen, wer das Strumpfband gefangen hatte, doch entdeckte niemanden. Es hätte ihn nicht interessiert, wenn Lecie nicht den Strauß gefangen hätte und diese beiden nun miteinander tanzen würden.

Er beugte sich zu André. »Wer hat es gefangen?«

»Stephan Payette.«

»Sag diesem kleinen Stück Scheiße, dass er die Finger von Lecie lassen soll«, befahl Julian, während er versuchte, Schärfe und einen Hinweis darauf in die Botschaft zu legen. Er drehte sich zu Camille, und ihr Anblick besänftigte ihn. »Bist du bereit?«

Sie hob das Kinn und starrte kühl in seine Richtung.

»Vertrau mir«, sagte er.

Sie schaute ihn so an, als hätte sie das schon einmal getan und wüsste nun, wohin das führte. Julian zwinkerte ihr zu und drückte ihre Hand.

»Ja, okay.« Ihr zweifelnder Ausdruck verwandelte sich in einen Wunsch.

Julian zwinkerte ihr wieder mit steigendem Selbstvertrauen zu. Er zog seine Aufmerksamkeit von Camille weg und drehte sich ihren Gästen zu. »Auch wenn diese Party sehr spaßig ist …«, er lachte ulkig, »müssen meine Frau und ich uns nun verabschieden.«

Julian sprang von der Bühne und empfing Camille in seinen Armen. Er behielt sie dort, während er sich durch die Menge und zu der Limo kämpfte, die vor dem Haupteingang zum Zelt wartete. Soren stand am Auto.

Gut. Er war zurück. Das bedeutete, dass er seine Aufgabe erfüllt hatte.

Julian setzte Camille ab, und Soren öffnete die Autotür. Sie glitt hinein, und Julian lehnte sich an die geöffnete Tür mit der Bewegung, Soren möge nähertreten. Er kam auf Julian zu.

»Hast du dich darum gekümmert?«, fragte Julian.

»Ja, Sir. Es ist im Safe auf dem Boot.« Soren faltete die Hände hinter dem Rücken, und ein Lächeln erhellte sein Gesicht. »Sie wird sich darüber freuen, Sir.«

»Gut.« Julian klopfte ihm auf den Arm und stieg in das Auto.

»Gute Reise, Sir«, sagte Soren beim Schließen der Tür. Während Julian und Camille Flitterwochen machten, ging Soren in seinen eigenen, wohlverdienten Urlaub. Er hatte ihn sich mit seiner einwandfreien Treue verdient.

Julian drehte sich zu Camille und legte den Arm auf die Rückenlehne des Sitzes.

»Sagst du mir, wohin wir jetzt fahren?«, fragte sie interessiert.

»Nein.« Julian grinste.

Sie seufzte und gab ihm einen Klaps auf sein Knie. »Warum nicht?«

»Es ist eine Überraschung.« Julian griff nach der Champagnerflasche, die im Eiswürfelbehälter lag. Er holte zwei Gläser hervor, die im Nebenfach lagerten, hielt sie zwischen den Fingern einer Hand fest und füllte sie mit dem schäumenden Getränk. Er legte die Flasche wieder auf das Eis und reichte ihr ein Glas.

Sie schaute ihn etwas länger als nötig mit Misstrauen an, während sie die Finger um den Glasstiel legte. Nach einer Weile schloss sie die Augen und schlürfte den Champagner.

Julian benutzte die Gelegenheit, sie ungestört zu betrachten, und versuchte, ihre unlesbaren Züge zu entziffern. Auch wenn er kläglich daran scheiterte, beruhigte ihre Nähe ihn trotzdem.

Sie öffnete langsam die Augen und fixierte ihn. »Also, warum willst du mir nicht sagen, wohin wir fahren?«, fragte sie wieder, diesmal hartnäckiger.

»Das habe ich dir bereits erklärt.« Er schüttelte den Kopf. »Es ist eine Überraschung.«

»Okay, wie lange werden wir weg sein?«

»Etwa zehn Tage.«

»Zehn Tage?«, wiederholte sie. »Machen wir *Flitterwochen*?«

»So sieht es aus.« Er durfte nicht zu eifrig klingen. Frauen fanden Eifer an einem Mann niemals attraktiv. »Wir müssen ein Bild aufrechterhalten, Chérie.«

»Ja …« Das kurze Wort wurde schwächer und verwandelte sich in ein langes, leises Seufzen, und das Lächeln schwand aus ihrem Gesicht.

Vermutlich war sie diese ganze Maskerade leid. Er konnte es ihr nach diesem Tag nicht verübeln. Mit etwas Glück würde er das alles mit einer kurzen Reise in den Jachthafen ändern.

Wenn nicht, würden das sehr lange und einsame zehn Tage werden.

KAPITEL ZWÖLF

CAMILLE WURDE keine Verschnaufpause gewährt. Der Regen hatte wieder angefangen und kam nun als wolkenbruchartiger Regenguss herunter, nachdem die Limo am Jachthafen angekommen war. Die Frage, weshalb sie hierhergekommen waren, drohte sie zu verschlingen, aber es gelang ihr, sich nicht mehr damit zu befassen. Sie versuchte, aus dem Autofenster einen Blick zu erhaschen, doch der strömende Regen verzerrte die Aussicht. Alles, was sie erkennen konnte, waren verwischte Strukturen von Luxusjachten.

»Wir warten ein wenig, bis der Regen schwächer geworden ist«, sagte Julian, als das Auto neben einem gewaltigen Schiff hielt.

»Und dann?«, fragte Camille. Sie hatte vor langer Zeit gelernt, keine Annahmen zu treffen.

»Dann gehen wir auf das Boot.«

»Das Boot?« Sie bemühte sich, die Begeisterung hinter einem stoischen Gesichtsausdruck zu verstecken, war sich jedoch nicht sicher, ob es ihr gelang.

Julian beugte sich zu ihr. Sie wünschte sich, dass er das nicht tun würde. Ihm so nahe zu sein war zu verlockend. Seinem Zauber in den nächsten sechs Monaten zu widerstehen, könnte sich als schwerer herausstellen, als sie gedacht hatte.

»Ja, die Naoma Louise«, sagte er in einem gebrochenen Flüsterton.

»Na, dann ist ja alles klar.« Sie kicherte, mehr über sich selbst als über etwas anderes. Sie schaute aus dem Fenster. Es goss immer noch in Strömen. »Ist das dieses hier?«, fragte sie, während sie auf den verschwommenen Fleck zeigte, neben dem sie geparkt hatten.

»Ja. Das ist die Naoma Louise.«

»Die Naoma Louise?« Sie starrte blind auf die verzerrte Gestalt. »Hat der Name etwas zu bedeuten?«

»Das ist der Name meiner Mutter.«

Ein schwacher Anflug von Trauer überkam sie und brachte ihre Schultern zum Beben.

»Ist dir kalt, Chérie?«, fragte er aufmerksam.

»Nicht im Geringsten«, sagte Camille mit einem Kopfschütteln.

Sie schaute auf ihr Kleid. Es war nicht so, als könnte man es noch mehr ruinieren als es ohnehin schon war. Und außerdem sah das riesige verschwommene Gebilde viel größer aus als das Auto, in dem Julian und sie festsaßen. Sie konnte etwas Abstand zwischen ihnen gebrauchen, und vielleicht auch trockene Kleidung zum Umziehen.

»Zum Teufel.« Sie zuckte mit den Achseln und warf die Hände in die Höhe. »Lass uns gehen.« Sie hielt sich an dem Türgriff fest.

Er schaute sie überrascht und neugierig an. »Jetzt? Im Regen?«

»Komm schon ... wo ist deine Abenteuerlust?« Sie waren heute schon einmal nass geworden. Ein weiteres Mal würde auch nicht mehr schaden.

»In Ordnung.« Er rang sich schließlich dazu durch. »Aber warte hier. Ich mache die Tür für dich auf.«

Was für ein Gentleman. Sie freute sich insgeheim darüber.

Julian öffnete seine Tür und entschwand im dunklen Regen. Sekunden später öffnete sich die Autotür, und ein Stoß von kaltem Regen prasselte auf Camille und das Innere der Limo nieder. Sie schirmte ihr Gesicht mit einer Hand ab und nahm Julian mit der anderen an die Hand, während sie auf den nassen Bürgersteig trat und sich in den Sturm begab. Sie rannten, und sie wünschte, sie hätte die Schuhe ausgezogen, da sie Angst hatte, auf dem glatten Boden auszurutschen.

Julian führte sie an Bord des Schiffes und in die Lounge auf dem Hauptdeck. Er schloss die Tür zwischen ihnen und dem Regen, und Camille ließ den Atem los, den sie zuvor angehalten hatte.

Beide entfernten sich ihre nassen Haare aus den Gesichtern und erfüllten den Raum mit Gelächter.

»Was hältst du davon, wenn wir aus diesen nassen Klamotten schlüpfen?«, fragte sie und sah in seinem Lächeln sofort den Wunsch, einen spöttischen Kommentar abzugeben. »In etwas Warmes und Trockenes, meine ich«, fügte sie hinzu, da sie nicht wollte, dass es wie ein verzweifelter Anmachversuch aussah.

Julian legte seine Hand auf ihr Kreuz. »Unsere Kabine ist hier entlang.«

Kabine. Singular, nur eine. Camilles Körper begann zu vibrieren.

Von wetteifernden Gefühlen der Vorfreude und Angst verzehrt, ließ sie sich widerstandslos in einen Innenkorridor führen. Am Ende des Flures öffnete Julian die Tür zu der Schiffskapitänssuite. Die Größe des Zimmers kam derjenigen von Camilles Wohnung in L.A. gleich, doch das war auch das Einzige, was die beiden Räume gemeinsam hatten. Die Holzverkleidung bestand aus Buchen- und Walnussfurnierblättern, und ein Dämmerlicht verlieh dem Zimmer eine warme und angenehme Atmosphäre.

»Du findest die Kleidung im Ankleideraum neben dem Badezimmer.« Julian deutete auf eine Tür am anderen Ende des Zimmers.

Das sandfarbene Ahornbadezimmer wiegte sie in Wärme und Gelassenheit. Von dem seidigen Glanz des Zimmers fasziniert, schloss Camille die Tür zwischen sich und Julian.

»Chérie ...«, seine Stimme vermischte sich mit dem sanften Klopfen an der Tür. »Ich gehe wieder in die Hauptlounge. Komm bitte dorthin, wenn du fertig bist.«

»Alles klar«, sagte sie laut genug, dass ihre Stimme durch die Wände dringen konnte. Sie zögerte und schaute sich im Spiegel an. Ihrem Haar war nicht mehr zu helfen, da es heute bereits zweimal nass geworden war. Ihr Make-up war fleckig, da manche Stellen dem Angriff des Regens besser getrotzt hatten als andere.

Ihre gesamten Körperpflegemittel befanden sich zu ihrer Bequemlichkeit auf der Ablagefläche oder in den Schubladen. Alles war gründlich vorbereitet worden, bis zur letzten Kleinigkeit. Sie wettete, dass ihre Kleidung bereits ausgepackt und im riesigen begehbaren Kleiderschrank verstaut worden war. Was sie nicht erwartet hatte, waren bequeme Sweatshirts und oversized T-Shirts. Ein Lächeln breitete sich von ihrem Herzen auf ihr Gesicht aus, da Julian sich daran erinnert hatte, was sie gern in ihrer Freizeit trug.

Würden Julian und seine Angestellten in den nächsten sechs Monaten auf jeden ihrer Wünsche und Bedürfnisse eingehen?

So ließ es sich leben. Doch das war ein Leben, an das sie sich nicht gewöhnen durfte, weil es nicht ihres war. Sie lebte nicht dauerhaft wie die Made im Speck. Auf der anderen Seite existierte keine Regel, die besagte, dass sie es nicht genießen durfte, während sie die Möglichkeit dazu hatte. Und genau das wollte sie auch tun.

Sie rieb das halb abgetragene Make-up vom Gesicht und trug eine dünne Schicht losen Puders auf, um sich vom Glanz zu befreien. Statt eines Lippenstifts entschied sie sich für einen Spritzer aromatisierten Lippenbalsams, eher wegen seines Feuchtigkeitsgehaltes als aus anderen Gründen. Sie hasste trockene, spröde Lippen.

Die feuchten Spaghettiträger des Kleides glitten leicht ihre Schultern herunter, und sie schüttelte es von sich und ließ es zu Boden fallen. Sie hob es auf und hängte es an einen freien Haken neben ein paar Plüschbademäntel und ein paar andere, die aussahen, als wären sie aus Seide.

Auf dem Tresen stand ein kleines Fläschchen Parfüm, und Neugier zwang sie, es näher zu untersuchen. Die Bezeichnung war auf Französisch, und sie hatte Mühe, es zu lesen, doch sie dachte, dass es etwas mit Blumen oder vielleicht mit der Sonne zu tun hatte. Sie wusste es nicht. Sie drückte auf den goldverkappten Sprühkopf und roch die Luft. Der Duft erinnerte sie an Orangenblüten.

Camille zuckte mit den Schultern und besprühte ihren nackten Körper damit. Sie wollte zuerst eine Sweathose und ein T-Shirt anziehen, entschied sich jedoch für einen Bademantel.

Es ist Seide, dachte sie, während sie sich in den luxuriösen Stoff hüllte und genoss, wie er sich auf der nackten Haut anfühlte.

Sie ging in das Schlafzimmer zurück und hielt einen Moment lang inne. Ließ der Bademantel sie promiskuitiv erscheinen? Und wenn schon, wen interessiert's? Sie räumte das Unbehagen beiseite und öffnete die Tür. Julian war ihr Ehemann, und sie mussten zumindest so aussehen, als wären sie intim miteinander, insbesondere den Angestellten gegenüber – von denen sie stark vermutete, dass sie alles Maurice berichteten.

Die rote Seide schmiegte sich an ihren Körper, während sie durch den Flur und in die Hauptlounge des Schiffs schlenderte.

Eine graubraune Couch stand an der weit entfernten Wand, umrandete beide Ecken und nahm fast die Hälfte der Zimmergröße ein. Dutzende von Kissen von der Farbe cremiger Butter, purpurrot und blassgrün, lagen auf der Couch, um den Gästen zusätzlichen Komfort bieten zu können. Kunstwerke hingen an den Wänden darüber, und Kunstgegenstände, vermutlich unbezahlbare, waren strategisch überall im Zimmer verteilt. Alles hatte einen weiblichen Touch. Claudette war besser als die meisten Raumausstatter.

Julian saß auf einem Hocker an der Bar, die in die Ecke eingebettet war, und trug nichts außer einer Sweathose. Das schwarze Fleece umspannte seine Taille, und die Farbe lenkte nicht von den gemeißelten Muskeln ab, die sich unter seiner gebräunten Haut abzeichneten. Seine ebenholzfarbenen Locken, immer noch feucht vom Regen, glänzten im weichen Licht, das auf den Bartresen fiel.

Camille untersuchte das Zimmer noch einmal. Die Couchmitte lag auf einer direkten Linie zu seinem Hocker und schien ein guter Aussichtspunkt zu sein. Sie ließ sich auf das Sofa fallen und bedeckte eine große Fläche mit ihren übereinandergeschlagenen langen Beinen.

Als sie hochblickte, sah sie, wie Julian sie anstarrte. Ihr Herz schlug vor Angst gegen ihren Brustkorb. Niemand hatte sie jemals so angeschaut.

Ein Donnerschlag rollte und vibrierte durch das Boot und erschütterte Camilles Ruhe. Sie sprang hoch und eilte zum Fenster mit dem Blick auf den rauen Seegang. Hoffentlich würden sie nicht in diesem Chaos die Segel setzen.

Sie holte tief Luft und drehte sich zu Julian, während sie auf das Fenster zeigte. »Wir fahren nicht bei diesem Wetter, oder?«

»Nein.« Er schüttelte den Kopf. »Wir warten, bis der Sturm sich gelegt hat. Vermutlich morgen.« Er leerte sein Glas und goss sich nach. »Kann ich dir einen Drink bringen? Abendessen gibt es in etwa einer halben Stunde.«

»Klar.« Sie verschränkte die Arme und drehte sich wieder zum Fenster, eingeschüchtert von der Stärke des Sturms.

Camille hatte das Gefühl, dass sie einen Drink brauchte. Oder auch mehrere. Bei dieser Bootsgeschichte – sie hatte niemals gelernt zu schwimmen – und einem schleichenden Verlangen nach Julian – ihrem Ehemann nur dem Namen nach – würde sie jede Hilfe brauchen, die sie finden könnte.

Julian erhob sich und schlenderte hinter die Bar. Er hatte geahnt, dass sie einen Drink wünschen würde und bereits Champagner kühl gestellt, nachdem er seine nasse Kleidung abgelegt hatte. Es freute ihn immer wieder, wenn seine Ahnungen sich bewahrheiteten.

Camille legte in wachsender Unruhe die Hände auf den Rücken. Julian vermutete, dass es wegen des verschwundenen Kleides war. Das hätte ihn nicht gewundert. Er konnte sie nicht dafür tadeln, dass sie nachdenklich wirkte. Erst die Sache mit dem Kleid. Und dann noch der Regen. Sie hatte anmutig und tapfer die Zeremonie durchgestanden, mit nassen Haaren und dergleichen, in einem der Outfits, das er ihr in dieser Woche gekauft hatte.

Julian dachte immer noch, dass Madeleine etwas mit dem Verschwinden des Kleidungsstücks zu tun hatte.

Es ließ Madeleine ziemlich dumm aussehen, und hoffnungslos noch dazu. Hatte sie allen Ernstes geglaubt, dass ein verschwundenes Kleid die Hochzeit aufhalten könnte? Glücklicherweise war das nur eine Geschäftsabmachung, und während Camille ihr Bedauern darüber zum Ausdruck gebracht hatte, das Kleid nicht tragen zu können, hatte sie sich bereitwillig und anmutig bereit erklärt, jedes andere Outfit zu tragen, das passte.

Er nahm ein paar Gläser von der Ablage, setzte sie auf den Tresen und griff nach der Flasche gekühlten Champagners.

Sobald er in Erfahrung gebracht hatte, was Madeleine mit dem Kleid angestellt hatte, würde er es finden und Camille als Geschenk übergeben, damit sie es tragen könnte, wenn sie bereit war für eine echte Heirat.

André sollte noch mal denken, dass Julian selbstsüchtig war. *Das* würde nur *zeigen, wie wenig er von ihm wusste.*

Es hatte geblitzt, und für einen kurzen, aber willkommenen Augenblick ihre Schönheit erleuchtet. Unter dem seidenen Morgenrock zeichneten sich die Kurven ihrer wohlgeformten Figur ab, während sie sich der Bar näherte und auf einen Hocker hüpfte. Lose Strähnen ihres immer noch feuchten blonden Haares umrahmten ihr makellos hinreißendes Gesicht und machten es weicher.

Julian schenkte den Champagner ein und reichte ihr ein Glas. »Du hast heute sehr gut durchgehalten mit dem Ersatzkleid bei der Zeremonie.«

Sie legte die Finger um den Glasstiel. »Na ja, es ist nicht so, als wäre es sehr wichtig.« Sie schlürfte den Champagner. »Omen zählen nicht bei arrangierten Ehen.« Sie lächelte mädchenhaft und überschwemmte Julian mit dem Wunsch, sie zu küssen.

»Omen?« Er ging um die Bar herum und setzte sich auf den Hocker neben sie.

»Nun ja, wenn wir wirklich geheiratet hätten ... hätte ich es ein Zeichen genannt.«

»Vielleicht ist es trotzdem ein Zeichen.«

»Ach was, so funktioniert das nicht.«

»Und wie funktioniert es dann?«

»Es ist nur ein schlechtes Zeichen, wenn wir tatsächlich verliebt wären.«

»Wer sagt denn, dass Zeichen schlecht sein müssen?«

»Ein verschwundenes Kleid ist schlecht.« Sie glitt den Barhocker herunter und bewegte sich auf ihren ursprünglichen Sitzplatz auf der Couch zu.

»Ich verstehe, warum du so denkst.« Er folgte ihr, während er sein Glas leerte.

Sein leeres Champagnerglas klirrte, als es die Marmorplatte des Couchtisches berührte. Julian setzte sich und ließ etwas Abstand zwischen sich und Camille, lehnte sich zurück und schaute sie an. Es ist eine Schande, dass so eine Frau wie sie – mit all ihrer Schönheit, ihrem Witz und Charme – keine echte Hochzeitsnacht nach der äußerst rechtmäßigen Zeremonie bekommen würde.

»Was denkst du, ist mit dem Kleid passiert?« Camilles zarte, süße Stimme unterbrach seine glücklichen Gedanken.

Sie hätte dreimal raten dürfen, wobei die ersten beiden Versuche nicht zählten. Mit einem Wort – Madeleine. Doch ohne Beweise fühlte Julian sich nicht wohl dabei, Anschuldigungen zu äußern. »Ich kann nur raten, Chérie.«

»Ja, und die ersten beiden Versuche zählen nicht.«

Was zum Teufel? Ein manisches, wirres Gefühl schmetterte Julians Herz zu Boden. Er schluckte die Panik herunter und zog sein Herz im Brustkorb hoch. »Wenn wir wieder in Marseille sind«, sagte er, während er sich zwang, sich zu entspannen, »werde ich herausfinden, was mit deinem Kleid geschehen ist.«

»Na ja, ich nehme an, dass es nicht so wichtig ist.« Sie zuckte enttäuscht mit den Schultern. »Es ist nicht so, als hätte man etwas vermasseln können, indem man es stahl.«

Ihre Worte ließen keinen Zweifel. Sie vermutete, genauso wie Julian, dass jemand, wahrscheinlich Madeleine, das Kleid gestohlen hatte.

»Aber es ist dein Kleid, Chérie«, sagte er, während er den Arm auf der Rückenlehne des Sofas ausstreckte. »Wie die Umstände auch sein mögen. Es gehört dir.«

Sie lächelte und schien sanftmütiger zu werden. Ihr Gesicht bekam einen gefälligen Ausdruck. »Du bist ein schrecklich netter

Kerl, Julian.« Ihre Lippen zitterten. »Kein Wunder, dass Madeleine ausgerastet ist.«

Julian lachte. Teilweise, weil das Letzte, wofür man ihn halten sollte, *ein netter Kerl* war, doch hauptsächlich, weil er ihren amerikanischen Standpunkt urkomisch fand. *Ausgerastet.* Wie amüsant.

Ein Bediensteter erschien auf der Türschwelle zu dem Bartresen. Er wartete, bis Julian ihn mit einem leichten Nicken grüßte.

»Guten Abend, Sir«, sagte er. »Werden Sie und Mrs de Laurent hier speisen, oder ziehen Sie einen der Essbereiche vor?«

Julian blickte Camille an. Sie zuckte mit den Schultern und schaute unbedarft zurück. Er dachte an ein romantisches Abendessen mit Kerzenschein oben auf dem Deck mit Blick aufs Meer, doch es regnete immer noch. Hier in der Lounge zu essen, kam gar nicht in Frage. Er besaß nicht viele Erinnerungen an seine Mutter, doch eine der wenigen, die er hatte, betraf dieses Zimmer. Sie hatte ihm bis auf die Vorspeise niemals erlaubt, in diesem Zimmer zu essen.

»Das Esszimmer«, sagte er.

Eine Stunde später aßen Julian und Camille ihren Nachtisch auf, der aus Schokoladenmousse und frischen Erdbeeren bestand.

Er griff nach seinem Weinglas, um das Feuer zu löschen, das Camille mit ihrem Anblick im Kerzenschein in ihm entfacht hatte. Ihre Kristallaugen funkelten im Schein der Flamme. Ihr Mund war einladend und flehte danach, geküsst zu werden – lange, langsam und intensiv.

Ein stöhnendes Verlangen belegte Julians Kehle. Er kaschierte es mit einem kontrollierten Räuspern.

Camille sah aufgewühlt aus. Wie sollte er sie dazu bringen, sich zu entspannen? Weshalb war sie so aufgedreht? Sicherlich war das Kleid kein Thema mehr. Selbstverständlich verstand er, dass die ganze Odyssee um das verschwundene Kleid aufwühlend sein konnte, doch er und Camille waren nicht wirklich einander zu etwas verpflichtet. Es war nicht so, als wäre es ein echtes Omen. Sie hatte darauf hingewiesen. Vielleicht war das alles nur Show. Eine echte Braut wäre am Boden zerstört gewesen. Und Camille war schließlich eine Schauspielerin.

Doch er wurde das Gefühl nicht los, dass da noch etwas anderes war, was ihre Angst verursachte. Sie fuchtelte die ganze Zeit mit ihrem Besteck herum. Sie schnitt, stocherte und rührte das Essen auf ihrem Teller um während des ganzen Abendessens und bis hin zum Dessert. Schließlich legte sie die Gabel mit den Zinken am Tellerrand ab und richtete ihren Blick auf ihn.

»Wir müssen reden.« Sie legte die Handgelenke auf die Tischkante und rieb ihren Daumen gegen den Zeigefinger.

Ah, vielleicht finde ich jetzt heraus, weshalb sie so aufgebracht ist. Julian seufzte. Wenn er wusste, was sie störte, könnte er es beheben. Es gab immer einen Weg, die Enttäuschung einer Frau verschwinden zu lassen. Man musste nur wissen, wie man es anstellen sollte, und Julian war ein Experte auf diesem Gebiet.

»Was bedrückt Dich?«, fragte er und eröffnete ihr somit alle Möglichkeiten.

»Schau, ich weiß, wo du und ich in unserer Ehe stehen«, sagte sie einleitend. »Aber du hast mehr als einmal betont, dass du möchtest, dass es echt aussieht.«

Dieser Gedanke weckte alte Ängste. »Jeder, einschließlich meiner Familie, muss denken, dass unsere Ehe echt ist.« Offenbar beunruhigte sie das, und er wollte wissen, wieso. »Denkst du, dass jemand nicht an die Echtheit glaubt?«

»Na ja ...« Sie zögerte und rutschte unruhig hin und her. »Manche könnten die Aufrichtigkeit unserer Gefühle anzweifeln, besonders wenn deine *Bettnummer* in der Nähe ist.«

»Bettnummer?«

Sie fuhr sich mit der Hand nervös durch das Haar. »Ich meine, ich weiß, dass es mich nichts angeht und so weiter, aber es ist schwer, von Leuten zu erwarten, dass sie unsere Ehe für echt halten, wenn es erkennbare Anzeichen gibt, die auf anderes hindeuten.«

Irgendwo zwischen ihren Ausführungen hatte sie nicht ganz unrecht. Madeleine war der ganze Grund für diese Ersatzehe. Das stützte Camilles Argumentation. Doch Julian war das bereits klar geworden – weshalb er bei dem Empfang Maßnahmen ergriffen hatte, um die ungünstigen und problematischen Sorgen aus dem Weg zu räumen.

Zu Julians Erstaunen schien Camille außerdem etwas eifersüchtig auf Madeleine zu sein, und er wusste, dass nichts verlockender war, als ein Mann, der von einer anderen Frau begehrt wurde. Insbesondere, wenn die beiden Frauen nichts füreinander übrig hatten. Er war sich ziemlich sicher, dass Camille nicht viel von Madeleine hielt.

»Ich verstehe deinen Standpunkt.« Er lehnte sich in seinem Stuhl zurück und schenkte ihr sein einstudiertes, einnehmendes Grinsen. Dasjenige, das die Damenwelt um den Verstand brachte. »Es ist vermutlich keine gute Idee, wenn eine scheinbar harmlose Kleinigkeit in unseren ansonsten perfekten Plan Löcher reißt.«

»Dann musst du Madeleine wirklich in Schach halten.«

Kluges Mädchen. Sie beseitigte den Dorn im Auge und tat das diplomatisch. Wer hätte etwas gegen ihre Argumentation vorbringen können?

»Ich habe mich bereits darum gekümmert.« Es war am besten, sie wissen zu lassen, dass sie über Madeleine gesiegt hatte. Er rechnete damit, dass es ihm Punkte bei ihr einbringen würde. »Entweder ist sie weg, wenn du und ich wieder zurück sind, oder wir ziehen in die Stadt.«

Genau wie er vermutet hatte, breitete sich ein Siegeslächeln auf ihrem Gesicht aus. »Wirklich?«

»Fällt es dir schwer, das zu glauben?«

»Na ja, schon. Irgendwie.«

»Warum?« Er hatte Madeleine keine besonderen Gunstbezeugungen zukommen lassen, seit er und Camille aus Amerika zurückgekommen waren. Vielleicht hatte es etwas damit zu tun, dass Madeleine im Hause zu Gast war.

»Na ja, weißt du ...« Ihre Worte verwandelten sich in ein gedämpftes Flüstern, und sie blickte schüchtern weg.

Julian legte die Hand auf den Tisch und bedauerte es, dass sie so weit voneinander saßen, dass er sie nicht berühren konnte. »Chérie ...?«

»Schau, ich weiß, dass es mich wirklich nichts angeht, was du mit wem tust.« Ihr Ton wurde von einer eifersüchtigen Verzweiflung angetrieben. »Aber da du derjenige bist, der möchte, dass es echt aussieht, solltest du vielleicht bei deinen Tändeleien mit Madeleine etwas mehr Umsicht walten lassen.« Sie sah fast verlegen aus.

Julian lachte. Camille dachte, dass er eine Affäre mit Madeleine am Laufen hatte. Und sie war eifersüchtig. Ha. Wer hätte das gedacht. »Hat sie dir gesagt, dass wir ...?« Oder vielleicht mochte sie nicht, wenn man ihr das so an den Kopf warf.

»Ja.« Camille nickte. »Mit anschaulichen Details.«

Kein Wunder, dass sie wütend war.

»Chérie, hast du es vergessen ...?« Er hielt inne und schaffte es, sein Lachen nur in Gedanken zu halten. »Madeleine ist der Grund, warum ich dich geheiratet habe.«

Ein qualvoller Blick erschien auf ihrem Gesicht. »Ich verstehe das einfach nicht.« Sie hielt inne und machte eine Handbewegung in der Luft. »Warum hast du sie nicht einfach geheiratet? Heute Morgen in deinem Zimmer hat sie klar gemacht, dass du deine Affäre fortführen würdest.«

»Wovon redest du?« Er versuchte, seine Verwirrung zu überspielen, doch sein Ton klang kühl und missbilligend.

»Sie war heute Morgen in deinem Zimmer.«

»Nein, war sie nicht.«

»Doch, war sie.«

»Wann?« Es war unmöglich, dass Madeleine sich in seinem Zimmer aufgehalten hatte, und er begriff nicht, warum Camille anderer Meinung war.

»Oh, sie war da. Du warst unter der Dusche.«

Er schüttelte den Kopf, kaum glaubend, dass Madeleine so unverschämt war. »Sie muss hereingekommen sein, als ich in die Dusche gegangen bin.«

»Natürlich.« Camille schloss die Augen und schien sich von der Wirklichkeit einholen zu lassen. »Du sagtest, dass sie das tun würde.« Sie schüttelte den Kopf langsam und rhythmisch und schaute Julian an. »Ich fühle mich wie ein Idiot«, sagte sie und lachte fast über sich selbst. »Sie hat angedeutet, dass sie dort die ganze Nacht über gewesen ist.«

Ein Gefühl der Traurigkeit ließ eine lange spröde Stille aufkommen. Er schüttelte reumütig den Kopf. »Sie ist verrückt. Sie war letzte Nacht genauso wenig in meinem Zimmer, wie ich in deinem.«

»Du hattest ja gesagt, dass sie es so einrichten würde, dass ich euch beide zusammen im Bett erwische«, sagte Camille. »Mir war bloß nicht klar, dass es eine Scharade sein würde.«

Er fühlte sich jetzt schlecht, da Madeleine – die dachte, dass die Ehe echt war – seine Ehefrau mit einer fingierten Affäre konfrontiert hatte.

»Chérie, es tut mir so leid.« Er schloss für eine oder zwei Sekunden die Augen und schaute Camille dann wieder an. »Auch wenn es eine Geschäftsabmachung ist, verdienst du es nicht, gedemütigt zu werden.«

Ihre Wangen bekamen einen rötlichen Ton. Er konnte es sehen, sogar im schwachen Licht der Kerzen.

Sollte er seinen Zug machen? Oder sollte er ihr eine gute Nacht wünschen und sie mit dem allein lassen, was sie soeben erfahren hatte?

Er musste sehr vorsichtig sein. Eine zu voreilige Bewegung könnte seine Chancen für immer zunichtemachen.

KAPITEL DREIZEHN

IRGENDWANN IN DER NACHT hatte der Sturm sich beruhigt, und die Naoma Louise war in See gestochen. Für Camille allerdings war die Nacht unruhig geblieben. Was hatte sie dazu bewogen zu denken, dass sie eine sechsmonatige Scheinehe mit einem Mann wie Julian de Laurent führen könnte, ohne einen verzehrenden Wunsch zu entwickeln, mit ihm Sex zu haben?

Die ganze Nacht über war er in ihren Gedanken, ihren Träumen, ihrem Herzen. Der einzige Ort, an dem er nicht war, war ihr Bett. Und das war genau der Ort, an dem sie ihn nicht abgewiesen hätte, auch wenn es klug gewesen wäre. Doch er hatte auf dem Sofa in ihrem Schlafzimmer geschlafen.

Das hatte unbequem ausgesehen, doch augenscheinlich war er fast augenblicklich eingeschlafen und nicht einmal aufgewacht, als sie heute Morgen angefangen hatte, im Bad herumzuhantieren.

Ein strahlend blauer Himmel und Sonnenschein schienen zum Fenster herein. Sie schlüpfte in einen schwarzen Bikini, der ihr passte, als wäre er extra für sie angefertigt worden. Camille musterte sich im Spiegel und war überrascht, wie gut sie aussah. Sie griff sich ein Handtuch und ihre Sonnenbrille und begab sich nach draußen.

Als sie ein Schwimmbecken auf dem Oberdeck vorfand, war Camille überrascht und erfreut. Sie schnappte sich einen Liegestuhl und machte es sich bequem. Eine Weile sog sie den Anblick des offenen Meeres ein, um sie herum nichts als Wasser und kleine Punkte Land weit in der Ferne. Bald jedoch döste sie vor sich hin.

Sie war sich nicht sicher, wie viel Zeit vergangen war, seitdem sie eingeschlafen war, doch sie hörte Schritte auf dem Deck, und Camille öffnete hinter der Sonnenbrille die Augen. Der Anblick von Julian, der dunkelgrüne Boxershorts trug, beglückte ihr Herz. Sie musste schlucken. Dieser Anziehung zu folgen – wie sehr sie es auch wollte – wäre gefährlich, denn in sechs Monaten würde er sie abblitzen lassen.

Seine Augen durchleuchteten sie kühn, und sein Mund wurde weicher. »Guten Morgen, Chérie.« Er setzte sich rittlings auf den Stuhl neben sie. »Ich hoffe, du hast heute Nacht gut geschlafen?«

Nein, verdammt nochmal. Es war die schlimmste Nacht ihres Lebens. Und wie konnte er es wagen, sie so zu necken? »Ja, danke.« Glücklicherweise hatte sie Lidschatten, um ihre Augenringe zu kaschieren, die ihrer Lüge vermutlich widersprachen.

»Wie wäre es mit einem Mittagessen? Hast du Hunger?« Er streckte die Hand aus, seine Knöchel berührten ihren unbedeckten Oberschenkel.

Sie zog ihr Bein zurück und bewegte ihre Sonnenbrille nach unten, während sie ihn mit einem Auge musterte. »Was steht auf der Speisekarte?«

»Was auch immer du wünschst.«

Was auch immer ich wünsche. Ein leichtes Stöhnen rann ihre Kehle herunter. Damit es nicht in einem voll ausgewachsenen Ausdruck ausartete, beugte sie sich vor und warf die Beine über die Stuhlkante.

»Mittagessen. Das klingt nach einem Plan.«

Julian lachte leise und erhob sich, während er nach ihrer Hand fischte. Sie legte ihre Finger um seine, was ihr ein schnelles Zittern durch den Körper jagte. Am anderen Ende des Bootes stand ein komplett ausgestatteter Tisch unter einem Schirm und zog ihre Aufmerksamkeit an.

Er ließ ihre Hand los und setzte sie mit dem Rücken zur Sonne. Sie machte sich um ihn Sorgen, als er auf die andere Seite ging, und hoffte, dass der Schirm genug Schatten spenden würde.

Der Bedienstete, Jonathan, erschien mit zwei Hummerschwänzen, frischem Obst und verschiedenen Blatt- und Pastasalaten.

Hummerschwänze? Zum Mittagessen? »Oh nein«, sagte sie, während sie an das Fett und die Kalorien dachte, die in diesem reichhaltigen Essen enthalten waren.

»Was?«, fragte Julian, als wären seine Gefühle verletzt worden. »Du magst keinen Hummer?«

»Oh nein ... ich mag Hummer schon sehr.« Sie wollte nicht undankbar klingen. »Eigentlich liebe ich Hummer.« Sie hielt inne, weil sie seine Gefühle nicht verletzen wollte. Dennoch hatte es Konsequenzen, wenn man so unbesonnen aß. »Aber wenn ich so weitermache ... bin ich in sechs Monaten so groß wie ein Haus.«

Ein Anflug von Vergnügtheit kräuselte Julians Lippen. Er griff nach seinem Champagnerglas. »Mach eine Liste von den Gerichten, die du gern essen würdest, und gib sie Soren, wenn wir wieder zu Hause sind. Er leitet deine Anweisungen an die Küche weiter.«

»Mann, du bist vielleicht zuvorkommend.« Camille tunkte ein Stück Hummer in frische Butter. Sie steckte es sich in den Mund, und der Geschmack, süß und köstlich, sprach ihre Geschmacksnerven derart an, dass sie Glücksgefühle verspürte.

»Nun ja, es ist mir eine Freude«, sagte Julian.

Sie konzentrierten sich jeder auf seine Mahlzeit und unterhielten sich bruchstückhaft über das Wetter, die Naoma Louise und das Mittelmeer um sie herum. Danach schlug Julian vor, dass sie ihren Nachtisch drinnen essen sollten, und sie bewegten sich in einen informellen Speisebereich.

Sie folgte ihm und glitt auf einen Stuhl an der Seite eines sehr großen Tisches. Jonathan brachte jedem von ihnen ein bedecktes Tablett. Es war kalt. Sehr kalt.

»Was ist das?«, fragte sie, während sie auf den Silberdeckel deutete.

Julian schaute sie mit übertriebener Unschuld an.

»Ist das Eiscreme?« Ein Gefühl der Machtlosigkeit überschwemmte sie. *Sag bitte nicht ja.*

Er lächelte.

Verdammt. Sie war verloren. »Weißt du, du musst wirklich aufpassen.« Sie hielt inne, während sie versuchte, den Kloß in ihrem Hals herunterzuschlucken. »So groß wie ein Haus. Denk daran.«

Das Lächeln in seinem Gesicht war so intim wie ein Kuss. Er hob den Deckel und brachte einen Eisbecher zum Vorschein. Ein diamantbesetzter Herzanhänger an einer Goldkette war um den Hals der Kristallschale gewickelt.

»Er ist wunderschön.« Camille hielt die Luft an, zuerst vor Freude, und dann vor Kummer und Enttäuschung. Enttäuschung, weil sie nicht in der Lage war, so einen Freund wie Julian in echt zu finden. Ihren ganz eigenen Märchenprinzen. Sie seufzte. »Aber wofür?« Sie sammelte ihren Mut, um ihn anzuschauen. Ihre Ehe war nicht echt. Warum köderte er sie damit, was *echte* Ehemänner taten?

»Nach all dem, was du gestern durchmachen musstest«, sagte er, »ist es das Mindeste, was ich hätte tun können.«

Der Blick in seinen Augen, ein aufrichtiges Bedauern, milderte ihre Sorgen und beschwichtigte ihre Zweifel. Sie wollte ihn umarmen, ihn küssen, ihm sagen, dass sie sein war und er mit ihr tun könne, was er wolle. Doch das war nicht klug. Das Einzige, was sie davon haben würde, wäre ein gebrochenes Herz.

»Das ist sehr nett von dir«, sagte sie und beließ es dabei. Mit ansteigendem Widerwillen wickelte sie die Kette von dem Dessert.

Ihr Herz pochte, als Julian sich erhob und hinter sie trat. Er nahm ihr das Schmuckstück in einer langsamen, verführerischen Bewegung aus der Hand. Mit einem sanften Zug schob er ihre Haare zur Seite und hängte ihr den Anhänger um den Hals. Auch wenn sie hart dagegen ankämpfte, verstärkte sich ihr Verlangen nach ihm.

Julians Hände glitten ihre unbedeckten Arme herunter, streichelten sie zweimal, und dann kehrte er zu seinem Stuhl zurück. Wie selbstverständlich hatte er sie so berührt, verführerisch, und ging dann einfach weg.

Sie musterte ihn mit einem berechnenden Blick. In keiner Weise würde sie es überleben, von ihm in den kommenden sechs Monaten so provoziert zu werden. Keineswegs.

Sie lenkte ihre Aufmerksamkeit von ihm weg und ließ sie auf dem Deck umherschweifen. Nichts. Es gab gar nichts, was man als eine brauchbare Ablenkung hätte nutzen können – außer der Innenkabine.

Entschlossen drückte sie sich vom Tisch ab und schlenderte zu der Flügeltür. Ein Stoß kühler Luft empfing sie von drinnen. Auf einer Wand am anderen Ende hingen einige Familienbilder. Vielleicht würde darunter eines aus seiner Kindheit sein ... über das sie sich lustig machen könnte. Das würde die Stimmung aufhellen.

Sie stemmte die Hände in die Hüften und überflog die Bilder. Ein Foto von zwei Jungs, die auf dem Schoß einer Frau saßen, fiel ihr besonders ins Auge. Die Kinder waren noch sehr klein, und Camille nahm an, dass es Julian und André waren. Die Frau auf dem Bild, vermutlich ihre Mutter, zeigte ein wunderbares Lächeln und lachende Augen, die sie an Julian erinnerten, wenn er richtig aufgeregt war.

Sie zeigte auf das Bild und warf einen Blick über die Schulter. »Ist das deine Mutter?«

Er nickte mit einem erfreuten Blick. Im Nu war Julian an Camilles Seite und nahm das Bild von der Wand. Still musterte er das Foto mit einem schweren Atemzug. Dann nahm er das Bild und ging zu der Couch am anderen Ende des Raumes. Camille folgte ihm.

»Es wurde nur einige Wochen aufgenommen, bevor sie ...« Seine Worte verklangen, und er blickte Camille an. Die Erinnerung hatte ihm das Lachen, das normalerweise in seinen Augen wohnte, gestohlen.

»Tja, es ist nett von Claudette, dass sie sich nicht darüber beschwert, dass die Bilder deiner Mutter hier überall herumhängen.«

»Claudette war zwar eine wunderbare Mutterfigur –«, er lachte beinahe, »– aber das ist nicht das Familienboot. Es ist meines.« Er schaute sich um. »Vieles, was du hier siehst ... die Einrichtung, die Bilder ... das alles hatte meiner Mutter gehört. Das waren ihre persönlichen Gegenstände.«

»Wow.« Ein Anfall von plötzlichem, wirbelndem Kummer brachte ihre Haltung ins Wanken. Die Art, wie er seine Mutter würdigte, sagte etwas darüber aus, was Julian im Leben schätzte. »Es ist eine wunderbare Art, deine Mutter zu ehren und die Erinnerung an sie am Leben zu erhalten.«

»Papa denkt, dass ich mich zu sehr mit der Vergangenheit beschäftige«, tat er es ab und legte das Foto auf den Couchtisch. Julian zuckte mit den Achseln und lehnte sich auf der Couch zurück, die Arme auf der Rückenlehne ausgebreitet.

Camille entspannte sich, schlug die Beine übereinander und verschränkte die Arme vor der Brust. »Das würde ich nicht sagen.« Phantomtränen befleckten ihr Herz. »Es zeigt, dass du die Erinnerung an deine Mutter sehr schätzt. Und das ist ein sehr angenehmer Charakterzug.«

Ein einsames Lächeln deutete sich auf seinen Lippen an, das zu einem schiefen festen Runzeln auf seinem Gesicht wurde. Offensichtlich machte Julian der Verlustschmerz über den Tod seiner Mutter sehr zu schaffen.

Ein physisches Bedürfnis und ein Verlangen trieb Camille zu ihm. Sie hatte einen Kloß im Hals. Sie fühlte sich wie ein atemloser Teenager. Der Gedanke daran, dass es bestimmt eine schlechte Idee wäre, kam ihr kurz in den Sinn, doch sie verscheuchte ihn wieder zugunsten eines natürlichen Verlangens, ihn zu trösten – etwas, was vermutlich niemand zuvor versucht hatte.

Camille schmiegte sich an Julian und berührte mit ihren zarten, seidig weichen Fingerspitzen sein Gesicht. Ihre Berührung war liebevoll und wohltuend und beinahe zu mächtig, um sich dem entziehen zu können. Julian schloss die Augen und glitt mit der Hand ihren Arm hoch.

Sie ließ ihre Stirn auf seine Brust fallen und seufzte vor Freude. Seine Hände streiften über ihre Schulter, als ob sie ein Eigenleben führten, und erkundeten die Mulde in ihrem Rücken.

»Wenn du mich aufhalten willst«, flüsterte er ihr ins Haar, »erbarme dich meiner und mache es gleich.«

Sie hob langsam den Kopf und blickte ihn flehend an, bevor sie sich an ihn lehnte und ihn mit einem Verlangen küsste, das ihrer äußeren Haltung widersprach. »Ich werde dich nicht aufhalten.« Ihre Lippen streiften seine, während sie sprach.

Julian strich ihr das wilde Haar aus dem Gesicht. »*Chérie* –«, er streichelte ihre Wange, »– wenn du dich zu irgendeinem Zeitpunkt unwohl fühlen solltest, sage es mir einfach, und ich höre auf.«

»Ich will mit dir zusammen sein. Das ist alles, was ich weiß«, sagte sie und schlang die Arme um seinen Hals. »Ich wollte noch nie in meinem ganzen Leben etwas so sehr.«

Julian brachte sie auf der Couch zum Liegen und bedeckte ihr Gesicht und dann ihren Nacken mit zarten, sinnlichen Küssen. Seine Hand streifte das Stoffteil, das ihre Brust bedeckte. Sie seufzte.

Er berührte ihren Oberschenkel mit seinem Becken und spürte, wie er hart wurde. Sie drehte sich zu ihm, als würde sie den Kontakt suchen.

Julian sah sich selbst aufmerksam zu, während er den dreieckigen Stoff von ihren Brüsten entfernte, zuerst den einen Teil, dann den anderen, und sie freilegte. Er holte tief Luft, er wollte das tun, seit er sie zum ersten Mal gesehen hatte. Er legte die Hand um ihre Brust, beugte sich vor und reizte sie neckisch, indem er mit der Zunge über ihren Nippel fuhr. Sie stöhnte und wölbte den Rücken in dem Versuch, ihn zu finden.

»Geduld, *Chérie*.« Er schenkte ihr ein liebevolles Lächeln mit dem Wunsch, ihre Lippen jetzt sofort zu schmecken. Er beschlagnahmte ihren Mund und küsste sie intensiv und lange. Wassermelone. Sie schmeckte nach Wassermelone.

Atemlos verschränkte sie die Arme hinter seinem Nacken und drückte ihre nackten Brüste gegen seine Brust. Ihre Nippel berührten seine eigene unbedeckte Haut fest. Ein unwiderstehliches Verlangen durchströmte und überraschte ihn.

Er atmete tief ein, der süße Duft ihres Parfüms – das von Dior, das er ihr gekauft hatte – durchflutete seine Sinne. Julian streifte mit seinen Fingerspitzen ihren Bauch und glitt herunter zwischen ihre Beine.

Camille schnappte vor Entzücken nach Luft und stöhnte leicht, als seine Finger sie berührten. Sie wölbte die Hüften und ermutigte ihn damit, weiter vorzudringen. Er tanzte verspielt herum, und sie bewegte sich schnell zu seinem Tempo.

Julians Verlangen pulsierte in seiner Badehose mit dem dringenden Wunsch, freigelassen zu werden. Als hätte sie sofort die Ausbeulung, die gegen ihren Oberschenkel drückte, wahrgenommen, streckte sie die Hand aus und berührte ihn an der Oberfläche seiner Boxershorts.

Sie bewegte sich unter seiner Berührung schneller. Sie war zu nah an der Grenze. Er hörte abrupt auf und wich zurück.

Er erhob sich und zog die Badehose aus. Sie riss die Augen weit auf, ihre Überraschung blieb ihr im Hals stecken und äußerte sich in einem mutigen Stöhnen.

Julian stieg wieder auf sie und hielt inne, während er auf ihr engelhaftes Gesicht herunterblickte. Sie wurde purpurrot. Ihre Blicke trafen sich, und ihre Atemzüge gingen im gleichen Takt.

»Willst du, dass ich weitermache?« Er gab ihr eine letzte Gelegenheit, auszusteigen, um sicherzugehen, dass es das war, was sie wollte.

Sie lächelte und zog ihn zu sich. »Wage es ja nicht, mich jetzt hängen zu lassen«, flüsterte sie und spreizte die Beine.

Das war Julian deutlich genug, er riss ihr das Bikinihöschen vom Leib und drang vor. Sie umschlang ihn mit ihren Beinen, und er glitt hinein und heraus, zuerst langsam, bis sein Verlangen die Kontrolle übernahm und er schneller pumpte.

Welle um Welle ihres Entzückens brach sich rhythmisch um ihn herum. »*Chérie* …« Julian murmelte den Kosenamen, während er sie mit seiner eigenen Befriedigung füllte.

Er fühlte sich, als hätte sie jedes Fünkchen seiner Energie, die er geben konnte, in Anspruch genommen, und entspannte sich leblos auf Camille.

»Wow ..«, sagte sie leise und außer Atem.

»Ich habe dir nicht wehgetan, oder?« Er hoffte wirklich, dass er das nicht getan hatte.

»Nein.« Sie kicherte leicht. »Du hast mir nicht wehgetan.«

»Das ist gut«, sagte er etwas entrückt. Er wusste, dass er jetzt eigentlich aufstehen sollte, doch sie fühlte sich so gut an. So richtig.

Seine Männlichkeit regte sich und rutschte aus ihr heraus, als würde sie wissen, dass Rückzug die beste Vorgehensweise war. Sie stöhnte, als wäre sie enttäuscht.

»Es tut mir leid, *Chérie.*« Er hielt einen Moment lang inne und saugte das Nachglühen auf ihrem Gesicht ein. »Ich hätte es nicht so weit kommen lassen sollen.« Er drückte sich von der Couch hoch, hin und her gerissen zwischen Schuldgefühlen und Zufriedenheit. »Du hattest mehr als deutlich zum Ausdruck gebracht, dass das nicht Teil der Abmachung sein sollte.« Er hob seine Shorts vom Boden hoch, glitt hinein und streifte sie sich bequem um die Hüfte. »Sag es einfach, und es wird nie wieder geschehen.«

»Schau, ich weiß, dass es nicht echt ist. Es ist eine Geschäftsabmachung«, gab sie zu. »Doch es gibt keinen Grund, weshalb es nicht ein Geschäft mit gewissen Vorzügen sein kann.«

Das war nicht genau das, was er hören wollte, und als es ihm bewusst wurde, fand er es bestürzend.

Doch kein Grund zur Sorge. In sechs Monaten würde er sie satthaben und froh sein, sie gehen zu sehen.

Julian ließ am nächsten Morgen das Frühstück in ihre Kabine kommen. Er war sich ziemlich sicher, dass Camille durchaus damit einverstanden sein würde, fast den ganzen Tag im Bett zu verbringen. Sich nicht weit vom Bett dafür entfernen zu müssen würde von Vorteil sein.

Sie hatte schon die ganze Zeit die einfache schwarze Schachtel auf dem Frühstückswagen beäugt, die größer war als ein gewöhnliches Schmuckkästchen und mit einer hübschen kleinen goldenen Schleife umspannt und verziert war.

»Komm her.« Er schob seinen Stuhl nach hinten und winkte sie mit einer trägen Bewegung herüber.

Sie schlenderte um den kleinen Tisch herum und setzte sich rittlings auf seinen Schoß, wobei sie seine Lenden erweckte.

Er schob die Schachtel zu ihnen und übergab sie Camille. »Das ist für dich.«

Sie nahm sie, blickte ihn mit verengten Augen an und öffnete sie. Sie fand ein Scheckheft im Brieftaschenformat mit Ledereinband sowie eine Kreditkarte, die beide mit dem Namen *Camille de Laurent* geprägt waren. Sie warf ihm ein schiefes Lächeln zu. Dann öffnete sie es und blätterte die Schecks durch, bevor sie beim Scheckregister haltmachte.

Camilles Kiefer klappte herunter, und sie starrte sprachlos vor sich hin. Er vermutete, dass sie die Summe der offenen Kreditlinie gesehen hatte.

Sie blickte ihn an, ihr Gesicht war vor Schock und Überraschung verzerrt. »Was ist das?«

»Du wirst etwas Geld brauchen.«

»Eine Kreditkarte ist kein Geld.«

»Es kommt dem ziemlich nahe.«

»Warum werde ich so viel Geld brauchen?« Sie hielt inne, ihr überraschter Blick verwandelte sich in Misstrauen. »Das hat doch nichts mit letzter Nacht zu tun, oder?«

»Nein.« Er rückte sie in seinem Schoß zurecht und glitt mit der Hand unter ihren Satin-Morgenrock. Sie trug nichts darunter. Er genoss das Gefühl, dass zwischen ihnen nichts außer seiner Seiden-Boxershorts war. »Es hat nichts mit letzter Nacht, heute Morgen oder dem nächsten Tag zu tun.«

»Gut.« Sie keuchte, ihr Brustkorb hob sich. »Denn ich will mich nicht wie eine Mätresse fühlen.«

»Mätressen sind per Definition keine Ehefrauen«, sagte er, während er ihren Körper weiter unter dem weichen, seidenen Morgenrock erkundete.

»Was soll ich mit dem Scheckheft und der Kreditkarte machen?« Ihre Arme umschlangen ihn.

»Was auch immer du willst. Es ist dein Geld.« Er drückte sie an sich. »Ich bin mir sicher, dass Claudette und Lecie darauf bestehen werden, dass du sie auf ihren regelmäßigen Shoppingtouren begleitest. Kauf dir, was auch immer du dir wünschst.«

Das wurde von seiner Ehefrau erwartet. Und vor allem konnte Julian nicht vergessen, dass die Ehe authentisch aussehen musste.

Das war es. Es musste nur so *aussehen*. Und der Sex? Tja, wie sie gesagt hatte – es war ein Geschäftsvorgang mit gewissen Vorzügen.

Ja. Genau das war es.

KAPITEL VIERZEHN

CAMILLE WAR TRAURIG, als ihre Flitterwochen-Kreuzfahrt zu Ende ging. Sie musste sich stets daran erinnern, dass es nicht echt war, auch wenn sie in den letzten zehn Tagen unglaublichen Sex hatten.

Und als sie in der Dunkelheit der Nacht zurück nach Pacifique de Lumière kamen, fühlte sich das so an, als würden sie sich wieder zurückschleichen. Doch sie weigerte sich, dieser Unsicherheit und den Ängsten nachzugeben. Stattdessen ließ sie ihre Gedanken an einen Ort voller Möglichkeiten wandern, während sie Julian die Treppe hoch zu ihrer neuen Suite folgte, nur ein paar Türen von Tashas Zimmer entfernt.

Am nächsten Morgen wurde ihr klar, dass sie vieles für selbstverständlich gehalten hatte, als Soren ihr die Botschaft überbrachte.

Camille stürmte in Tashas Zimmer. Ein Nerv war tief in ihrem Innersten getroffen bei dem Anblick ihrer einzigen Freundin, die packte.

»Du gehst?« Camilles Stimme brach. »Warum gehst du jetzt schon? Hat dir jemand etwas Böses angetan oder gesagt?« Ihre Angst, verlassen zu werden, verwandelte sich in Misstrauen. Es hätte sie nicht gewundert, wenn Maurice oder Madeleine, oder beide, für Tashas Entscheidung zu gehen verantwortlich gewesen wären.

»Wann bin ich jemals vor einer Herausforderung zurückgeschreckt?«, sagte Tasha, als wäre diese Vorstellung das Lächerlichste auf der Welt. »Es ist bloß Zeit für mich, nach Hause zu fahren.«

Camille sagte nichts und war einen Moment lang in tiefem Pessimismus gefangen. Irgendwo tief in ihrer Seele fragte sie sich, ob sie Tasha dazu *bewegen* könnte, zu bleiben.

»Das ist jetzt deine Welt, nicht meine.« Ihre Worte schnitten durch Camille wie ein scharfer Dolch.

Wohl eher nicht.

»Meine Welt ist L.A. Wo ich bald Arbeit finden muss, denn sonst sitze ich in der Klemme.« Sie lachte, als wäre das nicht der Rede wert, doch Camille sah die Sorge in ihren lebhaften grünen Augen.

Julian hatte ihr ein »Ausgabenkonto« mit einer großzügigen Ausstattung gegeben. Wenn sie es benutzen würde, warum dann nicht für einen guten Zweck. Sie griff nach Tashas Hand und zog sie vom Flur in ihre Gemächer.

Tasha zögerte an der Türschwelle, als würde das Eintreten irgendwelche katastrophalen Folgen nach sich ziehen. Camille schnappte sich ihr ledergebundenes Scheckheft aus einer Tischschublade und benutzte einen nahegelegenen Tisch, um ihren ersten Scheck auszustellen. Er löste sich relativ leicht aus dem Büchlein, und sie wedelte damit ihrer Freundin in der Luft zu.

»Was ist das?« Tashas Augen schauten ängstlich.

»Nur für den Fall, dass L.A. gemein zu dir sein sollte, wenn du wieder zurückkommst.«

Tasha ließ den Scheck zwischen ihre Finger gleiten und blickte darauf mit weit aufgerissenen Augen. »Wow. Zehn Riesen.« Sie kämpfte einen Moment lang gegen die Stille an und sagte schließlich: »Ich kann das nicht annehmen.«

»Natürlich kannst du das.«

»Ich glaube nicht, dass ich das jemals zurückzahlen kann.« Sie schüttelte den Kopf. »Ich kann das nicht annehmen.«

»Es ist kein Kredit. Es ist ein Geschenk. Von Freundin zu Freundin.«

Tasha schüttelte wieder den Kopf mit zusammengepressten Lippen. Sie schloss die Augen. »Nein. Ich will nicht, dass du wegen mir in Schwierigkeiten mit Julian gerätst.« Sie hielt inne und hob langsam ihren Blick, um Camille anzuschauen. »Was würde er sagen, wenn er herausfindet, dass du sein Geld ausgibst?«

»Julian gab mir das Geld, damit ich damit tun kann, was ich möchte.« Camille zuckte mit den Achseln. »Und ich möchte es dir geben.«

Tasha stöhnte und stampfte mit dem Fuß. »Lass es mich wissen, wenn er einen Aufstand deswegen macht, und ich schicke es sofort zurück«, sagte sie mit leichtem Widerwillen. »Was auch immer ich ausgebe, ich werde einen Weg finden, es dir zurückzuzahlen.«

»Mach dir deswegen keine Sorgen«, sagte Camille, während sie sie am Arm fasste und zur Tür führte. »Er sagte, ich könne es so ausgeben, wie ich möchte.«

»Ich habe so sehr Angst, dass ich dich nie wiedersehen werde.« Tashas Worte waren voller Furcht.

»Oh, du wirst mich wiedersehen«, platzte Camille, ohne nachzudenken, heraus. »Ich werde dafür sorgen«, fügte sie hinzu in dem Versuch, ihren Fehler unter einer gut gemeinten Erklärung zu verstecken.

»Na ja, das nehme ich an«, sagte sie fast bitter, während sie Camille in den Flur folgte. »Dein Ehemann hat in der Tat eine Flotte von Privatjets, und er kann dich überall hin mitnehmen, wohin du willst.« Sofort verdüsterte sich Tashas Gesicht vor Reue.

Doch Camille wusste, dass Tasha sich allein gelassen fühlte. Sie verlor ihre beste Freundin an einen Ehemann am anderen Ende der Welt. Und Camille wusste einiges über das Verlassenwerden. Wie man es auch drehen mochte, es gab nichts, was man tun könnte, damit der Verlassene sich besser fühlte.

»Weißt du«, sagte Camille, als sie die Treppe herunterstiegen, »Du kannst doch auch in Frankreich spielen.« Sie machte diesen Vorschlag in der Hoffnung, dass Tasha anbiss.

Doch sie tat es nicht. »Machst du Witze?«, rief sie aus. »Als würden die Franzosen irgendwelche Amerikaner auf ihren Fernsehbildschirmen sehen wollen.«

»Jerry Lewis.«

»Was?«

»Jerry Lewis«, wiederholte Camille. »Er ist Amerikaner. Und die Franzosen lieben ihn.«

»Jeder liebt Jerry Lewis.« Tasha schnaubte, und dann blickte sie nüchtern drein. »Ich bin kein Jerry Lewis.«

Sie hatte Recht.

Sie hielten am Eingang, und Julian kam durch eine Tür am anderen Ende herein. Seine erste Bewegung war, Camille auf die Wange zu küssen. »Guten Morgen, Liebling.«

»Uh, Liebling ...« Tashas Stimme war an der Grenze zum Verträumten. »Die Flitterwochen müssen ja ein voller Erfolg gewesen sein.«

Camille gab ihr einen Klaps.

André kam durch eine andere Tür herein. Er sah Tasha mit Koffern, und sein Lächeln verblasste. »Chérie ... gehst du irgendwohin?«

Sie seufzte, auf ihrem Gesicht war dieser herzzerreißende Blick. »André, du warst wirklich ein Schatz. Aber es ist Zeit für mich, nach Hause zu gehen.«

»Chérie«, André warf die Hände vor die Brust. »Du brichst mir das Herz.«

Julian schaute zuerst André an, dann Tasha. Als seine Aufmerksamkeit wieder auf André ruhte, machte Julian ein mürrisches Gesicht. »Soren!« Julian brüllte den Namen seines Kammerdieners.

Soren erschien wie aus dem Nichts. »Ja, Sir.«

»Du wirst Miss Gordon zurück nach Los Angeles begleiten.«

»Ich, Sir?« Soren misslang es, den Schock zu verbergen.

»Ich begleite sie«, sagte André.

»Nein.« Julian starrte seinen Bruder an. »Du hast wichtigere Dinge zu tun.« Wenn Blicke töten könnten, wäre Julians Blick ein geladener Neunmillimeter-Revolver gewesen.

André hielt inne, nahm Tashas Hand in seine und hauchte einen Kuss darauf. »Chérie, ich kann deinen nächsten Besuch kaum abwarten.« Er verbeugte sich. »Lass mich nicht zu lange warten.«

Er warf ihr einen Blick zu, der sogar Camille rührte. Er erinnerte sie an Julian. Zwei Schwärme in einer Familie. Die Mädchen in Frankreich waren nicht sicher. Camille war es auch nicht. Tasha hatte Glück. Sie ging.

Julian beugte sich vor und küsste Tasha auf die Wange, stellte sich dann aber sofort an Camilles Seite. »Tasha, dein Besuch war uns ein Vergnügen.« Er lächelte und legte seine Hand auf Camilles Kreuz. »Ich hoffe wirklich, dass du bald wiederkommst. Wann auch immer du kommen möchtest, sag einfach Camille Bescheid, und wir schicken dir gleich ein Flugzeug.«

Er drehte sich zu Camille mit dem starken Wunsch, mit ihr zurück nach oben zu verschwinden. Doch Papa hatte ihn zu sich bestellt und gesagt, dass es wichtig sei. Vermutlich war es das auch, in Papas Augen. Sollte er warten. Zumindest ein paar Minuten.

Julian griff Andrés Arm und zerrte ihn in den Westflur. Er schloss die Tür und lehnte sich mit ausgestrecktem Arm dagegen. »Bist du wahnsinnig?«

André blieb still. Er steckte die Hände in seine Hosentaschen und wartete.

Julian hasste es, wenn er das tat. Doch das würde ihn nicht davon abhalten, seinen kleinen Bruder zurechtzuweisen. »Habe ich dir nicht extra gesagt, dass du nicht mit Camilles Freundin schlafen sollst?«

»Bei allem Respekt ... ich habe nicht mit ihr *geschlafen*«, verteidigte André sich.

»Ich bin jetzt nicht in der Stimmung für deine Wortspielchen.« Julian hielt inne und ballte die Hände zu Fäusten. »Wenn du diesem Mädchen das Herz brichst, wird meine Frau verärgert sein. Wenn sie verärgert ist –«

André lachte. »Ich weiß, du wirst nicht ...« Andrés Worte brachen ab, als hätte er sich daran erinnert, wie er das letzte Mal etwas Unhöfliches und Gewagtes über Camille gesagt hatte.

»Sieh dich vor, kleiner Bruder«, warnte Julian ihn.

»Du hast das alles falsch verstanden«, sagte André fast eingeschnappt.

»Wie bitte?«

»Ich habe sie gebeten, nicht zu gehen.«

»Was?« Wogende Wellen des Schocks schlugen Julian entgegen. Was würde schlimmer sein? Wenn André sich wie ein Schuft verhielt, oder wenn André sich in Tasha verknallte? Das Zweite war eindeutig schlimmer. Wie könnte Julian sich nach sechs Monaten schuldfrei aus dem Staub machen, wenn Camilles Freundin seine Schwägerin wurde?

»Ich will, dass du dich von diesem Mädchen fernhältst.« Julians Finger sprang André ins Gesicht und verstärkte den Befehl. »Hast du mich verstanden?«

André ging zur Tür und hielt inne, während er über die Schulter blickte. »Warum darfst du immer den ganzen Spaß haben?«

»Anscheinend bin ich nicht der Einzige.« Julians Gedanken verweilten bei André, bis er hinter der Ecke verschwunden war.

Er konnte seinen Besuch bei Papa nicht weiter hinauszögern. Sicher wartete er. Julian eilte zum Arbeitszimmer seines Vaters. Er pfiff eine fröhliche Melodie, als er durch die Flure zog und vor Papas Zimmer haltmachte. Er sammelte seinen ganzen Mut und klopfte an.

»Herein.« Papas Stimme ging durch Wände.

Julian öffnete die Tür. Papa hatte die Flasche bereits aus der Schublade genommen. Ein kühner Zug, der Julians Selbstvertrauen minderte. Wenn er mutig genug war, den Alkohol zur Schau zu stellen, obwohl die Wahrscheinlichkeit bestand, dass Claudette jederzeit zur Tür hereinkommen könnte, muss es etwas sehr Schwerwiegendes sein, das Papa bedrückte.

»Papa ...« Julian klammerte sich an seine Taschen, um seine Hände davon abzuhalten, damit in der Luft herumzufuchteln. Seine Knie wurden weich, als er durch den Raum schritt, der heute viel zu klein schien.

Papa deutete auf die leeren Stühle vor dem Tisch.

Julian zögerte und ließ sich auf einen nieder.

»Wie war die Kreuzfahrt?« Papas Ton war viel zu sanft und zuvorkommend.

Was ist das? Eine Falle? Julian zögerte. In Julians ganzem Leben hatte Papa noch nie mit jemandem Smalltalk gehalten, zumindest wusste er nichts davon. Sein Versuch erinnerte Julian an eine Spinne, die sich an eine Fliege heranpirschte, die kurz davor war, ihr ins Netz zu gehen.

Das war eine Falle, in die Julian nicht tappen würde. »Schön.«

Papa füllte ein Schnapsglas und schob es sanft über den Tisch. Julian griff danach und fühlte sich wie die Fliege, die dem Spinnennetz gefährlich nahekam. Er zog den Drink zu sich heran und ließ ihn am Tischrand stehen.

Nimm das. Dieses Spiel kann von zwei Personen gespielt werden. Julian hatte schließlich vom Besten gelernt.

Papa prostete ihm zu und leerte sein Glas. Julian besaß nicht den Mumm, zu sagen: *Darfst du das trinken, und das auch noch so früh am Morgen?* Doch er dachte es. Die Gesundheit seines Vaters bereitete ihm tagtäglich Sorgen.

Papa öffnete die mittlere Schublade, zog daraus einen Umschlag aus Manilapapier hervor und warf ihn auf den Tisch.

»Was ist das?«, fragte Julian ausweichend. Er spielte nicht.

»Es ist ein Dossier zu deiner Frau.«

Julian bemühte sich, ein stoisches Gesicht zu bewahren. »Warum?« Sein Unbehagen kam als eine seltsame Zappeligkeit zum Vorschein.

Maurices rechter Kiefer zuckte. »Sieh doch selbst nach«, sagte er mit einer winkenden Handbewegung über seinem Tisch.

»Warum ersparst du mir nicht einfach die Mühe und erzählst mir, was du aufgedeckt zu haben glaubst?« Sicherlich würde es nicht so viel Tumult geben, wenn ans Tageslicht kam, dass Camille eine Schauspielerin war.

Papa musterte ihn einen Augenblick lang mit seinem typischen kühlen, berechnenden Blick, und zog aus seinem Tisch eine Zigarrenschachtel heraus.

Nicht die Zigarren. Er holte seinen Markenkniff hervor, bei dem der Rauch eine schwache Anschuldigung verdecken sollte.

Oberflächlich betrachtet sah das gut aus. Doch Papa konnte brutal sein, wenn es nicht nach seinem Willen ging – und Julian hatte nicht vor, das zuzulassen.

Der süße Duft von Cognac folgte auf den Rauch, der den Raum erfüllte. Julian liebte diesen Duft, er erinnerte ihn an seine Kindheit. Doch Papa rauchte nur noch selten die aromatischen Zigarren. Nicht, weil er sie sich nicht leisten konnte, sondern weil Claudettes Nase besser war als die eines Spürhundes.

Sie musste in der Stadt sein. Oder vielleicht in Paris. Papa würde sonst niemals auf der Welt so leichtsinnig handeln.

Er zog ein paar Mal an seiner Zigarre. »Du hast einen Wolf in die Höhle des Löwen gebracht.«

Was? Das ergab keinen Sinn. Julian suchte in seiner Erinnerung und fand nichts. Papa musste den Verstand verloren haben. »Vielleicht solltest du deutlicher werden.« Julian hielt Papas anklagendem Blick stand, ohne zurückzuschrecken. »Ich habe keine Ahnung, welchen Wolf ich in welche Höhle des Löwen gebracht habe.«

Hatte das etwa mit einem Geschäft zu tun? Er hatte die Fusion – bzw. die Übernahme – von Dine Shipping vor fast einem Monat abgeschlossen. Deswegen hatte es ihm gepasst, nach Amerika zu fliegen, um Camille zu finden und sich dann weitere zehn Tage für die Flitterwochen frei zu nehmen. Es gab in seinem Terminkalender nichts Dringendes.

»Die Höhle des Löwen wäre in diesem Fall unsere Familie.« Papas eisiger Blick umfing ihn kalt.

Unsere Familie? *Was …?* Papa hatte nichts in der Hand. Das musste wohl so sein. Julian war immer vorsichtig mit dem, was er der Familie abverlangte. Vielleicht hatte er Madeleine etwas zu heftig abserviert, doch er hatte die Familie niemals einem Risiko ausgesetzt.

»Und der Wolf ist deine Frau.« Papa sah wie eine Katze mit Federn im Maul aus.

Julians Gelächter erfüllte den Raum. Das war das Absurdeste, was er jemals gehört hatte. »Du übertreibst, Papa.«

»Sag mir bitte, dass sie eine Vertraulichkeitsvereinbarung unterschrieben hat?« Es war keine Frage, sondern vielmehr eine Meinungsäußerung.

Vertraulichkeitsvereinbarung? Der Gedanke daran war Julian nicht in den Sinn gekommen. Sicherlich hatten die Rechtsanwälte ihr eine im Rahmen des Ehevertrages zur Unterzeichnung vorgelegt.

»Ich nehme an, das soll Nein bedeuten.« Papas Stimme verklang, und er blickte herunter auf seinen Schoß. Es dauerte nur eine oder zwei Sekunden, doch es kam Julian wie eine Ewigkeit vor.

Nein. Er hatte nicht Nein gesagt. Er hatte gar nichts gesagt. Doch wie immer besaß Papa die Gabe, Julian zu durchschauen, als wäre er ein offenes Buch. Julian wünschte in diesem Moment nichts mehr, als Camille vertrauen zu können. »Du musst dir um nichts Sorgen machen.«

»Um nichts Sorgen machen?« Papa schnaubte. »Das Mädchen arbeitet für ein Klatschblatt in Los Angeles mit dem Titel *Disclosure Magazine*.« Er hielt inne, sein Gesicht wurde rot. »Ich denke, es gibt eine Menge, worüber wir uns Sorgen machen müssen.«

»Das muss ein Irrtum sein.« Seine Stimme wurde schwach, genau wie sein Selbstvertrauen. Julian spürte einen unangenehmen Druck in seinem Kopf. Papas Worte durften nicht wahr sein. *Sie war eine Schauspielerin. Keine Reporterin.*

»Es gibt keinen Irrtum.« Papas anklagender Finger zeigte auf den Umschlag, den Julian immer noch nicht angerührt hatte.

Doch Julian wollte es nicht glauben – er weigerte sich, die Informationen anzuschauen. Camille war nicht unter einem falschen Vorwand hier. Was auch immer die Wahrheit war, er wollte es von Camille selbst hören. Nicht aus irgendeinem dubiosen Bericht aus den Händen seines Vaters.

»Sieh zu, dass du diskret damit umgehst.« Papas Stimme durchbrach die Stille.

»Ich regele das.« Julian erhob sich und hielt vor dem Tisch seines Vaters inne. »Es ist nicht so, wie du denkst.«

»Stelle einfach sicher, dass sie nicht das tut, wovon ich glaube, dass sie deswegen hierhergekommen ist.« Papas Stimme folgte ihm zur Tür.

Julian zögerte und verscheuchte die Gedanken, die in seinen Kopf strömten. Die Frau, der er im Garten sein Herz ausgeschüttet hatte. Die Frau, die gerade letzte Nacht seine Welt zum Beben gebracht hatte. Die Frau, die versprochen hatte, seine Erlösung zu sein. Sie konnte hier nicht wegen einer Geschichte sein.

KAPITEL FÜNFZEHN

CAMILLE TRAT AUS der mit Marmor ausgelegten Dusche mit ihrer vergoldeten Armatur und griff nach einem handgewebten Handtuch, dem weichsten, das sie jemals berührt hatte.

Sie schlang einen genauso plüschigen Bademantel um sich und zog die Schlaufen fest, bevor sie ihr nasses Haar durcheinanderwirbelte. Ein letzter Blick in den Spiegel und sie begab sich in die gigantische Suite, in die sie und Julian eingezogen waren, nachdem sie letzte Nacht von der Flitterwochen-Kreuzfahrt zurückgekommen waren. Die Suite war wie eine eigene kleine Wohnung in diesem riesigen alten Haus. Camille sah keinen Grund, die Heiligkeit ihrer Wände zu verlassen. Sie würde alles tun, nur um nicht auf Madeleine oder Maurice zu treffen.

Die glitzernde Diamantkette, die Julian ihr geschenkt hatte, fiel ihr ins Auge. Bevor sie in die Dusche ging, hatte sie sie auf den Tisch am Fenster zum Rosengarten gelegt. Sie berührte den Anhänger und war von seiner romantischen Inferenz erregt.

Die Erinnerung an ihre ineinander geschlungenen nackten Körper blitzte in ihrem Kopf auf. Der Gedanke daran brachte sie zum Lächeln. Camille hegte keine Illusionen, wenn es um Julian ging. Sie wusste, dass es vorübergehend war – zumindest hatte das so angefangen – doch sie hatte sechs Monate Zeit, um ihn umzustimmen – und sich selbst auch. Julian fing an, ihr zu gefallen, und sie wagte es, den Gedanken zu hegen, dass er ihr Traumprinz sein könnte.

Camille ließ sich in einen nahegelegenen Sessel fallen und blickte aus dem Fenster. Die Rosen sahen aus, als wäre jemand gekommen und hätte eine grüne Leinwand mit allen möglichen Farben darauf ausgebreitet. Die Einrichtung der Suite mit ihrem Gelb, Gold und Rot hatte eine angenehme und beruhigende Wirkung. Sie könnte sich daran gewöhnen, in Julians Welt zu leben – und in seinen Armen.

Ein Champagnerglas wartete auf dem Tisch neben ihrer Kette. Jemand, vermutlich Monique, hatte es dorthin gestellt, während Camille unter der Dusche war.

Mann, diese Leute trinken echt gern. Bläschen stiegen in der bernsteinfarbenen Flüssigkeit in absteigenden Linien auf. *Nur ein Schlückchen.* Außerdem brauchte sie ein wenig Stärkung, um sich durch die Höhen und Tiefen zu bringen, die folgen würden. Sie musste aufpassen, dass sie nicht zu sehr von dieser Stütze abhängig wurde.

Oma Mae hatte mehr als einmal erwähnt, dass Camilles Vater ein Alkoholiker war, und dass es ein Glück im Unglück war, als er Camille und ihre Mutter sitzen gelassen hatte. Camille wollte nicht so enden. Verlassen und schwanger.

Doch falls es passieren sollte, stellte sie sich gern vor, dass sie die erforderlichen Mittel hätte, um bei dem Kind zu bleiben, das sie in die Welt gesetzt hätte, und ihn oder sie nicht bei den nächsten Verwandten abzuladen. Unabhängig davon, dass Camille den Luxus nächster Verwandter gar nicht besaß.

Die Tür ging auf, und Julian kam herein. Sie blickte ihn an und richtete sich auf. Er sah nicht glücklich aus. Oh oh, es war etwas passiert. Sie hoffte, dass es nichts mit Madeleine zu tun hatte.

Er maß den Raum mit langen Schritten. Sein Kopf zuckte von ihr weg und dann wieder nach einigen Momenten zurück zu ihr.

Nervös erhob sich Camille vom Sessel. »Julian?« Sie bewegte sich auf ihn zu. »Was ist los?«

Seine Hände schossen in die Höhe, als würde er sie warnen, ihn nicht anzufassen. Er runzelte voller Verzweiflung die Stirn. »Stimmt es?«

»Stimmt was?« Ein Gedankenstrom stürzte in ihren Kopf und vermischte sich chaotisch mit dem Versuch, seine Anspielung zu verstehen. Was hatte er aufgedeckt? Hatte er sie durchschaut? Wusste er von ihrem geheimen Wunsch, jetzt, da sie ihre Ehe vollzogen hatten? Wollte er nicht so weit gehen?

Julian warf den Blazer ab und stemmte die Hände in die Hüften. »Bist du eine Schauspielerin oder bist du keine?« Jedes Wort kam deutlich und anklagend aus seinem Mund.

Das hatte sie nicht erwartet, und eigentlich war es das Schlimmste, was er sie hätte fragen können. Doch spielte es wirklich eine Rolle? War ihm ihr Beschäftigungsstatus so wichtig?

Sie wollte das sagen, was er hören wollte, doch sie war sich nicht sicher, was es war. Sie zögerte und seufzte.

»Das habe ich mir gedacht.« Er hielt inne und starrte sie an.

Er sah sie mit so einem Hass an, dass das ganze Selbstvertrauen, das sie sich im Laufe des Morgens aufgebaut hatte, zerstört wurde. Ihr Stolz und die Angst vor dem Verlassenwerden würden sie nicht zusammenbrechen lassen. Es würde so sein, wie jedes Mal in ihrem Leben, wenn sie verlassen wurde. Julian hatte einen Grund gefunden, eine undurchdringbare Mauer zwischen ihnen zu errichten. Gut, sie war nicht vollkommen ehrlich gewesen, doch ihre Absichten waren nicht böswillig.

Es wäre egal, was sie sagte. Julian hatte es *heraus*gefunden, und sie musste ihr Herz davor bewahren, dass jemand, wie schon einmal zuvor, darauf herumtrampelte.

»Was genau ist dein Beruf?« Sein Hass schlug ihr entgegen.

Camille schluckte den Wunsch zu schluchzen wieder herunter. »Ich bin gegenwärtig arbeitslos.« Das war keine Lüge. Sie hatte keine Jobaussichten, doch sie würde ihm nicht sagen, warum. Auf gar keinen Fall würde sie sich als einen noch größeren Dummkopf darstellen.

Julians anklagendes Gelächter verletzte sie. »Heißt das, es steht zum Verkauf an den Höchstbietenden?«

Was? Sie kämpfte sich durch das Spinnengewebe der angsterfüllenden Verwirrung. *Was steht zum Verkauf?* Sie hatte nicht vor,

Julian die Oberhand über sie gewinnen oder sie wie einen Idioten aussehen zu lassen. »Klar.« Sie verschränkte die Arme und klopfte mit ihren rotlackierten Fingernägeln gegen die Haut. »Doch es gibt Bedingungen.« Sie hielt inne bei dem Versuch, seine Gedanken zu lesen. Sie versuchte, herauszufinden, was er dachte, dass sie es verkaufe. »Ich vergebe es nicht kostenlos.«

Eine Sekunde lang sah er fast erfreut aus, doch das wurde schnell von seinem Hass überschattet. »Wie viel?«

Ihr Stolz verbarg ihren inneren Aufruhr. »Wie viel wofür?« Frustration klang in ihrer gebrochenen Stimme durch. »Wovon um alles in der Welt redest du?«

»Du bist eine Schreiberin.« Seine Nasenflügel bebten, und seine Augen traten hervor. »Nicht wahr?«

Er wusste es? Die Wirklichkeit holte sie ein. Ihre Niederlage äußerte sich in ihrem scharfen Seufzer.

Er presste die Lippen zusammen, als würde er sich die Worte der Missbilligung verkneifen. Er schüttelte die Faust in der Luft und richtete sodann seinen Zeigefinger anklagend auf sie. Sein kalter heftiger Blick ließ sie auf der Stelle zu einer Statue erstarren und vor Angst zittern. Nicht, weil er sie eventuell körperlich verletzen konnte, sondern sie fürchtete sich vor den emotionalen Schmerzen.

Sie würde nicht mehr zulassen, dass jemand sie verließ. Sie würde diese Verbindung lösen, bevor er das tun konnte. »Es kommt doch wirklich nicht mehr darauf an, was ich sage«, sagte sie. »Du glaubst mir doch sowieso nicht.«

Sie wollte, dass er es bestritt. Sie wollte, dass er sagte, er wolle ihre Erklärung hören. Doch er tat es nicht.

»Was hältst du davon, wenn wir die Nettigkeiten auslassen?« Es klang wie eine Frage, doch sie wusste, dass es ein Befehl war. Ein Befehl, etwas zu tun, was sie nicht ausmachen konnte. Sie wünschte, sie wüsste, was er meinte.

»Wie viel?«

»Was?«

»Wie viel, wenn es exklusiv wird?«

»Exklusiv?« Sie fühlte sich allmählich wie ein Papagei.

»Du beleidigst meine Intelligenz.« Er blickte finster drein und wandte sich ab.

»Schau«, sagte sie durch den ansteigenden Tränendruck. »Sag mir einfach, worüber du redest.«

»Bestreitest du, dass du dich als eine Mitarbeiterin von Disclosure Magazine auf meine Anzeige hin gemeldet hattest?«

Ach, dieses Exklusiv. Nein, sie bestritt es nicht. »Warum fragst du?« Sie unterdrückte die Verletzung. »Du hast doch offenbar selbst alles aufgedeckt.«

»Wie viel für die Exklusivrechte?«, wiederholte er seine Frage.

Camille wurde sofort steif vor Verlegenheit. Er würde ihre Geschichte niemals glauben. Sie fühlte, wie ihr Herz allmählich einfror. »Was ist es dir wert?«, fragte sie mit dem plötzlichen Wunsch, ihn auch leiden zu sehen.

Und sie würde ganz bestimmt nicht gehen. So, wie sie es sah, schuldete er ihr fünf Millionen Dollar. Sie würde bleiben, bis er sie bezahlt hatte.

»Wie wäre es mit einer Million Dollar?«, bot er ihr an.

Sie zögerte, zerrissen von seiner verwegenen Überzeugung, dass jeder einen Preis hatte.

Er verstand ihr Schweigen offenbar als eine Feilschtaktik, denn er war nun voll im Verhandlungsmodus. »Ich bezweifle, dass dieses Schundblatt, für das du gearbeitet hattest, so viel zahlen würde. Euch Amerikaner interessiert doch gar nicht so sehr, was die verrückten Franzosen treiben.« Er rollte mit den Augen und überschüttete sie mit einem stichelnden Gelächter.

Die Anschuldigung brach Camille das Herz, doch sie trug ihre Verletzung nicht nach außen. Wie konnte er so wenig von ihr halten? Es gab tausend Dinge, die sie zu ihrer Verteidigung hätte sagen können, doch nichts davon brachte ihre versteinerten Lippen zum Sprechen. Schließlich kam ein einziges Wort heraus. »Abgemacht.«

Julians kalter Blick durchbohrte sie eine gefühlte Ewigkeit lang, bevor er seine Hand ausstreckte. Sie schlug widerwillig ein. Sein fester Griff war kalt und gefühllos und versprühte kein Feuer, kein Mitgefühl, kein Verlangen.

»Es müssen noch Papiere unterzeichnet werden.«

»Das dachte ich mir.«

»Ich zahle für den Exklusivbericht, sobald ich deine Unterschrift habe.«

»Das ist in Ordnung.« Ihre Stimme brach, doch sie hielt den Schmerz im Inneren fest. Sie schluckte das überwältigende Bedürfnis, zu weinen, herunter und biss die Lippen fest zusammen, damit die Tränen nicht ausbrechen konnten.

Die glitzernde Kette, Julians Geschenk, funkelte und erinnerte sie daran, dass seine Aufrichtigkeit nicht annähernd so fest war wie die Klarheit des Schmuckstücks. Sie griff danach, hielt es einen Moment lang in der Faust fest, bevor sie die Finger wieder öffnete und es ihm überreichte. »Hier. Ich bin mir sicher, dass du das zurückhaben möchtest«, sagte sie mit einem ziehenden inneren Schmerz.

Julians kalter Blick zermalmte ihr Herz. Er drehte sich auf dem Absatz um und verließ den Raum. Das Echo der zugeknallten Tür hallte in ihr nach.

Camille hielt den Anhänger umklammert und seufzte schwer. Sie hatte es diesmal getan. Sich in echte Schwierigkeiten gebracht. Schwierigkeiten, aus denen sie vermutlich nie wieder herauskommen würde. Verdammt.

Julian verlangsamte seinen Schritt, als er im Korridor, der in den Hauptflügel führte, angekommen war. Eine seltsam stechende Enttäuschung erfüllte den Hohlraum, der früher sein Herz war. Er wurde verlassen – schon wieder.

Er hätte es wissen müssen. In dem Moment, in dem er Vertrauen in eine Frau setzte, entpuppte sie sich als eine Lügnerin und Betrügerin. Camille hatte ihn getäuscht, genau wie seine Mutter es getan hatte, als sie ihm sagte, dass sie sich immer um ihn kümmern würde. Wie konnte man dieses Versprechen einhalten, wenn man nicht mehr da war?

Fassungslos und wütend ballte er die Hände zu Fäusten. Er bemühte sich krampfhaft, seinen Zorn im Zaum zu halten. *Gott, ich bin so blöd.*

Julian nahm die Treppe und übersprang gleichzeitig mehrere Stufen auf dem Weg zur Seitentür für die Bediensteten, da er lieber nicht auf jemanden aus der Familie treffen wollte. Er musste nachdenken.

»Julian!« Papas Stimme holte ihn von hinten ein.

Mist. Er dachte daran, einfach weiterzugehen. Doch das war keine gute Idee. Er steckte die Hände in die Taschen, blieb einen Moment lang stehen und drehte sich sodann um, bereit, der Kritik entgegenzublicken.

Alle möglichen Dinge gingen Julian durch den Kopf, und nichts davon war gut. Nichts, was man seinem Vater hätte sagen können. Er wünschte, Papa wäre nicht so wild entschlossen gewesen, seine Ehe mit Camille, wie unecht sie auch sein mochte, zu zerstören. Diesmal hätte Julian es vorgezogen, im Unklaren gelassen zu werden. Zumindest, bis die sechs Monate um wären. Wenn Papa es dann zerstören wollte, bitte sehr. Doch wieso musste er es ausgerechnet jetzt tun, besonders jetzt, da Julian und Camille sich so gut verstanden.

»Hast du dich um unser Problem gekümmert?«, fragte Papa.

»*Wir* haben kein Problem.«

»Das sehe ich aber anders.«

»Und wie siehst du es, Papa?« Julian wagte es, seine Stimme gegenüber seinem Vater zu erheben. »Sie ist meine Frau und hat mit niemandem sonst in dieser Familie etwas zu schaffen.«

»Ich würde dir das abkaufen, wenn sie keine Reporterin wäre, die hinter einer Geschichte über diese Familie her wäre.« Seine Stimme stand Julians in nichts nach.

»Was ist los, Papa?« Julians Feindseligkeit brach in seinen Worten durch. »Hast du Angst, dass einige deiner Leichen aus dem Keller kommen?«

»Du solltest dir lieber Sorgen um deine eigenen Leichen machen, Junge.« Papa sah aus, als würde er gleich explodieren. »Es gibt so etwas wie schlechte Publicity. Und wir wollen nicht, dass irgendeine amerikanische Dreckszeitschrift so etwas über uns verbreitet.«

»Ich habe mich darum gekümmert«, sagte Julian in einem ruhigeren Ton. »Von nun an wirst du nichts mehr dazu sagen, und ich meine nichts, zu niemandem.«

»Du denkst, du kannst mir sagen, was ich zu tun habe?«

»Papa ... du wolltest, dass ich das in Ordnung bringe. Das habe ich gemacht.« Julian holte tief Luft. »Jetzt bitte ich dich, nicht mehr darüber zu reden.«

Papa musterte ihn lange, seine Art, Druck auszuüben. Es funktionierte nicht. Julian entzog sich seinen Einschüchterungsversuchen. Wenn er es zulassen würde, wäre sein Plan zerstört. Er ging weg.

»Wo gehst du hin?«, rief Papa ihm hinterher. »Madeleine –«

Julian drehte sich abrupt um und richtete in der Luft den Zeigefinger auf seinen Vater. »Ich hoffe, dass sie nicht mehr hier ist.«

»Julian ...« Papa züchtigte ihn mit einem Lachen. »Du kannst doch nicht wirklich von mir erwarten, dass ich eine gute Freundin der Familie hinauswerfe?«

»Gut.« Julian hielt inne und bereitete sich auf seinen Bluff vor. »Camille und ich gehen.«

»In Ordnung.« Papa wedelte mit den Händen in der Luft. »In Ordnung. Ich schaue, was ich tun kann.«

Julian hielt nicht an. »Wenn du es herausgefunden hast –«, er warf ihm einen Blick über die Schulter zu, »– kannst du mich im Beauvau erreichen.«

KAPITEL SECHZEHN

CAMILLE SASS IN einer Ecke der Limousine neben der einen Tür und Julian neben der anderen. Er hatte deutlich zum Ausdruck gebracht, dass er nichts mehr mit ihr zu tun haben wollte. Sie war hier für einen bestimmten Zweck, um ihm zu helfen, eine »echte« Ehe mit Madeleine zu umgehen. Und am Ende der sechs Monate würde er sie mit Freude entlassen.

Tja, wenn er sich aus der Affäre ziehen konnte, ohne dabei auch nur die leisesten Bedenken zu haben, könnte sie es auch – auch wenn sie sich dazu zwingen müsste.

Sie drehte sich zu ihm, vermied es jedoch, ihm in die Augen zu blicken. »Ist es zu viel verlangt, wenn ich frage – wohin wir fahren?« Ihr Ton enthielt keine Nettigkeit. Camille richtete den Blick wieder auf das Fenster und heftete ihn an die schnell vorüberziehende Landschaft.

»Ins Beauvau«, sagte er mit einer flachen monotonen Stimme.

»Ins Beauvau?« Sie wiederholte seine Worte und ließ den Blick langsam zu ihm wandern, um ihn anzublicken. »Warum fahren wir dorthin?«, fragte sie in einem Anflug von Schuldgefühlen. »Es ist nicht wegen mir, oder?«

»Du nimmst dich zu wichtig, Chérie.« Er grinste spöttisch. »Das ist ein Krieg zwischen meinem Vater und mir. Es hat nichts mit dir zu tun.« Er schaute mit Abscheu in ihre Richtung und richtete seine Aufmerksamkeit wieder auf den Ausblick aus dem Fenster.

Julians Hand lag auf seinem Oberschenkel. Seine langen braungebrannten Finger, die sie gestern so liebevoll gestreichelt hatten, drückten heute Ärger aus. Es würde keine zarten Berührungen, keine süßen Liebkosungen, keine Worte der Liebe mehr geben.

Wenn er es so haben wollte, würde sie mehr als entgegenkommend sein. Camille kauerte sich an die Tür.

Das war vermutlich einfach nur sein inszenierter Abgang. Julian de Laurent hatte jeden Aspekt seines Lebens in ein Drama über Leben und Tod verwandelt. Er hatte einiges auf sich genommen, um eine »echte« Ehe zu umgehen. Was war bloß geworden aus ... »*Tut mir leid, Papa, aber ich will sie einfach nicht heiraten*«?

Stattdessen war er nach Amerika gereist und hatte sie angeheuert, eine Fremde, damit sie vorgab, sechs Monate lang seine Frau zu sein, bis sein Vater von seiner fixen Idee abgekommen war. Was für Leute tun so etwas?

Reiche Leute tun so etwas. Leute, die viel zu viel Geld zu ihrer Verfügung haben. Leute, die es gewöhnt sind, das zu bekommen, was sie wollen. Leute, die keinen Gedanken an diejenigen verschwenden, über die sie auf ihrem Weg gehen.

Die kommenden sechs Monate würden zu einer Hölle werden.

»Was kotzt dich mehr an?«, fragte sie, ohne ihn anzuschauen. »Dass ich dir nicht die Wahrheit gesagt habe? Oder dass dein Vater deine Hausaufgaben für dich machen musste?«

Sie vermutete, dass sie ihm damit mächtig eins ausgewischt hatte, und brachte genügend Mut auf, um ihn anzublicken. Für den Bruchteil einer Sekunde sah sie beinahe die Spur einer humorvollen Anerkennung, die in seinen Augen aufleuchten wollte. Sogleich wurde sie jedoch von seiner anschwellenden Wut überschattet, oder vielleicht war sie auch verflogen. Er entschied sich, nichts zu sagen und starrte sie nur mit einem finsteren, wütenden Blick an. Es frustrierte sie, und sie konnte sich sehr gut vorstellen, dass genau das seine Absicht gewesen war.

Camille hätte ihm liebend gern *nicht* die Genugtuung verschafft, sich seinen Weg in ihre Gedanken zu bahnen, wenn sie nur gewusst hätte, wie. Doch das hatte er schon. Wann war das nur geschehen?

Julian überschüttete sie mit einem schnellen Schwall von französischen Wörtern – die sie nicht verstand. Doch wenn sie eine Vermutung hätte äußern müssen, hätte sie gesagt, dass sie nichts Gutes bedeuteten.

Sie starrte ihn sehr lange an mit einem Blick, von dem sie hoffte, dass er sagte: *»Deine Standpauke stößt bei mir auf taube Ohren.«*

»Natürlich verstehst du kein Französisch.« Er warf ihr einen dieser abschätzigen Blicke zu, die er bis jetzt für seine Diener in Reserve hielt.

»Nein. Ich habe den Unterricht in der Schule geschwänzt.«

»Als ob dein Schulfranzösisch gut genug gewesen wäre.« Julians widerliches Gelächter kratzte an ihrem Ego.

Gehässiger Arsch.

»Schau, ich will einfach nur wissen, warum wir in ein Hotel fahren.«

»Und ich habe es dir erklärt.«

Gott, machte er es ihr schwer. Schwerer, als es sein müsste. »Okay ... wenn wir nicht im Haus bleiben wollen, aus welchem Grund auch immer«, sie hielt inne und versuchte, die extravagante Idee in ihrem Kopf abzuschätzen. »Warum fahren wir in ein Hotel? Warum gehen wir nicht zurück auf die Naoma Louise?«

Julian zuckte mit den Achseln. Anscheinend hatte er diese Option nicht bedacht.

»Ich weiß, dass es mich nichts angeht. Es ist dein Geld und so weiter.« Angst kam in ihrem nervösen Lachen durch. »Aber ich verstehe einfach nicht, warum du Geld für ein Hotel ausgibst, wenn du eine tolle Jacht hast?«, sagte sie, auch wenn sie das Gefühl hatte, dass sie eine Grenze überschritt.

Julian hingegen sah aus, als wäre ihm ein Licht aufgegangen. Er drehte sich zu ihr und schien gegen ein Lächeln anzukämpfen. »Das ist eine wirklich gute Idee.« Wut und Verärgerung hatten seine Stimme verlassen und hinterließen nichts als Gleichgültigkeit.

Er nickte, als hätte er sich endgültig entschieden, und drückte auf die Gegensprechanlage. »Sebastian, lass uns lieber zum Jachthafen fahren«, sagte er und ließ den Knopf los.

Die restliche Fahrt verlief in Stille und mit einer immer größer werdenden Anspannung.

Waren fünf Millionen Dollar das alles wert? Waren sie sechs Monate voller Spott und Feindseligkeiten von einem Mann wert, in den sie sich hätte leicht verlieben können? Dachte sie allen Ernstes, dass sie das überleben würde?

Noch nicht einmal annähernd. Auf keinen Fall.

Sebastian öffnete die Tür der Limousine, und ein Strom warmer, salziger Meeresluft schlug Julian entgegen. Er hätte es genossen, wenn die Umstände nicht wären. Sein Hauptziel war es, auf die Naoma Louise zu gelangen und dann unter Deck zu gehen, wo er vorhatte, Winterschlaf zu halten, bis er sich von seinen Leiden erholt haben würde. Oder vielleicht würde er Camille auf der Naoma Louise zurücklassen und dann allein ins Beauvau fahren.

Wenn nicht das Motiv wäre, weswegen er sie geheiratet hatte, nämlich, um eine Ehe mit Madeleine zu vermeiden, würde Julian ihr einfach das Geld geben und ihr den Laufpass geben. Doch das würde ihn wieder in die Ausgangssituation zurückversetzen, und er wäre wieder das, was er nicht sein wollte: zu haben.

Julian ging an Bord, hielt ohne nachzudenken an und streckte Camille die Hand aus. Zum ersten Mal in seinem Leben war Julian höflich, ohne dabei Hintergedanken zu haben. Der vollkommene Gentleman. Seine Mutter wäre so stolz.

Er wusste, dass er Camille vermutlich anlächelte, und er behob es sofort, indem er seinen härtesten, geübten Blick aufsetzte.

Sie sah getroffen aus. Er wollte von ihr das Beste glauben, doch sie machte es ihm so schwer. Wieder in ihre Falle zu tappen wäre nicht schlau. Julian ließ ihre Hand los, und der Moment war vorbei.

Er machte die Tür auf und wartete unterbewusst, bis sie als Erste hineingegangen war. Kühle Luft wehte ihm entgegen, als er ihr hineinfolgte.

»Die Papiere werden heute später vorbeigebracht, um unseren Deal zu besiegeln.« Er ging zu der Bar, bereit, sich einen Drink zu machen, überlegte es sich jedoch anders.

»Was auch immer.« Sie ließ sich auf die Couch fallen, schlug die Beine übereinander und spielte mit ihren Fingernägeln, die sie heute intensiv rot lackiert hatte. Ganz anders, als die Pastelltöne in pink und orange, die er gewohnt war.

Julian durchsuchte die Bar nach Wasser, öffnete mehrere Karaffen und schnupperte nach deren Inhalt. Es waren alles alkoholische Flüssigkeiten irgendeiner Art. Frustration stieg in ihm auf und ballte sich zu einem Knoten in seinem Bauch. Was musste ein Mann tun, um etwas Wasser zu haben?

Er griff nach dem Telefon auf der Bar und wählte eine Nummer. »Soren. Können wir hier etwas Wasser bekommen?« Er legte nicht sofort auf. Stattdessen fügte er hinzu: »Danke.«

Das hatte Soren vermutlich genau so sehr überrascht wie Julian selbst. Vielleicht wurde er gerade krank. Diese Nettigkeiten machten ihn richtig wütend.

Er lehnte sich gegen den Barhocker, berührte seine Stirn und massierte sich die Schläfen.

»Julian ...?« Sie hielt zögernd inne.

Er warf ihr einen verstohlenen Blick zu. Sie sah aus, als wäre sie besiegt. »Ja?«

»Ich, ähm, wenn wir das Haus doch irgendwie wegen mir verlassen mussten.« Sie hielt inne und holte Luft, bevor sie fortfuhr. »Ich weiß, dass du gesagt hattest, dass es nicht wegen mir war, aber falls ich doch auf irgendeine Art und Weise ein Faktor war«, sie wagte es, ihn anzublicken, »so tut es ... mir leid, auch wenn ich nur einen kleinen Beitrag dazu geleistet haben sollte.«

Erstaunlich. Sie sah wirklich so aus, als würde sie aufrichtige Reue verspüren. Wie könnte sie es bereuen und sich im gleichen Atemzug umdrehen und sich das für ihre Geschichte merken?

Es war vermutlich nur ein Trick, um sich selbst am Ende besser dastehen zu lassen. Es gelang ihr wunderbar, die Rolle des *Opfers* zu spielen. Wenn sie keine Schauspielerin war, so hatte sie ihre Berufung verfehlt.

»Ich habe es dir schon gesagt«, sagte er. »Es hat nichts mit dir zu tun.«

»Warum dann?«, fragte sie. »Warum sind wir weg?«

Vielleicht sollte er es ihr sagen. Sie sich vom Hals schaffen. Sonst würde sie sich irrtümlicherweise immer wieder sagen, dass sie auf irgendeine Weise an diesem Desaster mit schuld war.

»Es geht nicht um dich.« Er lächelte und fühlte sich so, als hätte er eine kleine Schlacht gewonnen. »Es geht um Madeleine.«

»Madeleine?«

»Papa will, dass sie bleibt. Ich will, dass sie geht.«

Camille nickte. »Ich kann das verstehen, wenn man berücksichtigt, wie sehr du dich bemüht hast, sie nicht zu heiraten.« Sie kicherte.

Vielleicht war das nicht die beste Idee gewesen. Durch seine Selbstsucht war es einer Angehörigen der Presse möglich geworden, unentdeckt seine Familie zu infiltrieren. Gut, dass Papa immer noch bei klarem Verstand war.

Julian erhob sich und schritt zur Tür. Er hielt kurz an, nur um Camille einen Blick über die Schulter zuzuwerfen. »Soren holt dich, wenn die Papiere da sind.«

Er verschwand im Flur, weil er etwas Distanz zwischen sich und Camille wollte.

Camille wurde von einem Klopfen an der Tür geweckt. Sie hob ihren Kopf vom Kissen und schaute sich verschlafen um.

Ach ja. Sie war müde geworden vom Alleinsitzen in der Lounge auf dem Oberdeck, doch sie konnte sich erinnern, wie sie die Augen nur für eine Sekunde geschlossen hatte. Die Zeit ging am schnellsten herum, wenn man schlief. Sie seufzte und fiel auf die Couch zurück.

Es klopfte erneut. Diesmal hartnäckiger. »Mrs de Laurent?« Sorens Stimme drang durch die Wände durch.

»Ja.« Sie seufzte und schloss die Augen. Vielleicht würde er verschwinden. Zweifelhaft. Er arbeitete für Julian.

»Mr de Laurent hat mich gebeten, Sie zu holen«, rief er durch die Tür. »Ihre Unterschrift wird benötigt.«

Camille drückte sich in eine Sitzposition hoch. »Ich bin gleich da.«

Verdammt. Sie klang allmählich wie Julian. Camille holte tief Luft und seufzte. *Gut.* Zeit, die Suppe auszulöffeln. Sie wünschte sich nur, dass diese Suppe wenigstens etwas besser schmecken würde.

Da sie keine andere Wahl hatte, stand sie von der Couch auf. Der Plüschteppich spendete nur wenig Trost, als sie ihr unordentliches Haar im Spiegel betrachtete. Sie kümmerte sich nicht darum, welchen Eindruck sie hinterlassen würde, fuhr sich ein paar Mal mit den Fingern durch das Haar, richtete sich die Bluse zurecht und begab sich in den Flur, wo Soren auf sie wartete.

Okay. Und jetzt brauchte sie einen Begleiter? Bitte? Dachte Julian, dass sie das Tafelsilber stehlen würde?

Camille folgte Soren in den Salon auf dem Oberdeck. Julian und sein Rechtsanwalt – oh, wie war nochmal sein Name? – drängten sich um die Bar, vertieft in ein Gespräch. Julian blickte hoch. Sie konnte klar sehen, dass er sauer wurde, als er sie entdeckte.

»Da ist sie.« Julian lächelte nicht. Seine Augen leuchteten nicht auf. Eigentlich sah er nur verärgert aus.

»Gut«, sagte sie, während sie sich auf die Couch fallen ließ. Er wollte also ein Arsch sein. Beide könnten dieses Spielchen spielen. »Lass uns die Sache hinter uns bringen.« Sie zuckte zusammen, als die Worte aus ihrem Mund kamen.

Julian schlurfte durch das Zimmer und setzte sich neben sie. Er legte einen Arm um sie und flüsterte: »Komm, Liebling.« Er nannte sie Liebling, anstatt Chérie. Ihr gefiel das nicht. »Es gibt keinen Grund, ein Miststück zu sein.«

»Nein, das ist die Aufgabe deiner Freundin.« Sie warf ihm einen Blick zu und sah, dass der Satz wohl gesessen haben musste, denn sein Selbstvertrauen schwand dahin, wenn auch nur für eine oder zwei Sekunden.

»Guter Witz.« Er zwinkerte ihr zu und drückte sich von der Couch hoch. Er stand über ihr und streckte die Hand aus. Sie ergriff sie und versuchte, eine stärkere Schutzmauer gegen seine Reize zu errichten.

Julian zog sie durch den Raum und setzte sie an der Bar ab, wo sein Anwalt einen Haufen von Papieren ausgebreitet hatte. Sie wartete auf eine Einführung. Es erfolgte keine.

Der Anwalt reichte ihr einen Füllfederhalter. Sie nahm ihn und schaute auf Julian. »Du hast es schon unterschrieben?«

Er nickte.

»Sie müssten nur noch hier unterschreiben.« Der Anwalt deutete auf eine leere Linie unter Julians Unterschrift.

Camille schnappte sich die Papiere vom Tisch und schaute sie durch. Julian kicherte. Sie ignorierte ihn. Er war nicht so süß, wie er dachte.

Wenn sie sich das oft genug sagen würde, würde sie es vielleicht früher oder später glauben.

Das Dokument sah ziemlich standardmäßig aus. Sie verkaufte ihre Geschichte exklusiv an de Laurent Enterprises. Sehr amüsant, weil sie eigentlich gar nicht vorgehabt hatte, eine zu schreiben.

Camille unterschrieb alle Ausfertigungen der Vereinbarung und legte den vergoldeten Füller zusammen mit den Papieren auf den Tisch.

»Ist das alles?«, sagte sie zu Julian.

»Fürs Erste.« Er zwinkerte ihr zu und drehte sich weg.

Arsch.

Camille drückte sich von der Bar weg und machte sich zur Tür auf. Es gab keinen einzigen Grund in der Welt, weshalb sie sich seine dämliche Art gefallen lassen sollte.

Sie schlug beim Hinausgehen die Tür laut hinter sich zu.

Julian machte einen Satz und lachte ulkig. Sie war wütend. Gut. Das war er auch. »Wie lange dauert es, bis das Geld auf dem Konto landet?«

»Morgen ist es da«, sagte Jasper, während er die Dokumente einsammelte. »Ich reiche diese hier ein und bringe Ihre Kopien morgen vorbei.«

»Können Sie auch irgendwelche Bankbelege mitbringen, die die Überweisung beweisen?«

»Natürlich«, sagte er, während er die Papiere in seinen Koffer stopfte. »Kann ich heute sonst noch irgendetwas für Sie tun?«, fügte er beim Schließen der Tasche hinzu.

»Nein, ich denke, das sollte reichen.« Julian ging hinter die Bar und griff nach dem Alkohol. Es war Zeit für einen Drink.

Er nahm ein Glas und füllte es mit einer großzügigen Portion aus der nächstbesten Flasche. Julian musterte das Getränk einen Augenblick, bevor er es sich in den Mund goss. Er ließ es im Mund hin und her laufen, bis der Brand etwas schwächer wurde, bevor er die herbe Flüssigkeit herunterschluckte.

Dann knallte er das Glas zurück auf die Bar. Es passierte nicht oft, dass er heiratete und dann auf die Schippe genommen wurde, und das gleichzeitig. Es war fast etwas Verlockendes daran, wie sie ihn überlistet hatte.

Fast.

KAPITEL SIEBZEHN

INNERHALB VON ZWEI TAGEN hatte Papa Madeleine in die Stadt verfrachtet. Zum ersten Mal fühlte Julian, dass er eine Willensschlacht gegen seinen Vater gewonnen hatte. Es kam nicht oft vor, dass Papa aufgab und dabei praktisch seine Niederlage eingestand.

Zu schade, dass Julians Sieg von Camilles Täuschung überschattet wurde. Doch trotzdem musste er seinen Teil der Abmachung einhalten, egal, was ihre Motive waren, den Deal anzunehmen. Es musste ihm nicht gefallen, doch er musste das Unumgängliche akzeptieren.

Camille war mit dem ständigen Hin und Her zwischen dem Haus und der Jacht wie ein Profi umgegangen. Als er sagte, dass es Zeit sei, zurück nach Pacifique de Lumière zu fahren, stimmte sie ohne nachzudenken zu. Sie schien aufgrund dieser ganzen Geschichte in erster Linie gelangweilt zu sein.

Er hielt die eingereichten Papiere und den Banküberweisungsbeleg einige Tage zurück, nur, weil er das tun konnte. Da sie die Dokumente bereits unterschrieben hatten, wollte er schauen, wie lange es dauern würde, bis sie nach dem Geld fragte. Sie tat es nicht, und er fand es unbefriedigend.

Sie verbrachte ihre Zeit in ihrer Suite oder im Garten. Normalerweise allein. Sie tat ihm leid, und gleichzeitig beneidete er sie um ihr Alleinsein und ihre Fähigkeit, einsam sein zu können. Wenn niemand einen belagert oder wütend macht, so muss das doch toll sein, auch wenn etwas einsam. Wenn es niemanden gibt, der einen stört, so gibt es auch niemanden, der einen liebt.

Doch seit wann interessierte ihn so etwas?

Er öffnete die Tür zu dem Hauptwohnzimmer ihrer Suite. Sie saß mit dem Blick zum Fenster. Ihre Gestalt rührte sich nicht. Sie nahm seine Anwesenheit nicht wahr.

Er schlug mit dem Manila-Umschlag leicht gegen die Handfläche und räusperte sich. Sie warf ihm einen Blick über die Schulter zu, schaute durch ihn durch und blickte wieder aus dem Fenster. Nach einem Augenblick der Bewegungslosigkeit schob sie sich hoch und sah ihn an. Ihr stoischer Ausdruck verriet nichts darüber, was sie fühlte.

Camille faltete die Hände zusammen und sagte nichts, sondern schaute ihn nur weiter mit einem kalten harten Blick an.

Julian schwor sich, ihr zu zeigen, wie wenig sie ihm anhaben konnte. Er holte Luft und deutete auf den Umschlag in seiner Hand. »Ich dachte mir, dass du das hier gern haben würdest.« Er hielt seine Stimme ruhig und flach, beinahe wie ein Kiel.

Sie zuckte mit den Achseln und verschränkte die Arme vor sich. Als wäre der Abstand im Zimmer nicht genug, richtete sie eine zusätzliche Schranke auf.

Ein Teil von ihm wollte sich nach ihr ausstrecken, doch er wurde von dem Teil erstickt, der ihre Tat verabscheute. Verabscheute, dass sie zu ihm unter einem falschen Vorwand gekommen war. Verabscheute, dass sie ihn wie einen Dummkopf aussehen ließ.

Niemand kam damit ungestraft davon.

»Das ist deine Kopie unserer Vereinbarung.« Er wedelte mit dem Umschlag in der Luft. »Der Bankbeleg ist auch hier drin. Die Annahme dieses Geldes besiegelt unsere Abmachung.« Er hielt inne, dann fügte er in einem rücksichtslosen Ton hinzu: »Täusch dich nicht, wenn du diese Familie mit irgendwelchen Vertretern der Medien besprichst, werde ich dich verklagen.«

Sie rührte sich nicht, nur ihre Augen verdunkelten sich gefährlich. Auf den Umschlag reagierte sie lediglich mit einigen Blinzelbewegungen. Sie schien zu einer Statuette geworden zu sein, die in einer permanenten Gleichgültigkeit verharrte.

»Hast du nichts zu sagen?« Seine Wut schien in seinem rauen Knurren durch.

»Was willst du, dass ich sage, Julian?«

Er machte ein paar Schritte auf sie zu, und sie wich zurück.

Julians Herz schmerzte vor Enttäuschung. Er wollte, dass sie sagte, dass alles eine Lüge war. Doch das würde, könnte sie nicht tun. Was sollte das also noch?

»Kannst du sagen, dass es nicht wahr ist?«, fragte er. »Kannst du mir sagen, dass du keine Schreiberin bist und nicht bei einer Boulevardzeitung angestellt warst, als wir uns kennengelernt hatten?«

Der Blick in ihrem Gesicht – Schuld – sagte alles. »Das dachte ich mir.«

»Du hast dein Urteil über mich doch schon gefällt.« Die Schwingung verließ ihr Gesicht. »Alles, was ich von nun an sage, wäre eine Zeitverschwendung.«

Stimmt. Sie hatte recht. Er hörte ihr nicht mehr zu und wollte auch keine Ausreden von ihr hören.

Julian musste ihr zugutehalten, dass sie ein eigenes Gefühl von Selbstachtung hatte, auch wenn es verzerrt war.

Es würden seltsame sechs Monate werden.

Es gab nichts mehr, was man hätte tun oder sagen können. Er schaute auf den Umschlag in seinen Händen, dann auf das Sofa, bevor er sich nach links zu dem Couchtisch aufmachte. Ein weiterer kurzer Blick auf ihr kaltes stoisches Gesicht brachte ihn dazu, den Umschlag auf den Tisch zu werfen. Er segelte durch die Luft und glitt auf der Tischoberfläche entlang, bevor er in der Mitte zum Halten kam.

Julian betrachtete sie ein letztes Mal. Sie hatte sich nicht bewegt oder ihren Ausdruck verändert. Er verschwendete seine Zeit. Seine Reue wurde vom Ärger verdrängt, der ihn dazu brachte, sich auf dem Absatz umzudrehen und zur Tür aufzumachen. Mit einem leichten Knall schlug er sie hinter sich zu. Er zuckte zusammen und durchquerte weiter den Flur.

Die kommenden sechs Monate würden nicht angenehm werden. Er würde einen Weg finden, seine Bedrängnis zu überwinden, denn auch wenn das hier schlimm war, wäre es dennoch schlimmer gewesen, mit Madeleine verheiratet zu sein.

Camille griff nach einem Kissen vom nächstgelegenen Sessel und warf es gegen die Tür. Sie lag falsch, als sie ihn einen Arsch genannt hatte. Er war nicht nur ein Arsch. Julian de Laurent war ein Vollarsch.

Wie sollte man sich vor jemandem verteidigen, ohne dass dieser jemand jemals die Absicht gehabt hätte, zuzuhören? Camille würde vor niemandem katzbuckeln, am wenigsten vor ihm. Es würde sowieso nichts bringen, denn es würde nur zu seiner Belustigung geschehen.

Der Umschlag, den er auf dem Tisch zurückgelassen hatte, schien seine Trumpfkarte zu sein. Nun, sicherlich enthielt er Geldmittel in Höhe von einer Million Dollar. Seinen Angaben zufolge. Neugier trieb sie zu dem Tisch. Sie hob den Umschlag mit zwangloser Grazie auf und zögerte einen Augenblick, bevor sie die Lasche öffnete. Die Vereinbarung interessierte sie nicht so sehr wie die Banküberweisung.

Als sie die ganzen Nullen neben ihrem Namen sah, machte ihr Herz einen Sprung. Innerhalb von Sekunden waren all ihre Geldnöte verschwunden. Eine Million Riesen waren vielleicht Kleingeld für einen Kerl wie Julian, doch für ein Mädchen wie Camille konnte es ein ganzes Leben verändern.

Doch war die Auszahlung von fünf Millionen sechs Monate dessen wert, was sie ertragen müssen würde? Könnte sie sechs Monate voller Spott und Zurückweisung und Ablehnung von Julian aushalten? Das würde sie müssen, wenn sie das Geld haben wollte.

Moment. Sie hatte sich entschieden, nicht zu gehen, weil sie das Geld brauchte. Aber nun besaß sie bereits eine Million Dollar. Die Bezahlung der gesamten Summe für eine Geschichte, die sie nie schreiben wollte. Wieso sollte sie noch länger bleiben und sich Julians Schwachsinn aussetzen, wenn es nicht mehr notwendig war?

Es gab dafür keinen Grund. Nicht mehr. Und ihr gefiel die Vorstellung, für eine Geschichte bezahlt zu werden, viel mehr, als für eine Ehe bezahlt zu werden – auch wenn es weniger Geld war. Doch verdammt nochmal, eine Million Dollar war genug für Camille. Es wäre eine wunderbare Hilfe.

Gut, alles, was sie jetzt brauchte, war es, jemanden zu finden, der ihr mit der Scheidung behilflich sein könnte. Julian käme hierzu wohl eher weniger in Frage. Er würde versuchen, sie davon abzubringen, da er ja ein kleines Problem mit dem Namen Madeleine hatte.

Doch Julian hatte – wie Oma Mae zu sagen pflegte – sein Bett gemacht, und nun würde er darin liegen müssen. Er hatte ihre Gefühle verletzt und ihr Ego gekränkt, und es gab kein Zurück mehr. Wieso sollte sie ihm weiterhin helfen? Noch nicht einmal fünf Millionen Dollar waren es wert, ihre Würde dafür zu opfern.

In Anbetracht dessen wusste Camille, dass sie mindestens ein Mitglied der de Laurent-Familie in ihren Plan einweihen musste. Und es kam auch nur eine Person in Betracht. Eine Person, die vielleicht zuhören würde, bevor sie ein Urteil fällte. Nur eine, die sich bereit erklären könnte, Camille zu helfen.

Camille war begeistert, als Claudette zu ihrer Verabredung, an diesem Nachmittag gemeinsam zu essen, tatsächlich erschien. Es bedeutete, dass Maurice sie noch nicht informiert hatte, Claudette nicht erzählt hatte, was er wusste. Sie hoffte, dass sie richtig lag, und ihre Schwiegermutter sich noch gut daran erinnern konnte und verstand, wie es sich anfühlte, zu versuchen, sich in diese Familie der wohlerzogenen Ärsche zu integrieren.

Sie entschieden sich für ein kleines Straßencafé, wo die Angestellten Claudette gut kannten und ihr jeden ihrer Wünsche von den Lippen ablasen.

Camille war tausend Mal in ihrem Kopf durchgegangen, was sie Claudette sagen würde, doch das hatte ihr nicht geholfen, ihre Nerven zu beruhigen. Was, wenn sie Claudette falsch einschätzte? Was, wenn sie genauso wertend war wie sie alle? Was, wenn ... Schweine fliegen könnten!

Sie räumte die dummen Ängste beiseite. Niemand konnte so wertend sein wie diese de Laurent-Männer. Insbesondere Maurice und Julian.

Die Strategie war, Claudettes Einführung in die Familie als Erstes anzusprechen. Ihr ins Gedächtnis zu rufen, wie es sich angefühlt hatte, als sie zum ersten Mal da war.

»Claudette …« Camille ließ sich ihren Namen auf der Zunge zergehen. »Wie war es für dich, als du Maurice geheiratet hattest?«, fragte sie, während sie mit dem Essen auf ihrem Teller spielte. »Ist es dir leicht gefallen, dich einzugewöhnen?«

»Leicht?« Claudette lachte und ratterte ein paar Wörter auf Französisch herunter, bevor sie zum Englischen zurückkehrte. »Ich bin nicht nur die Mutter von zwei kleinen Kindern geworden, sondern musste auch noch die Fußstapfen einer Frau ausfüllen, die in den Himmel gehoben worden war und dann eine ganze Familie verwüstete, als sie herunterfiel.«

So hatte Camille das noch gar nicht betrachtet. Sie hatte Naomas Leben und Tod nur von Julians Standpunkt aus gesehen. Eines Sohns mit gebrochenem Herzen.

»Ich kann mir gar nicht ausmalen, was es für dich bedeutet haben muss.« Eine Traurigkeit stach in Camilles Brust. »Ich weiß, dass es Julian zerschmettert hatte.«

»Julian.« Claudettes Züge wurden weicher. Offensichtlich liebte sie ihn genauso, wie jede Mutter ihren Sohn liebt. »Er war so ein lieber, süßer Junge. Und so klein, und sein Herz war gebrochen, weil er seine Mutter verloren hatte.« Ihr Ausdruck zeigte eine stille Niedergeschlagenheit. »Es hatte sehr lange gedauert, bis er meine Liebe annehmen konnte. Er hatte Angst, dass auch ich verschwinden könnte.«

»Was ist mit dir und Maurice? War Vertrauen ein Thema für ihn?« Camille bereute ihre Frage in dem Augenblick, als sie sie stellte.

Claudette schnaubte. »Ist es immer noch.« Sie rollte mit den Augen, und ein Muskel zuckte in ihrem Kiefer. »Manchmal glaube ich, dass Maurice noch nicht einmal sich selbst vertraut.«

»Er traut mir nicht.«

»Es ist nicht so, dass er dir nicht trauen würde.« Ihre Worte waren nicht bitter, nur logisch. »Du hast es ihm unmöglich gemacht, die Schwiegertochter zu bekommen, die er haben wollte.«

Aus der Perspektive hatte Camille das ganze noch nicht gesehen. Dennoch war es nicht ihr Problem. »Er hat noch einen anderen Sohn.«

»Schon. Für ihn hat er ebenfalls eine bestimmte Ehefrau ausgesucht.« Eine aufflackernde Belustigung flitzte durch ihre Augen. »Aber die bekommt er vermutlich genauso wenig, wie er die letzte bekommen hat.«

»Nun ja, er sollte seine Hoffnung auf Madeleine nicht so schnell aufgeben«, sagte Camille mit leichter Reue. »Er hat immer noch eine Chance. Wenn er Julian überzeugen kann.«

Claudette musterte sie mit einem scharfen Blick. »Julian liebt Madeleine nicht.«

»Er liebt mich auch nicht.«

Claudettes Ausdruck verzog sich zu einem nachdenklichen Gesicht, das ihre Gedanken an die Oberfläche brachte. »Ich glaube, er tut es doch.«

»Ich werde dir jetzt etwas verraten, das einen Vertragsbruch darstellt.« Camille hielt inne. Es wäre besser, es einfach auszusprechen und hinter sich zu bringen. Auf diese Weise wäre der Vertrag gebrochen, und sie könnte nach Hause gehen. »Unsere Ehe ist ein Geschäft. Ein Zweckbündnis.«

Claudettes Kinnlade fiel nach unten. Offenbar war das eine Wendung, die sie nicht erwartet hatte.

»Julian kam nach Amerika, um sich eine Ehefrau auf Zeit zu suchen und zu vermeiden, in eine Ehe mit Madeleine getrieben zu werden.« Sie suchte nach den nächsten Worten, die ihre Argumentation untermauern und sie nicht wie eine Verbrecherin aussehen lassen würden. »Er hatte eine Anzeige in der L.A. Trades aufgegeben, in der er nach einer Schauspielerin suchte.« Es war irgendwie befreiend, die Wahrheit zuzugeben. »Im Auftrag meiner Chefin meldete ich mich auf diese Anzeige. Ich sollte nur herausfinden, was Julian im Schilde führte. Das war's. Doch dann wollte meine Chefin bei Disclosure Magazine plötzlich eine Geschichte, mit allen schmutzigen Details über Julian de Laurent.« Sie schüttelte den Kopf. Sogar sie selbst sah sich jetzt allmählich als einen Bösewicht.

Claudette sagte nichts. Sie hörte nur zu.

»Von Anfang gab es etwas an Julian, was mich berührte. Er bringt einen dazu, ihm helfen zu wollen.«

»Er bringt die meisten Menschen dazu.«

»Ich sagte meiner Chefin, dass ich diese Geschichte nicht schreiben würde. Daraufhin drohte sie mir, mich zu feuern. Deswegen habe ich gekündigt.« Camille bereute es nicht, ihrer Ex-Chefin bei Disclosure die Stirn geboten zu haben, doch gerade jetzt trug ihre Moral nicht gerade dazu bei, sich besser zu fühlen.

»Für ein junges Mädchen, allein auf der Welt, ohne Arbeit und Jobaussichten ... ist die Welt ein furchterregender Ort.« Claudettes Züge wurden sanfter. Sie verstand.

Camille seufzte erleichtert.

»Ich bin mir sicher, dass du große Angst hattest. Und ein ganz kleiner Teil von dir wollte Julian vermutlich helfen.«

»Das ist wahr. Doch es ging eher um mich.« Sie gab es mit einem bedauernden Achselzucken zu. »Ich hatte meinetwegen Angst. Ich hatte Angst, schließlich obdachlos zu enden.«

»Und so bist du zu Julian und hast sein Angebot angenommen.«

»Ja.«

»Und du hast ihm nicht von deiner Chefin erzählt oder davon, dass du seinetwegen gekündigt hattest?«

»Nein, das habe ich nicht.«

»Und irgendwann hast du dich in Julian verliebt.«

»Na ja, das würde ich nicht sagen.« Wenn sie es aussprach, würde es echt werden. Und es durfte nicht echt werden, weil sie dann mit einem gebrochenen Herzen enden würde.

»Was ist also passiert?«, fragte sie Camille, während sie sie musterte. »Hat Julian etwas über deinen Job herausgefunden?«

Camille nickte. »Maurice hatte es darauf angelegt, kompromittierende Informationen über mich herauszufinden.« Sie lachte wegen der Ironie.

»Natürlich!« Sie warf die Hände in die Höhe. »Das trägt die Handschrift meines Mannes. Der Esel, der er doch ist.«

»Julian ist so wütend auf mich«, sagte Camille. »Er denkt, dass ich wegen dieser Geschichte hier bin.«

»Und er wird nichts anderes glauben. Außer, es fällt dir ein Weg ein, ihm vom Gegenteil zu überzeugen.«

Daran hatte Camille nicht gedacht.

»So sind die de Laurent-Männer«, erklang ihre lebhafte Stimme weiter. »Liebenswert wie sie sind ... sind sie doch Idioten, wenn es um Herzensangelegenheiten geht.«

»Ich werde mich von Julian scheiden lassen.«

»Das ist das einzig Richtige«, sagte sie. »Besonders, wenn du ihn zurückwillst.«

Camille erwachte aus ihrer Verzagtheit und schaute Claudette an. »Warum glaubst du, dass er mich zurückwill?«

»Weil er dich liebt.«

Camille hatte den Glauben daran verloren, als das Funkeln aus seinen Augen verschwunden war. »Na ja, ich denke nicht, dass das passieren wird. Ich möchte einfach nur, dass es vorbei ist.« Die Worte ließen sie erzittern. »Ich kann es nicht ertragen, wie er mich jetzt anschaut.«

»Er muss dich zuerst verlieren, bis er dich schätzen lernen kann.« Claudette beugte sich zu Camille. »Doch sei nicht dumm. Gib ihm keine Munition, um das zu untermauern, was er für die Wahrheit hält. Nimm jedes Stückchen seiner sogenannten Beweise und zerreiße es, bevor du gehst.«

Camille dachte darüber nach, wie sie das bewerkstelligen könnte.

»Sag ihm auch nicht, dass du gehst. Er wird dich davon abbringen«, sagte sie. »Und ihr verliert beide, wenn das passiert.«

»Du hast vermutlich recht.« Camille hatte keine Lust, die nächsten sechs Monate damit zu verbringen, Julian zu hassen. Sie würde ihn lieber jetzt verlieren, als später die ganze Zeit den Hass mit sich herumzuschleppen.

»Ich weiß zufälligerweise, dass André eine Reise in die USA plant.« Ihr Ton war voller zweideutiger Unschuld. »Um deine Freundin zu sehen.«

Camille lachte innerlich. Das würde Maurice den Verstand kosten.

»Kennst du jemanden, der Scheidungspapiere schnell aufsetzen kann?«, fragte Camille, während sie einen Drahtseilakt der Hoffnung vollführte.

Ein Gedanke, eine Idee kam ihr in den Sinn. Es war riskant. Sie verlor jegliche Hoffnung in irgendeine stabile Beziehung mit Julian, doch wenn sie auch nur einen kleinen Wunsch hegte, sich vor ihm reinzuwaschen, musste sie diese Chance ergreifen.

KAPITEL ACHTZEHN

JULIANS LIMOUSINE KAM vor dem Haus zum Stehen. Das Wetter stellte sich bei seiner Rückkehr von einer Geschäftsreise nach London gegen ihn. Wolkenbruchartig ging der Regen nieder, trotzdem sprang er ohne nachzudenken aus dem Auto und trat dem Angriff des Sturms entschieden entgegen.

Während er weg gewesen war, hatte er genügend Zeit gehabt, über vieles nachzudenken. Vielleicht war er etwas zu hart mit Camille gewesen. Sicherlich war sie unter einem falschen Vorwand zu ihm gekommen, doch seit wann hielt ihn so etwas auf? Wo war seine Abenteuerlust? Wer sagte, dass er sie nicht umstimmen, sie mit seinem Zauber von ihren Absichten abbringen könnte? Sie war wegen einer Geschichte hergekommen, doch wer sagte, dass sich nicht mehr daraus entwickeln könnte? Etwas Bedeutendes. Etwas Echtes.

Er schlüpfte aus seinem Mantel und schüttelte sich das Wasser von den Händen und Armen. Papa würde ihn sehen wollen, doch Julian hatte ein größeres Interesse, mit Camille zu reden, um herauszufinden, ob es eine Möglichkeit gab, ihre freundschaftliche Beziehung zu retten, oder ob er sich nur etwas vormachte.

Es gab nur zwei Orte, an denen sie sein konnte. Der Garten oder ihre Suite. Und der Regen räumte die erste Option aus. Julian stürmte die Treppe hoch und übersprang jede zweite Stufe.

»Chérie ...?«, rief er beim Eintreten in ihre Suite aus.

Nichts.

Er ging von einem Raum zum nächsten mit der Erwartung, sie dort vorzufinden.

Wieder nichts.

»Camille?« Angst ballte sich zu einem Knoten in seinem Bauch zusammen, als er die Tür zum Schlafzimmer aufmachte, das letzte Zimmer, in dem er noch nicht nachgeschaut hatte.

Das Bett war gemacht, das Zimmer war leer, und die Badezimmertür stand offen. Julian hielt an, stemmte die Hände in die Hüften und betrachtete die Umgebung. Wo zum Teufel steckte Camille?

Vielleicht war sie in der Stadt mit Claudette und Lecie. Sie waren vermutlich shoppen gegangen und würden rechtzeitig zum Abendessen wieder hier sein. Zusammen mit einer riesig hohen Rechnung.

Julian lachte. Das interessierte ihn jetzt nicht. Er wollte einfach nur Camille sehen.

Er ging zurück in die äußeren Räume der Suite und machte sich für ein Treffen mit Papa bereit. Auf dem Weg zur Tür bemerkte er ein Dokument, das auf dem Tisch lag, zusammen mit Camilles Ehering und ihrer Halskette.

Neugier brachte ihn dazu, es genauer zu untersuchen. Sein Herz schlug schneller, als er nach dem gefalteten Dokument griff.

Scheidungspapiere.

Ihre Unterschrift war in schwarzer Tinte darauf. Alles, was er tun musste, war, es ebenfalls zu unterschreiben, und er wäre ein freier Mann – frei, um in Madeleines Richtung getrieben zu werden.

Zum Teufel damit.

Das konnte sie ihm nicht antun. Sie konnte ihn nicht vor die Hunde gehen lassen. Sie konnte nicht so tun, als hätten sie nie etwas miteinander gehabt.

Wo war sie?

Er warf das Dokument wieder auf den Tisch, und der Bankbeleg rutschte heraus. Julian schnappte ihn und schaute auf das Papier.

Eine Million Dollar wurden wieder auf das ursprüngliche Konto zurücküberwiesen.

Die Freude darüber, dass sie sich für ihn entschieden hatte, wich der Sorge, dass sie einen besser Bietenden für ihre Geschichte gefunden hatte.

Oh, verdammt.

Julians erster Instinkt führte ihn zu ihren Schränken und Schubladen. All ihre Sachen – die Sachen, die er ihr gekauft hatte – waren noch da.

Gut.

Er stürmte hinaus in den Flur. Sie war hier irgendwo im Haus, und Julian machte sich auf die Suche nach ihr. Er rannte in André hinein, der gerade die Treppe hochkam.

»André, hast du meine Frau gesehen?«, fragte er, als er hinter seinem Bruder auf der Treppe anhielt.

André hielt sich am Geländer fest und drehte sich halblinks zu ihm, während er Julian einen verwirrten Blick zuwarf. »Deine Frau?«

»Ja. Camille. Hast du sie gesehen?«

»Weißt du es nicht?« Angst verdunkelte Andrés Augen.

»Was weiß ich nicht?«, fragte Julian ungeduldig.

»Ich habe gedacht, dass du es weißt.« André hielt inne und schlich sich die Treppe hoch, außer Julians Reichweite.

Claudette erschien oben und stellte sich zwischen sie. Julian achtete nicht auf sie und hoffte, dass André es auch nicht tat.

»Ich habe Tasha besucht, während du weg warst, und Camille wollte als *Anhalterin* mitkommen. Das waren ihre Worte, nicht meine.« Er lachte leise, scheinbar amüsiert von dem Axiom.

»Was?« Julians Stimme gellte, als er auf seinen Bruder zusprang.

André wich auf der Treppe zurück. »Sie sagte, dass du es verstehen würdest und ganz bestimmt auch zustimmst.«

»Nein, ich verstehe es nicht.« Julian keuchte seine Missbilligung aus. »Und nein, ich stimme nicht zu.«

»Ist ja gut, aber schrei mich nicht an.«

»Warum nicht?«, fragte Julian. »Du hast sie weggebracht.«

»Na und?« André zuckte mit den Achseln. »Hol sie wieder ab.«

Julian überlegte es sich – eine Sekunde lang. Er schüttelte den Kopf. Das bringt nichts. Was ist, wenn sie nach L.A. gegangen ist, um ihre Geschichte zu verkaufen? Was, wenn seine Gefühle ihr ganz egal waren? Was, wenn sie genauso wie seine Mutter war?

»Wenn du nicht sicher bist, ob du ihr vertrauen sollst«, sagte Claudette, als hätte sie Julians Gedanken gelesen, »kannst du immer noch erst mal abwarten und schauen, was passiert. Dann weißt du es bestimmt.«

Das war eine tolle Idee.

Claudette stieg die Treppe herunter, und ein paar Stufen vor dem unteren Treppenende schaute sie über die Schulter. »Aber warte nicht zu lange.«

Julian stürmte hinaus und hoffte, dass der Regen aufgehört hatte. Er würde später mit Papa reden. Jetzt musste er nachdenken.

Wenn er es nach draußen schaffen würde, ohne in Papa zu rennen, wäre er sehr froh. Nur noch ein paar Stufen, und er wäre außer Reichweite. Er legte die Hand auf den Türknauf in der Erwartung, Papas Stimme zu hören, die seine Flucht durchkreuzen würde. Die Tür öffnete sich in Stille, und Julian trat hinaus.

Glücklicherweise hatte der Regen aufgehört.

Julian rannte durch den Garten, bis er an der versteckten Lichtung ankam, die nicht viele Menschen außer dem Gärtner kannten.

Er setzte sich auf die Bank – dieselbe Bank, auf der er erst vor einigen Wochen mit Camille gesessen hatte – und ignorierte die Regenpfütze.

Die Statue der römischen Göttin, der Beschützerin des Gartens, spendete heute keinen Trost. Eigentlich sah sie wegen des Regens jetzt so aus, als kämen Tränen aus ihren Porzellanaugen. Julian hasste das. Er hatte das Gefühl, dass es seine Mutter war, die weinte, weil sie die Statue in den Garten gestellt hatte.

Julian musste seine eigenen Gefühle vergessen und an das Familienwohl denken. Er musste herausfinden, ob Camille wegen einer Geschichte hierhergekommen war.

Nur die Zeit würde es ihm verraten.

★★★

Camille hatte noch nie das unaufhörliche Schrillen des Weckers so sehr gehasst wie an diesem Morgen. Sie erwachte aus ihrem schweren traumlosen Schlaf.

Die Realität holte sie ein: Sie war in Tashas Wohnzimmer.

Die letzten Tage, in denen sie auf der Couch ihrer besten Freundin geschlafen und herumgelungert hatte, waren weit von dem Luxus entfernt, den sie bei Julian erfahren hatte. Doch sie gehörte nicht in Julians Welt. Jetzt war sie wieder in ihrer eigenen, und es war, gelinde gesagt, ein Schock.

Doch es war nicht annähernd so schockierend wie im *4th Street Diner* zu kellnern. Vor einigen Monaten erst hätte Camille sich niemals vorstellen können, dort zu arbeiten. Doch Julian de Laurent hatte ihr einige Dinge beigebracht. Erstens war sie in der Lage, für sich selbst zu sorgen. Und das brachte sie zu zweitens – vielleicht war ihr das Schreiben doch nicht so wichtig. Nicht, wenn sie ihre Prinzipien über Bord werfen musste zugunsten des Gewinns irgendeiner Boulevardzeitung.

Sie seufzte, warf die Decke zurück und schwang die Füße auf den Boden. Die Uhr zeigte halb elf am Morgen. Sie musste in weniger als vier Stunden bei der Arbeit sein.

Oh Gott. Sie ließ das Gesicht in die Hände fallen, voller Angst, niemals einen Ausweg aus dem Nebel zwischen ihrem Verstand und ihrem Herzen zu finden.

Wie würde sie jemals von Tashas Couch herunterkommen, wenn sie gerade einmal durchschnittlich mickrige 250 Dollar in der Woche verdiente?

Tasha ließ sich in den Sessel schräg gegenüber vom Bett fallen. »Ich denke gerade nach ...«, sagte sie in einem Ton, der Camille verriet, dass sie etwas vorhatte. »Lass uns etwas von dem Geld benutzen, das du mir gegeben hast, um ein Zweizimmerappartement zu mieten.«

Camille wollte Julian das Geld zurückschicken – zumindest das, was davon übrig war. Es war eine schlechte Idee, das anzurühren.

»Lass mich ausreden.« Tashas Hand flog in die Höhe. »Wir brauchen eine größere Wohnung, damit du dein eigenes Zimmer hast. Wir können Julian den Rest schicken mit einem Schuldschein für die Differenz.« Sie war optimistisch hinsichtlich ihres Plans, mehr als Camille. »Wir können ihm den Rest in Monatsraten zurückzahlen, und ich werde dabei den Großteil der Rechnung blechen müssen.«

»Aber ich habe dir dieses Geld *geschenkt*«, erinnerte Camille Tasha. »Ich bin diejenige, die verschuldet ist.«

»Ich werde mich nicht mit dir darüber streiten.« Tashas Stimme wurde stärker, und sie beugte sich zu Camille. »Entweder sind wir beide verschuldet, oder keine von uns.«

Camille gefiel das nicht. Ihr gefiel es nicht, für irgendetwas in Julians Schuld zu stehen. Sie wollte einen freien und klaren Bruch. Nicht zuletzt wollte sie, dass er verstand, dass sie es niemals darauf abgesehen hatte, ihn zu benutzen oder zu verletzen. Sie hatte Julian einfach nur helfen wollen. Und wenn sie ehrlich war, sich selbst auch.

Und als Gegenleistung wurde ihre ganze Welt auf den Kopf gestellt. Doch sie hatte keine Zeit, sich darüber Sorgen zu machen. Sie musste sich etwas zu essen holen und sich dann für die Arbeit fertigmachen. Außerdem, wenn sie Tashas Plan nicht zustimmte, würde sie ihr damit ewig in den Ohren liegen. Genauso wenig konnte sie weiterhin auf der Couch ihrer Freundin hausen. Sie musste sich Tashas Sache anschließen und hoffen, dass Julian es verstehen würde.

»Okay, okay.« Camille drückte sich hoch und taumelte zu dem einzigen Badezimmer in dem winzigen Ein-Zimmer-Apartment. »Kannst du uns eine größere Wohnung hier besorgen?« Das wäre praktisch.

»Unten ist eine mit zwei Zimmern frei.«

»Uh, unten.« Camille versuchte sich vorzustellen, wie das werden würde, während sie das Bad betrat.

Sie schaute auf ihr Spiegelbild und ignorierte die zerzausten Haare und die dunklen Schatten unter ihren geröteten Augen. Sie hatte ein Chaos angerichtet. Wer hätte ahnen können, dass sie am Ende Julians Genehmigung brauchen würde.

Camille richtete die Schultern auf und hob ihr Kinn. Sie würde das Beste aus der schrecklichen Situation machen müssen und es hinnehmen, dass ihr Leben ohne Julian einsam sein würde.

KAPITEL NEUNZEHN

JULIAN LEGTE DIE MAPPE auf seinen Tisch und schob sie einige Zentimeter von sich weg. Der Bericht über Camille war aufschlussreich und entmutigend. Er holte Luft und saugte all ihren Jammer und ihre Sorgen ein, als er könnte er so ihre Last mindern.

Ein leises Klopfen an der Tür überraschte ihn. Wer könnte das sein? Es war nicht André ... zu leicht. Das Gleiche galt für Papa. Und seine Sekretärin klopfte immer zweimal sehr energisch, also war sie es auch nicht. Wer war unangekündigt in sein Büro gekommen? Er hatte an diesem Nachmittag keine Termine.

»Es ist offen«, rief Julian aus, während er immer neugieriger wurde.

Die Tür ging auf, und Julian erbebte vor Überraschung, als Claudette in den Raum schlenderte.

»Claudette?« Er erhob sich und ging um den Tisch herum.

»Julian.« Sie umarmte ihn leicht und küsste ihn auf beide Wangen, zuerst die eine, dann die andere. »Ich hoffe, ich störe nicht.« Sie schaute ihn prüfend an. »Ich hätte anrufen sollen, aber es ist ein spontaner Besuch. Tut mir leid.«

Julian brachte sie zum Schweigen. »Du weißt, dass du hier jederzeit willkommen bist.« Er führte sie zu einem Stuhl und lehnte sich gegen die Vorderkante des Tisches, als sie Platz nahm. »Was kann ich für dich tun?«

Sie lachte. »Du bist wie dein Vater. Kommst immer gleich zum Wesentlichen.«

Julian verschränkte die Arme vor der Brust. Er mochte es nicht, wenn man ihn mit Papa verglich.

»Entspann dich«, sagte sie und streckte die Hand nach ihm aus. »Ich bin nur gekommen, um mit dir freundlich zu plaudern.«

Freundlich plaudern? Seit wann plauderten seine Stiefmutter und er freundlich miteinander?

»In Ordnung«, sagte er in dem Wissen, dass sie bestimmt etwas im Schilde führte und dass es gut tun würde, herauszufinden, was es war. »Gibt es etwas Bestimmtes, worüber du mit mir *plaudern* möchtest?«

»Hast du dich schon entschieden?«

»Bezüglich was?«

»Bezüglich deiner Frau.«

»Meiner Frau?« Es gelang ihm nicht, das skeptische Gelächter zu unterdrücken, das aus seiner Kehle kam.

»Sie ist doch immer noch deine Frau, oder?«

»Sie hat mich verlassen.«

»Und ...«

»Und was?«

»Ist sie jetzt immer noch deine Frau, oder ist sie es nicht mehr?«

Julian hielt inne. Es wäre nicht richtig, Claudette anzulügen. Sie war eingesprungen, als seine Mutter gegangen war, und war ein geeigneter Ersatz für ihn und André gewesen. »Technisch gesehen ja.«

»Technisch gesehen?« Claudette spottete. »Entweder ist sie es, oder sie ist es nicht. Hast du die Scheidungspapiere unterschrieben oder nicht?«

Julian hatte diesen Kampf verloren, und es gefiel ihm nicht. »Nein«, sagte er, als wäre er besiegt. »Das habe ich nicht.«

»Gibt es irgendeinen besonderen Grund dafür?«

Ja, es gab einen Grund. Papa schwirrte immer noch wie ein Geier umher und erinnerte Julian jedes Mal an Madeleine, wo er nur konnte. Doch so, wie Julian es sah, konnte er nicht heiraten, wenn er bereits eine Frau hatte.

»Sollte es nur dazu dienen, deinen Vater von Madeleine abzulenken? Oder steckt noch etwas anderes dahinter?«

»Was sonst könnte es sein?« Er lachte skeptisch, um seine Angst davor zu verbergen, dass jemand seine Absichten durchschaut hatte.

»Vielleicht die Braut selbst?«, fragte Claudette. »Vielleicht bist du noch nicht ganz bereit, sie gehen zu lassen?«

Nein. Julian würde das nicht zugeben. Nicht laut.

»Dein Gesichtsausdruck verrät mir alles, was ich wissen muss.«

Sie warf ihm einen dieser *Du-arme-mitleiderregende-Seele*-Blicke zu.

»So schlimm?«

»So offensichtlich.« Claudette zögerte und lehnte sich zu Julian. »Hat sie ihre Geschichte verkauft?«

Julian wandte ihr blitzschnell den Kopf zu. Sie wusste es? Doch woher …? Papa hätte Claudette so eine potenziell schädliche Geschichte niemals verraten. Dinge, die die Familie nachteilig betrafen, verließen niemals den Sitzungssaal in Papas Arbeitsbereich.

Julian sah Claudette prüfend an.

»Und?«, fragte sie mit einem Achselzucken.

»Nein.«

»Warum? Hast du sie gekauft?«

Er zögerte. »Ich habe es versucht, doch sie hat die Vereinbarung platzen lassen.«

»Platzen lassen, so so.« Claudettes stoischer Gesichtsausdruck verriet nichts davon, was sie dachte. »Hat sie dir das selbst gesagt?«

»Nein, aber sie hat die Zahlung in letzter Minute abgelehnt.«

»Vielleicht dachte sie, dass es falsch wäre, Geld für etwas anzunehmen, das sie niemals schreiben wollte.«

Claudette erhob sich und schlenderte zur Tür. Sie hielt plötzlich an und warf ihm einen Blick über die Schulter zu. »Weißt du, de Laurent Enterprises verschwindet nicht, wenn du für eine Weile weggehst.«

Davor hatte Julian Angst, dass die Leute herausfanden, dass sie ihn nicht brauchten – für nichts.

Vielleicht hatte Claudette aber recht. Vielleicht hatte er Camille falsch eingeschätzt. Vielleicht hatte sie überhaupt gar nicht vorgehabt, eine Geschichte über ihn und seine Familie zu schreiben.

Das war ein Gedanke, den man näher untersuchen musste.

★★★

Camille war nicht sonderlich begeistert, dass sie an ihrem freien Tag arbeiten musste, weil irgend so eine private Party den Restaurantraum in Anspruch nehmen würde. Warum konnte nicht eine der Kellnerinnen, die zum Arbeiten eingeteilt war, die Schicht übernehmen? Warum musste ausgerechnet sie es machen? Und welcher Idiot mietete ein heruntergekommenes Restaurant an?

Camille wünschte sich, dass die Gäste so schnell wie möglich ankommen würden. Je schneller sie anfangen würden, desto schneller würde der Abend für sie zu Ende gehen.

Sie öffnete die Küchentür und ging hinein. Sie hatte vermutlich wieder einmal etwas vergessen, so wie jeden Tag. Um die Wahrheit zu sagen, war Camille nicht gerade die beste Kellnerin, was erklärte, warum sie hier arbeitete.

»Okay, also wie viele Menschen werden auf dieser Party sein?«, sagte sie zu ihrem Chef und konnte nicht verbergen, dass sie nicht glücklich war, sondern einfach nur müde und sich ausruhen wollte. Doch solche Menschen wie Camille würden sich nie ausruhen dürfen. Solche aus der Arbeiterschicht.

»Nur zwei«, sagte George, während er sich gegen den Grill lehnte, der nicht eingeschaltet war. Es war nichts vorbereitet.

Nur zwei? Und warum war Ashley dann auch hier? Dachte George allen Ernstes, dass Camille es nicht fertigbringen würde, zwei Personen zu bedienen? *Was ging hier vor?* Kein Wunder, dass dieses Restaurant mies war. George leitete diese Spelunke nicht besser, als Camille die Gäste bediente.

Ashley stürmte in die Küche. »Sie sind hier.« Es war etwas in ihrer Stimme, ihrem Tonfall, ihrem Verhalten, das Camille beunruhigte. Ashley war zu glücklich, zu aufgeregt.

Camille war genervt. Sie wollte das Mädchen erwürgen.

»Komm schon, sei ein bisschen lockerer.« Ashley kam auf sie mit einem Zwinkern und einem freundlichen Lächeln zu. »Es ist nicht so schlimm.«

Natürlich war es schlimm. Wem machte sie etwas vor? Der einzige Ausweg, der es nicht so schlimm machen würde, wäre, wenn sie zu den speisenden Gästen gehören würde.

Sie seufzte und schüttelte den Kopf. Julians Welt hatte sie zu sehr vereinnahmt. Wann würde sie begreifen, dass sie nicht zu den Glücklichen gehörte? Sie hatte kein Glück. Sie war nicht privilegiert.

Vielleicht hatte Ashley recht. Vielleicht sollte Camille wirklich etwas positiver sein. Vielleicht war das ihre Chance, ein hohes Trinkgeld zu bekommen. Eines, das sie benutzen könnte, um das Riesenloch an Schulden zu stopfen, die sie Julian zurückzahlen musste.

»Okay, also, wo soll ich anfangen? Was soll ich machen?« Sie drehte sich zu George um. Wie sollte sie die Menschen »bedienen«, wenn George nicht am Kochen war?

»Warum gehst du nicht hinaus und begrüßt unseren Gast?«

»In Ordnung.« Camille rollte mit den Augen. Es wäre sinnlos, die Gäste zu begrüßen, wenn es nichts gab, was man ihnen hätte servieren können. Doch wer war sie, um sich dagegen aufzulehnen.

Sie schlurfte durch die Tür und in den Speisebereich. Das war lächerlich. Sie würde es vermutlich nicht überleben. Ihr Job hing auch so schon an einem seidenen Faden, und sie hatte das Gefühl, dass die Schuld für die Auswirkungen dieses unorganisierten Privatabendessens unmittelbar sie treffen würde.

Als sie im Speisebereich angekommen war, sah sie, dass er leer war. Es war niemand da. Langsam, fast vorsichtig schlenderte sie zum Eingang des Restaurants und überprüfte die Tischreihen entlang der Wände. Sie hielt bei dem Vorderfenster an und schaute hinaus, entdeckte jedoch nichts Außergewöhnliches.

Hm … Sie stemmte die Hände in die Hüften und überflog den Außenbereich noch ein letztes Mal um sicherzugehen, bevor sie sich dem Innenbereich widmete. In einem gemächlichen Gang machte sie sich wieder zur Küche auf. Irgendwie würde es bestimmt noch böse für sie ausgehen.

Sie hielt ein paar Meter vor der Küchentür an, bei dem letzten Tisch, und schaute über die Schulter, um das leere Restaurant noch einmal zu überprüfen. Komisch. Vielleicht war es einfach ihr Glück. Die Kunden hatten sich vermutlich die Gegend angesehen und waren daraufhin sofort geflohen.

Camille entschied sich, zurück in die Küche zu gehen, und es George zu beichten. Er würde sich nicht darüber freuen, den Laden wieder schließen zu müssen.

Ein glitzerndes Funkeln am letzten Tisch vor der Küche fiel ihr ins Auge.

Julians Kette?

Ihr Herz pochte. Camille holte tief Luft, als ob sie das beruhigen könnte. Sie kam näher, um sie zu inspizieren. Es *war* Julians Kette.

Die Küchentür flog auf und zog Camilles Aufmerksamkeit an.

Julian de Laurent stand in der Türschwelle, er sah gut und demütig aus.

Camilles Herz pochte gegen die Rippen. Da sie Angst hatte, dass ihr Unterkiefer nach unten klappen würde, presste sie die Lippen zusammen und hielt sie auch in dieser Position.

Julian schenkte ihr eines dieser hoffnungsvoll aussehenden Lächeln, die sie von den liebenswürdigen Restaurantbesuchern gewohnt war. Nicht gerade das Übelste, aber auch nicht das, was sie von Julian gewöhnt war.

Sie schaute weg, da sie nicht wusste, weshalb er hier war, aber immer noch voller Angst, ihr Herz zu verlieren. »Was machst du hier?«, fragte sie und zwang sich, ihn anzuschauen. »Was ist passiert? Ist mein Scheck geplatzt?«

Julian kicherte mit einem einseitigen Grinsen und ging auf sie zu. »Chérie ... du hast mir so gefehlt.« Er nahm ihre Hände in seine. Sie wurde steif.

»Ich habe dir gefehlt?«, fragte sie. »Ist das alles, was du mir zu sagen hast?« Camille befreite ihre Hände und wandte sich ab, mehr aus Sorge, dass es irgendein Witz sein könnte, als aus anderen Gründen.

Als würde Julian ihre Schwäche spüren, kam er näher und hob ihr Gesicht mit seinen sanften Fingern so an, dass ihre Blicke sich trafen. Seine Berührung entfachte in ihr das Verlangen, das sie unterdrückt hatte. Und diese grünen Augen hielten sie gefangen. Sein Blick zog sie aus. Streichelte sie. Quälte sie.

Camille wollte den Blickkontakt abbrechen und rief ihre Wut an, ihr zu helfen. »Schau mich nicht so an, Julian.« Sie wich zurück und schüttelte den Kopf. »Was willst du?«, fragte sie wieder, diesmal energischer, und hielt am letzten Tisch vor der Küche an.

Er ging auf sie zu. Sie klammerte sich an die Sitzgruppe, nur für den Fall, dass sie ihr Gleichgewicht verlor.

»Ich bin gekommen, um dir zu sagen, dass es mir leidtut.« Sein Ton enthielt nicht die übliche Arroganz. Nur Reue und einen Hoffnungsschimmer.

Das schockierte und ängstigte Camille gleichzeitig. »Du entschuldigst dich bei mir?« Sie hielt die Finger an die Brust. »Einer Lügnerin und Betrügerin?« Sie hoffte, dass ihre Worte ihn trafen. Sie hatten sie getroffen, als sie aus seinem Mund gekommen waren.

Doch ihre Worte schienen Julian nicht im Geringsten zu stören. Er kam bis auf wenige Zentimeter auf sie zu und umfing sie mit seinem Körper, indem er beide Hände gegen die Wand stemmte.

»Hier.« Sie versuchte, die Kette als Schranke zu benutzen und drückte sie an seine Brust. Das war ein Fehler. Seinen muskulösen Körper unter dem Anzug zu fühlen, brachte sie dazu, vor Leidenschaft zu erbeben.

Julian nahm den Anhänger und kam näher, um ihn ihr umzuhängen. Sie rührte sich nicht, sie hielt sogar den Atem an. Es dauerte ewig, bis er das verdammte Ding eingehakt hatte. Der Sauerstoffmangel presste ihre Lunge zusammen und vernebelte ihr Gehirn. Gerade als sie dachte, dass sie in Ohnmacht fallen würde, berührte er mit seinen Fingerspitzen ihre Schultern und die Arme, machte einen Schritt nach hinten und ließ sie los.

Sie tat einen tiefen Atemzug und sog damit einen Hauch seines Dufts ein. Seine Anziehungskraft war so stark.

Ein Lächeln entwich Julians Lippen, als er in seine Jacketttasche griff. »Mach die Augen zu.« Die Arroganz war wieder in seinen Augen, als würde er wissen, dass er sie dort hatte, wo er sie haben wollte.

Doch Camille konnte den Hass nicht vergessen, mit dem er ihr in Frankreich begegnet war. »Das ist vermutlich keine gute Idee.«

Er brachte sie zum Schweigen. »Mach die Augen zu«, sagte er wieder mit einer eindringlichen Ruhe.

Sie tat es, wider besseres Wissen.

Camille spürte, wie Julians Finger ihre linke Hand umgriffen, und sie begann, nervös zu werden. Sie machte einen Satz zur Seite und öffnete die Augen. »Das ist so etwas von nicht cool.« Irgendwie war es ihr gelungen, sich aus seiner Umklammerung zu befreien, und sie stürmte zum anderen Ende des Restaurants.

Wie sie vermutet hatte, folgte er ihr.

»Chérie, du bist meine Frau«, sagte er. »Kannst du mir nicht wenigstens eine Chance geben, es zu erklären?«

Sie hielt an. Ärger verschlang sie. Sie drehte sich um und hielt ihm einen Finger ins Gesicht. »Zunächst einmal ... bin ich nicht deine Frau. Nicht mehr.« Sie machte eine Pause und versuchte, das irrationale Verhalten, das sich in ihrem Inneren aufbaute, unter Kontrolle zu halten. »Zweitens ... wenn es um Erklärungen geht, werde ich dir die gleiche Aufmerksamkeit schenken, die du mir hast zuteilwerden lassen.«

Sie versuchte, wegzugehen, in die Küche zu flüchten. Julian ergriff sie am Handgelenk und zog sie grob, fast gewaltsam zu sich heran.

»Zunächst einmal ... ja, du bist meine Frau. Immer noch.«

Was? Sie hatte die Papiere unterzeichnet. Sie waren geschieden.

»Ich weiß nicht, wie die Regeln in Amerika sind, aber in Frankreich braucht man zwei Unterschriften für eine Scheidung.«

»Ich habe sie unterschrieben.« Sie schaute zur Seite.

»Ich nicht.«

»Was?«

»Ich habe sie nicht unterschrieben. Ich konnte nicht.«

»Ach, ich verstehe.« Sie seufzte enttäuscht. »Du willst dich nicht scheiden lassen, weil du dann direkt in eine Ehe mit Madeleine gedrängt wirst.«

»Nein. Das war nicht der Grund, weshalb ich nicht unterschrieben habe.« Sein Ton nahm einen Hauch von Hohn an, bevor er von Reue überschattet wurde. »Letztendlich konnte ich unsere Verbindung nicht lösen. Die zwischen dir und mir.«

Er war gut, das musste sie ihm lassen. Ein leidenschaftliches Flattern regte sich in ihrer Brust. Es war weise, ihr Herz zu ignorieren mitsamt allem, was es wünschte. Camille hatte ihm vorher vertraut und wusste, wozu das geführt hatte. Doch er schaute sie wieder mit diesem Blick an, diesem Blick, der ihr Herz höher schlagen ließ.

Sie seufzte. Ihr wurde bange ums Herz, und sie kämpfte dagegen an, gegen das Gefühl der Niederlage.

»Würdest du bitte wieder nach Hause kommen?«

»Das ist vermutlich keine gute Idee«, sagte sie mit einem Kopfschütteln.

»Bitte, Camille. Mir ist etwas klargeworden, nachdem du gegangen bist.« Seine Stimme verwandelte sich in ein gehauchtes Flüstern. »Ich liebe dich. Ich will, dass du nach Hause kommst. Für immer.«

Liebe? Meinte er es ernst? Sie kaute auf der Unterlippe und warf ihm einen verstohlenen Blick zu.

Julian schenkte ihr ein schelmisches Lächeln, bevor er ihre Hände losließ. Er setzte sich an den nächsten Tisch und ließ ihren Ehering darauf fallen.

»Was machst du?«, fragte sie, während sein Verhalten ihren Puls zum Kochen brachte.

»Ich setze mich hin.«

»Wozu?«

»Es sieht so aus, als würde ich hier noch länger bleiben.«

Sie zögerte und blinzelte vor Verwirrung.

»Ich gehe nicht weg, bevor du nicht zustimmst, nach Hause zu kommen.« Es war etwas Aufrichtiges und Wahres in seiner Art. Julian meinte es ernst.

Camille setzte sich an das andere Ende des Tisches und legte ihre Hände darauf. »Tja, da wirst du wohl noch lange warten müssen.« Sie versuchte, nicht zu lächeln, doch kam nicht dagegen an.

»Ich habe alle Zeit der Welt.« Er streckte die Hand aus und griff nach ihren Fingern.

Camille ignorierte die Röte, die ihre Wangen zum Glühen brachte. Sie würde es zehn Minuten lang aushalten. Fünfzehn, wenn sie sich wirklich Mühe gab. Wenn Julian seinen Zauber ins Spiel brachte, hatte er keine Probleme, alles zu bekommen, was er wollte.

Einschließlich Camille.

EPILOG

DIE NAOMA LOUISE kroch aus dem Jachthafen und glitt über die Wasserfläche des Mittelmeeres, als die letzten, schwachen Farben des Tages verschwanden.

Julian wartete auf dem Deck auf Camille. Sie hatte gesagt, dass sie in etwas Bequemeres schlüpfen wollte. Er hoffte, dass es *sexy* bedeutete.

Sie waren direkt nach der Zeremonie wieder schnell verschwunden, sie hatte sich noch nicht einmal die Zeit genommen, ihr Kleid auszuziehen. Sie hatten den ganzen Hochzeitszirkus ja schon das letzte Mal über sich ergehen lassen. Diesmal war es nur für sie beide.

Das schien ein logischer Schritt zu sein, nachdem Soren ihr Kleid letzte Woche in diesem Secondhandladen in Marseille gefunden hatte. Es war eigentlich ein Glückstreffer, dass Soren es im Ladenfenster entdeckt hatte, als er daran vorbeifuhr.

Nachdem Julian das Kleid zurückerstanden hatte – und erfahren, dass Madeleine es an den Laden verkauft hatte – schien es nur logisch, dass er und Camille ihren Schwur erneuern sollten, damit sie das Kleid tragen konnte, das extra für sie angefertigt worden war.

Das hatten sie heute getan, und nun nahm er sie mit auf eine Kreuzfahrt zu den griechischen Inseln – ein Wunsch, den sie gleich geäußert hatte, als er sie das erste Mal nach Frankreich gebracht hatte.

Julian schaute auf seine Uhr und dann wieder zurück auf die Flügeltür, die unter Deck führte. *Warum dauerte es so lange?*

Gerade, als er soweit war, nach unten zu gehen und nach ihr zu sehen, kam Camille heraus in einem durchsichtigen schwarzen Negligé über einem Bikini in der gleichen Farbe.

Ein Verlangen stieg in ihm hoch, so schnell wie ein Sommergewitter aufzieht. Er sog ihren Anblick ein und erhob sich langsam. »Du siehst absolut umwerfend aus.«

Ein aufsteigendes Rosa färbte ihre Wangen. Julian zog sie in seine Arme. Sie versank in seiner Umarmung mit den Worten: »Danke, dass du mein Kleid nach Hause gebracht hast.«

»Ich tue alles, um dich lächeln zu sehen.« Er küsste sie und genoss jeden Augenblick. »Was Hochzeiten angeht, so glaube ich, dass das bei Weitem unsere beste war.«

»Na ja, du weißt ja, was man sagt ...« Sie schaute ihn mit einem Blick an, der sagte, dass sie für diese Reise der Liebe bereit war. »Aller guten Dinge sind drei.«

Julian lachte und sie flocht ihre Hände ineinander. »Ich habe etwas für dich.« Er führte sie zu der Chaiselongue und setzte sie sich auf den Schoß.

Sie schmiegte sich mit dem Gesicht in die Krümmung seines Nackens. »Du musst mir wirklich keine Geschenke machen.«

»Nun ja«, sagte er, während er nach einem gefalteten Dokument auf dem Tisch neben sich griff. »Das ist etwas Besonderes.«

Er übergab es ihr, sie nahm es und richtete sich auf, faltete das Dokument auseinander und las es sich genau durch. Während sie las, öffnete sich ihr Mund. Sie blickte ihn an und schüttelte den Kopf. »Julian ...?«

»Dir gehört nun die Hälfte meines Besitzes.«

Sie schaute zur Seite und blieb eine gewisse Zeit lang still. Erst nach einer gefühlten Ewigkeit holte sie Luft und sagte: »Julian ... ich will nicht dein Geld.« Sie zuckte mit den Schultern. »Nur deine Liebe.«

»Und die hast du, Chérie.« Er zog sie näher zu sich heran. »Niemand wird uns je wieder auseinanderbringen können.«

»Versprichst du es mir?«, flüsterte sie.

»Ich verspreche es dir.« Er streichelte ihre weichen Kurven, und sie schmiegte sich an seinen Körper. »Habe ich dir heute schon gesagt, dass ich dich liebe?«

»Ein oder zweimal, mein Schatz. Ein oder zweimal.« Ihr leichter, flüsternder Atem kitzelte seinen Nacken.

Während er Camille in seinen Armen hielt, war Julian der glücklichste Mann auf der Welt. Ihre Ehe hatte als ein Geschäft begonnen, doch irgendwo unterwegs hatten sie sich ineinander verliebt.

Das Schicksal hatte es sicherlich gut mit Julian gemeint, als es ihn mit Camille zusammentreffen ließ – seiner Traumfrau.

ENDE

15824108R00137

Printed in Poland
by Amazon Fulfillment
Poland Sp. z o.o., Wrocław